小学館文庫

謎解きはディナーのあとで3

東川篤哉

小学館

目次

謎解きはディナーのあとで3

第一話　犯人に毒を与えないでください

1

すでによく知られたことであるが、『宝生《ほうしょう》グループ』といえば鉄鋼、電気、精密機械から食品、薬品、釣り用品、果ては新聞、雑誌に本格ミステリまで、ありとあらゆる業種を見境なく手がける巨大複合企業。その総帥《そうすい》、宝生清太郎《せいたろう》の居城《きょじょう》である宝生邸は、東京の西、国立《くにたち》市の片隅にあり、あたり一帯をはた迷惑なほどに占領していることで有名である。

高い塀に囲まれた広大な敷地には、風格ある西洋建築が聳《そび》え、洒落《しゃれ》た離れがあり、怪しい蔵があり、無駄な噴水があり、庭には二羽《は》ニワトリがいて、イヌがいてウマがいてシカがいて、ゾウやキリンが草を食みライオンが駆け回っている——と、国立市民の間では噂の止《や》む暇《いとま》がない。だが、もちろんこれらは単なる都市伝説。どれが事実でどれが嘘《うそ》でどれがギャグなのか、もはや誰にも判らない。宝生邸の内部は、多くの市民にとってけっして垣間見ることのできない秘境である。

そんな宝生邸の庭の桜もほころびはじめた、三月下旬の早朝のこと。

華やかなレースで飾られた天蓋《てんがい》付きのベッド、いわゆる《お姫様ベッド》の上で目覚めた宝生麗子《れいこ》はいきなり、「ひっくしょーん！」と、お嬢様らしからぬ盛大なくしゃみ。

ズズ――と鼻を鳴らしたかと思うと、さらに駄目押しの一発。「へっくしょぉーい！」

麗子は羽毛布団をパジャマの胸元まで引き寄せ、「うう、寒ッ」と肩を震わせた。

「――にしても、いまのくしゃみは、我ながら可愛くなかったわね」

富豪令嬢たるもの、咄嗟《とっさ》に飛び出すくしゃみひとつにも気品が求められるというもの。無闇《むやみ》やたらと唾を飛ばし大声を発する中年男とは訳が違うのだ。それに――迂闊《うかつ》なところを見せていると、またあの男に馬鹿にされてしまう。

「それだけは絶対、嫌……気をつけなくちゃ」

自分に言い聞かせた麗子は、ベッドサイドの呼び鈴を鳴らし、あの男を呼んだ。

あの男とは、宝生家に仕える若き執事、影山《かげやま》のことである。知的な銀縁眼鏡にタキシード。長身痩軀《そうく》の執事は、呼び鈴が鳴って五秒もしないうちに麗子の寝室をノックした。

「おはようございます、お嬢様」寝室に足を踏み入れた執事は、まずはベッドの上の麗子に向けて恭《うやうや》しく一礼。そして警戒するようにベッドの周囲を見回した。「………」

「どうしたの、影山？　なにか気になることでも？」

「いえ、べつに」と影山は落ち着いた声。「ただ、つい先ほど廊下を歩くわたくしの耳に、どこからか中年のオジサンじみた大声が聞こえたものですから、念のため警戒を」

「へ、へえ……」やだ、その《オジサンじみた大声》って、ひょっとしてわたし!? わたしのくしゃみはオジサンっぽい!? 麗子は内心深く傷付きながら、「こ、ここにはオジサンもオッサンもいないわよ。きっと、お父様が自分の部屋でくしゃみでもしたんだわ」

「なるほど。確かに旦那様は立派なオジサンではございますが……」

と、影山は雇い主に対していささか敬意を欠いた発言。「ところで、わたくしになにか御用でございますか、お嬢様」

「もちろん、用があるから呼んだのよ」麗子はコホ、コホッと可愛らしく咳《せき》をして見せてから、「なんだか、風邪ひいたみたい。朝食はお粥《かゆ》がいいわ。それから体温計を持ってきてちょうだい。きっと熱があるはずだわ……コホッ、今日は仕事、休もうかな……」

そういいながら麗子はチラリと横目で執事の反応を確認。しかし影山は普段どおりのクールな横顔を覗《のぞ》かせるばかりだった。

それから、しばらくの後。宝生家のダイニングにて——

「思うに、お嬢様がお風邪を召されたのだとすれば、それは今朝の冷え込みのせいでございましょう。まさしく花冷えとはよくいったもの。昨日までの春めいた陽気から、今日は一転して真冬に戻ったかのような寒さでございます」

そういいながら影山はトレーに載せた朝食を、優雅な仕草でテーブルに並べた。

麗子は湯気の立つ中華粥を眺めながら、相変わらず冴《さ》えない表情。ピッという電子音を合図に胸元に手を突っ込み体温計を取り出すと、すぐさま液晶の数字を棒読みした。

「さんじゅーななテンにー……わ、三十七度二分！」麗子は目を見開き、勝ち誇るように体温計を傍らの執事に示した。「ほら、御覧なさい、影山。思ったとおり高熱だわ。これはもう今日の勤務は完全に不可能だわね。なにしろ三十七度二分だもの！」

だが影山は冷静、というよりも、むしろ冷ややかな視線を麗子に浴びせた。

「失礼ながら、お嬢様。三十七度ちょっとの熱で欠勤などとは、学校嫌いの中学生並みでございます。仮にもお嬢様は公僕《こうぼく》たる警察官。この程度で休みを取るようでは、市民から《税金泥棒》と後ろ指をさされてしまいますよ。それで、よろしいのでございますか」

「そ、そりゃあ、よろしくはないわね……」けど、《中学生並み》とは、なによ！

不満気に頬《ほお》を膨らませる麗子。そんな彼女の職業は、間違いなく警察官。これでもれっきとした警視庁国立署勤務の現職刑事だ。確かに、微熱で欠勤は褒められた話ではない。

「だけど、《税金泥棒》ってことはないんじゃないの？　だって国立でいちばんたくさん税金払ってるのは宝生家だもの……」

麗子は説得力があるような、全然ないような言い訳を口にしてから、「判ったわよ、出勤すればいいんでしょ」と、ひと声叫んで蓮華《れんげ》を手にした。「ふん！　今日一日、全力で仕事して、帰宅した途端に高熱でぶっ倒れたら、全部あんたのせいだからね！」

勝手な理屈をこねながら、麗子は朝食のお粥を機械的に口に流し込む。

そんな麗子の姿を、影山は満足そうな笑みを浮かべて眺めていた。


そんなわけで、麗子は《高熱》を押して今日も国立署へ御出勤。

黒のパンツスーツに黒縁のダテ眼鏡、長い髪を後ろで束ねた地味なスタイル。見た目は平凡な駆け出しの女刑事そのものだ。誰も宝生家のお嬢様とは思うまい。ましてや、国立署のデカ部屋に集《つど》うむくつけき男性刑事どもは、観察力とファッションセンスが決定的に欠如しているため、麗子の正体に誰も気付かない。彼らの目にはバーバリーのパンツスーツもアルマーニの眼鏡も、全部《丸井国分寺《こくぶんじ》店あたりで買ったやつ》に見えるらしいのだ。

——いまさらいうのもナンだけど、これでよく刑事が務まるわね、この人たち。

と、凡庸《ぼんよう》すぎる同僚たちに半ば呆《あき》れる麗子である。

そんな連中に囲まれながら、麗子はなんとか仕事にかかる。だが、当然のことながら頭は冴えず、身体はダルく、喉《のど》は渇き、両目は捨て犬のように潤みっぱなし。昼休み、あらためて熱を測ると三十七度三分！　麗子は早退しようかと本気で考えた。こんな日はテキトーに書類の整理でもやったフリをして（ということは書類の整理すら、ちゃんとやらないってことだが）、さっさと帰宅するに限る。麗子はひたすら夕刻を待った。

ところが、ツイてないときはとことんツイてないもの。

国分寺で事件発生という第一報が国立署に飛び込んできたのは、午後二時のことだった。

麗子は熱っぽい身体に鞭《むち》を入れるようにして、デカ部屋を飛び出していった。

2

麗子が向かった先は、国分寺の西。恋ヶ窪《こいがくぼ》と呼ばれるその一帯は、武蔵野の面影を残す閑静な住宅地である。付近には「エックス山」という謎めいた愛称で呼ばれる雑木林。それに、ところどころではあるが昔ながらの野菜畑も残っている。

現場は大きな瓦葺《かわらぶき》の屋根が印象的な日本家屋だった。数名の制服巡査が現場の保存にあたる中、麗子は同僚とともにパトカーで乗りつけた。「桐山《きりやま》」という表札を確認しながら、立派な檜《ひのき》の門をくぐる。玄関を入り、巡査に案内されるまま屋敷の奥へ。

「こちらです」半開きになった扉を巡査が示す。

麗子は勢い良くその扉を開き、中へ。すると目の前に現れたのは血まみれの死体ではなくて――

「やあ、おはよう、お嬢さん。今日はやけに冷えるね」

風祭《かざまつり》警部だった。苦手な上司の登場に、麗子は思わず回れ右しそうになる。

警部は例によって眩《まばゆ》いばかりの白いスーツ姿。おまけに黒いコートに赤いマフラーである。これがこの冬の彼の定番ファッションなのだ。

ヤクザの若頭《わかがしら》と間違われて鉄砲玉の餌食《えじき》にされても知りませんよ――と麗子は思わず余計な忠告を口にしそうになりながら、「お、お疲れ様です、警部」と頭を下げる。

風祭警部は三十代の若さでありながら警部の肩書きを持つ国立署きってのエリート捜査官。その実態は、《スピードは出るが壊れやすいのが欠点》の自動車メーカー『風祭モータース』創業家の御曹司《おんぞうし》である。要するに、お金持ちのお坊ちゃまがエリート警部、というわけだ。浮世離れとはこのことか、と麗子は自分のことを棚に上げて、そう思う。

ちなみに、ほんの一ヶ月ほど前の事件において、麗子は絶体絶命の大ピンチをこの風祭警部に救われている。その意味では、彼こそは麗子にとっての《命の恩人》に他ならない。だが、その事実は麗子の中では屈辱と羞恥《しゅうち》に満ちた場面として記憶されている。まさに彼女にとって消去したい過去――いわゆる《黒歴史》――なのである。

ただし、麗子にとって幸いなことに、（ということは警部にとっては不幸なことだが）彼の頭の中からは、その決定的場面の記憶がすっかり抜け落ちてしまっているらしい。強い衝撃を受けた被害者が、記憶障害に陥るケースは珍しくない。警部もその一例なのだろう。

おかげで麗子と風祭警部の関係は、一ミリの変化もないまま今日《こんにち》に至っている。

「ところで警部、今日は非番だったのでは？　朝から姿が見えなくて、せいせい――いえ、なにか物足りないと思っていたんですよ」

「そうか。君に寂しい思いをさせたことは、申し訳なかった」

「…………」風祭警部特有の思い込みである。まさしく一ミリの変化もない男だ。

「今日は非番じゃなくて、有休を取ったんだ。実は、朝から高熱が出てね。とても激務には耐えられないと思ってね。え⁉　何度かって――三十七度二分だよ。な、高熱だろ」

「……さんじゅーななどにぶ」麗子は眉を顰《ひそ》め、そしてニンマリ微笑《ほほえ》んだ。「――えへ～やーい、勝った勝った！　判定勝ちだ！　わたし、休んでないもんね！」

どうでもいいところに勝利の喜びを覚え、麗子は今日いちばんの笑みを浮かべた。

「だが、重大事件発生とあっては、休んでもいられないだろ。だから、こうして有休を返上して、現場に参上したってわけさ。さて、無駄話はこれぐらいにして――どうだい、宝生君？　今夜、仕事帰りに夜景の見える素敵なレストランで、僕と一緒に本格フレンチでも……」

「警部、無駄話はそれぐらいにして、さっそく事件の捜査に移りませんか？」

「そ、それもそうだな。確かに君のいうとおりだ」

ディナーの誘いを一蹴《いっしゅう》された警部は、微《かす》かに頬を引き攣《つ》らせながら、室内に目を向ける。麗子も警部の背後から、現場を見詰めた。

そこは男性の寝室だった。板の間の上に木製のがっちりしたベッド。その傍《そば》には小さなテーブル。部屋の隅には、小型の薄型テレビ。目立つ家具はそれぐらいしかなく、全体としては質素な部屋という印象である。そんな中――

ベッドとテーブルの間に、寝間着姿の男が横たわっていた。髪は総白髪で、顔の皺《しわ》は深い。年齢は七十代と思《おぼ》しき老人だ。見たところ、外傷はない。ナイフで刺されているわけではないし、首にロープが巻かれているわけでもない。だが、その蒼白《そうはく》と化した表情から見て、すでに息絶えていることは歴然としていた。

「ふむ、殺人事件だと聞いて駆けつけたんだが、そうは見えないな。死因はなんなんだ？」

警部は首を捻《ひね》る。麗子も慎重に死体とその周囲に視線を巡らせた。

老人は痩《や》せた身体を「く」の字に折り曲げた恰好《かっこう》で死んでいた。半開きの口許《くちもと》の周辺には彼の嘔吐物《おうとぶつ》が広がっている。激しい嘔吐の末に、老人は死に至ったものと思われる。

ベッドの上に目を移すと、枕元には懐中電灯とラジオ。掛け布団は、乱れて半分捲《めく》れている。敷布団の上には、黄色いタオルが無造作に置いてある。ベッドの脇のテーブルには五百ミリのペットボトルが一本と湯呑《ゆの》み。ペットボトルは透明な液体で八割程度まで満たされている。ラベルは剝《は》がされているが、見た感じでは中身は水のようだ。湯呑みの中を覗くと、そこにも透明な液体がわずかに残っていた。

それから麗子と警部は若干顔を顰《しか》めながら、老人の死体に顔を寄せていった。

その瞬間、麗子の鼻腔《びこう》をくすぐるアーモンド臭。

青酸性の毒は独特のアーモンド臭を放つと、法医学の教科書には必ず書いてある。とするとこれはひょっとして、青酸——

「青酸カリだあッ！」風祭警部は叫ぶや否《いな》や後ろに飛び退《の》き、麗子に警告を発した。「気を付けろ、宝生君！　無闇に顔を近付けないほうがいい。その湯呑みにもペットボトルにも触るんじゃない。青酸カリが付着している危険があるぞ。——ううむ、そうか、そういうことなのか。判ったぞ。この老人は青酸カリでもって殺害されたのだ！」

「………」

青酸カリ青酸カリと、そう馬鹿のひとつ憶《おぼ》えみたいにいわなくたって……

麗子は白けた気分で反論する。「あのぅ警部、青酸性の毒イコール青酸カリってわけじゃありませんよ。それに、もしこれが青酸カリによるものだとしても、殺人とは限らないのでは？　老人の服毒自殺の可能性も充分考えられると思いますよ」

「自殺!?」警部の眉がピクリと引き攣った。「も、もちろんだとも。僕はその可能性を踏まえた上で、殺人の可能性を指摘しているのだよ。そういうふうに聞こえなかったかい？」

「…………」全然、そういうふうには聞こえなかったけれど、「なるほど、警部のおっしゃるとおり、この事件は自殺と他殺の両面からの捜査が必要なようですね」

と麗子は警部を完璧にフォロー。部下の務めを全《まっと》うするのは、しんどいものである。

ふぅ、と息を吐く麗子をよそに、警部は傍らに控える地元の巡査に尋ねた。

「ところで、この老人の身許《みもと》は？」

「はい。この老人は桐山耕作《こうさく》氏、この桐山家の当主であります――」

中年巡査の説明によれば、桐山家は先祖代々、恋ヶ窪で農業を営む昔ながらの農家。屋敷の周辺に畑を所有し、桐山耕作も自ら農作業に従事していたそうだ。ちなみに農業は国分寺の隠れた地場産業である。特産品はウド。麗子は食べたことがない。

「もっとも――」と巡査の説明は続く。「耕作氏も寄る年波には勝てず、昨年いっぱいで農業は廃業したようです。息子夫婦は農業を継ぐ気はないようでしたから、仕方ないことですが」

「桐山家の家族構成は？」

「屋敷に住むのは耕作氏とその妻、信子《のぶこ》さん、息子夫婦、それから女子大生のお孫さんの五人家族。その他、通いのお手伝いさんが一名と飼い猫一匹であります」

死体を最初に発見したのは妻の信子だという。ならば、とりあえずは彼女に話を聞くべきだろう。麗子と警部は桐山信子を別室に呼び出した。

桐山信子は六十九歳の痩せた老婦人だった。突然の夫の死に接して、彼女は取り乱した様子も見せずに、ただ強張《こわば》った表情を浮かべながら刑事たちの前に現れた。

なんなりとお聞きください、と毅然《きぜん》とした態度を取る信子夫人を、風祭警部は疑《うたぐ》り深そうな目で見詰めた。万事において単純な彼は、《第一発見者こそは最初の容疑者である》と素直に信じるタイプである。

「まずは死体発見に至る経緯を話していただきましょうか」

警部の質問に、信子夫人は小さく頷《うなず》き、感情を押し殺した声で答えた。

「主人は風邪気味だということで、今日は朝食を食べてしばらくしてから、寝室にこもってしまいました。薬を飲んで寝たようです。わたくしも安眠の妨げにならないようにと、寝室に近づくことは遠慮しておりました。ですが、正午を過ぎ一時を過ぎても、主人は起きてまいりません。昼食はどうするつもりなのか、それが気になったわたくしは、午後一時半を過ぎたころに夫の寝室の扉をノックいたしました。ですが、返事がありません。わたくしは扉を開き、中を覗いてみました。すると、寝室はすでにあのような状態で……」

ふいに言葉を詰まらせた信子夫人は、若干芝居がかった仕草で口許に手を当てた。

警部は冷ややかな表情で、信子夫人にさらに詳しく事情を聞いた。

「耕作氏が寝室に入られたのは、正確には何時ごろのことでしょう」

「あれは午前十時ごろだったと思います。わたくしが庭で洗濯物を干していると、居間の窓越しに主人が声を掛けてきました。『風邪気味だから、寝室で休む。起こさないでくれよ』と。わたくしはただ『判りました』といって、そのまま庭で作業を続けたんです。ですから、主人が寝室にこもったのは、その直後のことでしょう」

「耕作氏が寝室に入られてから、様子をご覧になることはなかったのですか」

「ええ。どうせ寝ているだけと思っておりましたし、主人も『起こさないでくれよ』と念を押しておりましたから」

「なるほど。それで発見が午後まで遅れたわけですね。で、あなたは亡くなった耕作氏を発見して、どうしましたか」

「もちろん、倒れた主人に駆け寄って、身体を揺すったり呼びかけたりしました。でも、まったく反応がありません。それに、主人の身体がびっくりするぐらい冷たくなっていて……それで、わたくし思わず大きな悲鳴を……。それを聞いて、お手伝いの相川《あいかわ》さんが寝室にやってきました。相川さんはわたくしに代わって、主人の脈をみてくれました。しかし、やはり駄目でした。彼女は黙って首を振ると、わたくしを抱きかかえるようにして、寝室の外へ出ました。警察に通報してくれたのも相川さんです」

「寝室の様子は、あなたが死体を発見したときの状況と同じですか。あのテーブルの上のペットボトルや湯呑みに、手を触れたりしていませんか」

「ええ。ペットボトルも湯呑みも、それに敷布団の上の黄色いタオルも、枕元のラジオも懐中電灯も、いっさい手を触れておりません。その場所にあったままです」

「そうですか。いや、それは助かります」丁寧《ていねい》な仕草で頭を下げた風祭警部は、その直後、素早く後ろを振り向き、麗子の耳に囁《ささや》いた。「黄色いタオルとか懐中電灯とか、あの現場にあったかな？　え、あった？　そうか、いや、それならいいんだ」

「………」観察力に欠ける刑事が、ここにも約一名……

麗子は白けた目で警部を見やり、そして自ら夫人に尋ねた。

「現場を見た奥様の印象をお聞かせいただけませんか。耕作氏のあのような姿を見て、どう思われました？　殺人、それとも自殺？」

麗子の率直過ぎる問いに、信子夫人はびっくりしたように目を見開いた。

「殺人ですって⁉ そんなはずはありません。主人が誰に殺されるというのですか。そんな恐ろしい話、想像さえできないことです」

そして、信子夫人は自分に言い聞かせるような口調で続けた。

「わたくしが思うに、主人は自殺したのではないでしょうか。いえ、主人が自殺するような心当たりは特にありませんが、なんとなくそんな気がいたします……」

3

麗子と風祭警部が現場となった寝室に戻ると、桐山耕作の死体はすでに運び出された後だった。死体の傍に広がっていた嘔吐物も、鑑識がすべてさらっていったらしく、床は綺麗《きれい》になっていた。ペットボトルと湯呑みも、すでに鑑識に回されている。

風祭警部はベッドの端に腰を下ろし、さも考えているかのようなポーズをとった。

「今日の朝、耕作氏は風邪気味だといって寝室に入った。だが、本心は自殺する考えだった。ひとりになった彼は、ペットボトルの水を湯呑みに注《つ》ぎ、それからあらかじめ用意していた毒を口にし、湯呑みの水で流し込み、願いどおり死に至った——」

警部は自分の仮説に満足した様子で、ひとつ大きく頷いた。

「ふむ。こう考えれば、なるほど確かに、耕作氏は自殺と見えなくもないな。遺書は見当たらないが、遺書のない自殺は珍しくない。——そうだろ、宝生君」

「ええ、確かに」麗子はいちおう賛同の意を示しながら、ひとつの疑問を抱いた。容器が見当たらない。毒を入れた容器は、どこに消えたのだろうか。

「あの、警部……」

問題提起をしようとする麗子の言葉を遮って、

「問題は容器だ！」警部が叫ぶ。「青酸カリは裸で持ち歩くものではない。耕作氏が自分で用意した青酸カリを、この寝室で飲んだのなら、死体の傍にはその容器が転がっていなくては話が合わない。どうだ、宝生君！」

「………」どうだ、と勝ち誇られたところで、麗子もまったく同じ考えだから、特に感心はしない。ただ、無表情なまま「おっしゃるとおりです、警部」と答える麗子だった。

そして、警部はやおらベッドを下りて這《は》いつくばると、床の上やベッドの下を丹念に捜索し始めた。消えた容器を捜しているのだろう。仕方がないので、麗子も上司に倣《なら》う。

だが、どれほど覗き込んでも、ベッドの下にはなにも見当たらない。その代わり、壁際の床の上に細長い茶色いゴムが一本見つかった。「――警部、こんなものが」「ん!?」警部は麗子の摘《つま》んだ物体に顔を寄せ、見たままの事実を口にした。「なんだ。切れた輪ゴムじゃないか。そんなもの、事件となんの関係がある？　ただのゴミ屑《くず》だろ」

まあ、ゴミ屑といわれれば、確かにそうとしか見えない。麗子は拾ったゴムをテーブルの上に置き、再び床に視線を落とす。

すると数分後、四つん這いの刑事たちの執念はついに実を結んだ。

「あったぞ、宝生君！」

ベッドの傍に置かれた小型薄型テレビの台の下を覗き込んでいた警部が叫ぶ。

彼が戦利品のように高々と掲げたもの。それは細長い透明の筒状の容器。ピルケースだった。本来は錠剤などを入れる容器だが、毒薬を保管するのにも使えるものだ。中身は空《から》だったが、わずかな微粒子がケースの底に残っているのが判る。

警部は本体と繋《つな》がったキャップを指先で弾《はじ》いて開けると、ケースに鼻を寄せた。

「間違いない。これこそ青酸カリの容器だ。耕作氏はこの容器に入った青酸カリを自ら飲んだ。そしてケースを放り捨て、湯呑みの水を飲んだ。捨てられたケースは床の上を滑って、このテレビ台の下に隠れた。これで筋は通る。そうだろ、宝生君」

「…………」なるほど、確かに筋は通る。だが、麗子はなぜか急に不安になった。

考えてみると、過去に風祭警部が筋の通った仮説を披露したとき、たいていそれは間違っていた。その経験則からいえば、桐山耕作の死は自殺ではない。これは自殺に見せかけた殺人ということになるが……いや、それは考えすぎか……警部だって、たまにはアタリを引き当てることも……だけど、いままでが惨敗続きだし、今回だって……

考えれば考えるほど、桐山耕作の死が難解なものに思えてくる麗子だった。

それからしばらく後——

麗子と風祭警部は桐山邸の大広間の様子を、薄く開けたふすまの陰から覗いていた。だだっ広い畳の間には、五人の男女が思い思いの姿勢で座っていた。麗子は、これまでに収集した情報を、警部に対して小声で説明した。

「耕作の妻、信子は判りますね。その隣にいる中年男性が息子、和明《かずあき》です。彼は国分寺で無農薬野菜が売りのオーガニックレストランをやっています。要するに、飲食店経営者ですね。ちなみに和明は信子の連れ子で、耕作との間に血の繋がりはないそうです」

「ほう、それは聞き捨てならない情報だな」

「和明の隣にいる化粧の派手な女性が彼の妻、貴子《たかこ》です。専業主婦ですが、家事の大半は信子夫人に任せて、自分は趣味とお稽古事《けいこごと》に熱中する日々なのだとか。その後ろで退屈そうに髪の毛をいじっている若い女が、ひとり娘の美穂《みほ》。今年、女子大に入ったばかりで、いまはサークル活動と合コンに明け暮れる毎日だそうです」

「もうひとりいるじゃないか」警部はふすまの隙間《すきま》に顔を寄せながら聞く。

「エプロン姿の若い女ですね。彼女は相川香苗《かなえ》、見てのとおりお手伝いさんです」

「なるほど。よく判った」警部はふすまの隙間から顔を離すと、つまらなそうにボソリといった。「しかしなあ、耕作氏は十中八九青酸カリ自殺だと、そう決まってるんだ。関係者の事情聴取も、もはや時間の無駄のような気がするんだけどね」

「予断は禁物です、警部。それに警部はこの手のシチュエーション、お好きなはずでは？」

皮肉のこもった麗子の言葉に、風祭警部は二枚目風の微笑を浮かべて、

「もちろん、大好物だとも。――では、いくぞ、宝生君」

警部は並んだ引き手に両手を掛け、二枚のふすまを左右にパーンと勢い良く開け放

つ。自らの登場シーンをそこまで派手に演出する理由が、麗子にはサッパリ判らない。

だが、関係者一同の注目を一身に浴びながら、大広間の中央へと進み出る風祭警部は、間違いなく上機嫌。歌舞伎役者のように一同を睨《にら》みつけると、こう切り出した。

「桐山耕作氏が亡くなりました。青酸性の毒物を口にしたものと思われます――」

この警部の発言に、素早く反応したのは和明だった。

「青酸カリですね。父は青酸カリを飲んで自殺したんですね」

「おや、待ってください」警部はわざとらしく首を傾《かし》げて問い返す。「わたしは耕作氏が自分で毒を飲んだとはひと言もいっていませんよ。殺人の可能性は充分に考えられます。それに、細かいようですが青酸性の毒イコール青酸カリではありませんので、念のため」

おお、さすがプロの刑事だ！　キレ者だ！　というような間違った雰囲気が一気に大広間に広がった。ついさっき、ふすまの向こうで「十中八九青酸カリ自殺」と断言したのはどこの誰？　麗子は密《ひそ》かに溜《た》め息《いき》を吐《つ》いた。

「ち、ちなみに」と和明が声を震わせた。「父が死んだのは何時ごろのことなんですか」

「死亡推定時刻なら午前十時前後であると、監察医の所見がそのように出ています。ちょうど午前十時ごろに信子夫人が生前の耕作氏と会話を交わしていますから、実際に耕作氏が死亡したのは、十時を少し回ったころと見てよろしいかと……」

「午前十時！」警部の言葉を皆まで聞かずに、和明がホッとした声をあげた。「よかった。だったら、わたしは関係がない。わたしは午前九時には国分寺の店に出て、仕込みに掛かっていた。それ以降も、ずっと店にいた。従業員たちが、そう証言してくれるはずだ」

「ちょっとなによ、あなた」不満そうな声をあげたのは、妻の貴子だ。「自分だけアリバイを主張して、容疑を逃れようってわけ⁉ そんなのズルイわ。だったらあたしだって午前十時ちょっと過ぎには、お隣の奥さんたちが迎えにきて、一緒にお茶のお稽古《けいこ》に出掛けていたわよ。それからはずっと皆さん方やお茶の先生と一緒だったわ」

「ママ、それが、なんのアリバイになるっていうの？」と、娘の美穂が指摘する。「おじいちゃんが死んだのは、まさしく午前十時過ぎなのよ。ママがおじいちゃんに毒を飲ませて、それからお茶のお稽古に出掛けたとしても、全然おかしくないじゃない」

この開けっぴろげな物言いに、貴子は目を三角にして甲高い声をあげた。

「美穂、なんてこというの！　ママがおじいちゃんに毒を飲ませるわけないでしょ！」

「そうだぞ、美穂。無闇に身内を疑うものじゃない」和明も娘を窘《たしな》める。「ところで、美穂は午前十時ごろ、どこでなにをしていたんだ？」

「思いっきり疑ってんじゃねーか！」と、美穂はいかにもいまどきの女子大生らしい言葉遣いで父親に罵声《ばせい》を浴びせかけた。「あたしにはアリバイなんか、ないっての。午前十時ごろなら、ずっとこの家の自分の部屋にひとりでいた。友達の車で一緒に大学に出掛けたのは、確か十時半だった。それ以降は、ずっと大学で誰かしらと一緒だったけどさ」

　そして、美穂はぞんざいな口調を改めると、警部のほうを向いた。

「でも信じてくださいね、刑事さん。あたしはおじいちゃんを殺したりしていません」

「いや、信じるも信じないも……」

風祭警部は困惑の表情を浮かべながら、和明、貴子、美穂の三人の顔を見やった。

「みなさん、なにか勘違いされているようですね。今回の事件でいくらアリバイを主張したところで、なんの意味もないのですよ。なぜなら、耕作氏は毒を飲んで死んでいるのです。仮にこれが殺人だとした場合、犯人は死亡推定時刻の午前十時過ぎに現場にいる必要はまったくない。耕作氏が口にしそうなものに、前もって毒を仕込んでおけばいいのですから。その仕込みは今日の午前七時でも八時でもいいし、前の晩でもいい。いや、ひょっとしたら一週間も前から毒は仕込まれていたのかもしれません。例えば、耕作氏が日常的に飲む薬やサプリメント、あるいは風邪薬などに……」

風祭警部の言葉を聞いて、桐山家の人々の間に緊張が走る。一方、警部は先ほどまでの《自殺説》からアッサリ転向して、これが毒殺事件であると決めてかかっている様子である。たぶん、そっちのほうが面白いと判断したのだろう。

するとさっきまでアリバイを問題視していた三人が、一転して態度を翻《ひるがえ》した。

「か、考えてみればアリバイなんてどうでもいいじゃないか。だって父は自殺なんだから」

「そ、そうだわ。お義父様は最近、健康が優れないとこぼしてらっしゃった」

「そういえば高齢者の自殺は珍しくないって、新聞にも出ていたしね」

殺人容疑という荒波を前にして、バラバラだった家族は突如として結束を取り戻したようだ。

一連の様子を黙って見ていた信子夫人は、「嘆かわしい……」と首を左右に振った。

するとそのとき、信子夫人の背後に控えるお手伝いさん、相川香苗が小さく叫んだ。

「あら、シロじゃないの！　どこにいっていたの！」

相川香苗の視線は、先ほど警部が開け放したふすまのほうに注がれている。麗子がそちらに顔を向けると、いつの間に現れたのだろうか、そこには真っ白な猫の姿があった。

白猫だからシロなのだろう。そういえば、桐山家の家族構成の中には飼い猫が一匹含まれていたことを、麗子は思い出した。それにしては、いままで姿を見かけなかったが……

「やあ、戻ってきたのか、シロ」和明が白猫を抱き上げながら刑事たちに説明した。「実は、シロの奴、一週間ほど前から姿を隠していたんです。それで父はずいぶん捜し回っていたんですが、どこにも見つからなくて——なあ、貴子」

「そうね。お義父様はシロを毎晩、抱いて寝るぐらい可愛がっていたわ。だからいなくなって、とてもさみしがっていたみたい。ねえ、美穂」

「うん、おじいちゃん、もうシロは戻ってこないって、諦《あきら》めていたみたいだった。——あ、ひょっとしてシロがいなくなったことも、おじいちゃんの自殺の原因かも」

「うむ、それは考えられるな」和明が猫の頭を撫《な》でながら頷く。「ペットを失って気力をなくした高齢者が、ふと自殺に走る。——そういう話、よくありますよね、刑事さん？」

「ふーむ、自殺の原因はいなくなったペットですか」

風祭警部は右手で髪の毛を掻《か》き上げると、独り言のように呟《つぶや》いた。

「ま、確かに、あり得なくもないか……」

4

大広間での事情聴取が終わって、二人の刑事は互いの印象を率直に語り合った。

「飼い猫がいなくなって老人が自殺という線は確かにあり得る。やはり自殺なのか……」

「もともと警部は自殺だとおっしゃっていました。毒物の容器も現場にありましたし」

「だが、和明と貴子の夫婦、そして娘の美穂、あの三人の様子はどうだ。桐山耕作氏の死を悼《いた》むどころか、自分の無実を訴えるのに必死じゃないか。逆に怪しいぞ」

「確かに、聞かれてもいないアリバイを主張していました。では、彼らの中に真犯人が？」

この麗子の何気ない問い掛けに、風祭警部はそのまま乗っかるように、

「うむ、そうだ。君がいうとおり、耕作氏に毒を盛った真犯人は彼らの中にいる。十中八九、そうに違いない。僕も君とまったく同じ考えだよ、宝生君」

「…………」麗子はタダ乗りされたタクシー運転手のような気分。だが、部下の発言にタダ乗りする上司を取り締まる法律は、この国にはない。麗子は苦笑いするしかな

かった。

ちなみに麗子自身は、桐山耕作の死を自殺とも他殺とも判断しかねている。息子夫婦たちの振る舞いは死者に対して冷淡で褒められたものではないが、単に利己的なだけとも考えられる。かといって自殺と決め付けるのも単純すぎる気がするし……

だがひとつだけ、事情聴取の結果ハッキリしたことがある。要するに風祭警部は今回の事件について明確な見解があるわけではなく、単にいきあたりばったりの思考を垂れ流しているに過ぎない、ということだ。ま、普段どおりといえば、普段どおりなのだが。

そんな風祭警部は、これも単なる思い付きの一環かもしれないが、麗子を引き連れて桐山邸の台所へと向かった。ちょうどお手伝いさんの相川香苗が白猫に猫缶を与えているところだった。シロは腹ペコらしく、一心不乱に缶詰の餌《えさ》をむさぼっている。

「ああ、相川さん、ちょうどよかった。——おや、シロも一緒ですね」

警部はたぶん《動物好きの親しみやすい刑事さん》を演じたい衝動に駆られたのだろう。べつに好きでもないくせに、「やあ、可愛い猫ちゃんだ」といいながら白猫の前にしゃがみこみ、じゃらすように指を差し出す。

白猫は「にゃあ」とひと声鳴いてから——ガブッ。嚙《か》み付いた。警部の指をウインナーかなにかと間違えたらしい。警部の顔面は一瞬で紅潮した。

「駄目よ、シロ」相川香苗が白猫を窘める。「そんなの食べても美味《おい》しくないわよ」

実際、美味しくなかったらしい。シロは「おえー」とばかりに警部の指を吐き出した。

警部は自分の指先が欠けていないことを確認し、「……あ、あまり可愛くない猫ちゃんですね、ハハハ」と引き攣った笑みを浮かべながら、猫を睨んだ。

「はい、刑事さんのおっしゃるとおり、シロはたいして可愛い猫ではありません」

そういう相川香苗も、あまり可愛いお手伝いさんではなさそうだ。物言いが辛辣《しんらつ》すぎる。

「ほう、そうですか。しかし、先ほどの大広間でのやり取りからすると、耕作氏はこの白猫をたいそう可愛がっていたそうですね。毎晩一緒に寝るほどだったとか」

「さあ、どうでしょうか」意外にも相川香苗は腑《ふ》に落ちない表情。「わたくしは通いの家政婦ですので、夜中のことはよく判りません。ですが、わたくしの見る限りでは、旦那様はシロのことをそれほど可愛がっていなかったような気がします。一緒に暮らす猫だからそれなりの愛情はあるにしても、特別に好きという感じには見えませんでした」

「ふむ。つまり、猫への愛情は普通だった。猫可愛がりじゃなかったということですね」

「はあ、猫は可愛がっていましたが」「じゃあ、猫可愛がりしていたんですか」「いえ、猫を可愛がっていただけです」「つまり猫可愛がりですね」「いえ、猫を猫可愛がりはしていません」「猫を可愛がっていなかった？」「いいえ、猫は可愛がっていました」

「ほら、猫可愛がりだ」「じゃなくて、猫は……」

「警部！」痺《しび》れを切らして麗子が口を挟む。『猫可愛がり』という言葉は、猫以外の話題のときに使うべきでは？　話がややこしくなるだけですよ」

そして麗子は警部に成り代わって、目の前のお手伝いさんに尋ねた。

「耕作氏はシロに対してさほどの愛情を注いでいなかった。ということは、一週間ほど前にシロが行方不明になったことと、今回の耕作氏の死は無関係だということですか」

「そう思います。和明様たちは自殺だといってらっしゃいましたが、シロがいなくなったくらいで、旦那様にそれほどの精神的なダメージがあるとは思えません。多少、落ち込むぐらいのことはあるとしても、それで自殺に走るなんて考えられません」

「では、あなたは今回の事件は自殺ではなく、殺人だと？」

「それは……」相川香苗は一瞬言葉に詰まると、「いいえ、わたくしには判りません」と首を左右に振った。麗子はこれ以上の追及は無意味と判断して質問を終えた。代わって風祭警部が違った方向からアプローチを試みる。

「あなたが生前の耕作氏を最後に見たのは、いつのことですか」

「旦那様が寝室にこもる少し前、この台所にいる姿を見たのが最後でした。旦那様はお薬を飲んでいらっしゃいました」

「薬!?」警部の目がキラリと輝きを放った。「それはどんな薬です？　風邪薬ですか、あるいは他の常備薬？　それとも青酸カリ？」

「………」そんなもの飲んだら、その場で死んじゃいますよ、警部。

麗子は心の中で上司の発言にツッコミを入れたが――いや待てよ。青酸カリを飲んでもその場では死なない、そんな手段もあったっけ、と麗子は密かに思い直した。

「旦那様が飲んでらっしゃったのは、風邪薬と血圧を下げるお薬です。風邪薬は市販の粉薬。血圧のお薬はお医者様から処方されたカプセル薬ですわ」

その言葉を聞いた瞬間、警部は異常な興奮を示し、目の前のお手伝いさんに摑《つか》みかかった。

「カカカ、カプセル薬！　そそそ、その薬、どどど、どこにあるんですか！」

警部のあまりの剣幕に、相川香苗の顔は引き攣り、足元の猫は白い毛を逆立てた。

「血圧のお薬は、その冷蔵庫の中にあります。ええ、旦那様は毎日飲むお薬を冷蔵庫に保管しておく習慣でした。ご覧になりますか」

そういって彼女は台所の片隅に置かれた冷蔵庫の扉を開けた。取り出したのは、プラスティック製のピルケース。半透明の容器に納まっているのは、黄色いカプセル薬だった。

「耕作氏は処方されたカプセル薬を、このような形で保管し、毎日飲んでいたわけですね。だが、これは大変に軽率な保管方法だ。逆に犯人にとってはおあつらえ向きといえる……」

風祭警部は深く考え込むように顎《あご》に手をやると、「宝生君！」と傍らの麗子にいきなり問いかけた。「君はこのカプセル薬の持つ意味が判るかい？」

カプセル薬は薬の効果の発現を遅らせる役割を果たす。耳掻き一杯分飲めば即死亡とされる青酸カリでも、カプセルで覆《おお》えば、飲んでたちまち死に至ることはない。耕作氏が午前十時前に台所で飲んだ薬の効果が、十時を過ぎたころ、寝室のベッドの上で現れたとしても不思議ではない。このカプセル薬を利用すれば、犯人は難なく耕作氏に猛毒を飲ませることができるわけだ。思わぬ展開に麗子も興奮気味に口を開く。

「警部！　犯人はこのカプセ――」

「判らないなら教えてあげよう、宝生君！　犯人はこのカプセル薬に毒を仕込んだのだよ。そうとは知らない耕作氏は普段どおりに血圧を下げる薬だと思い込んだままそれを飲み、寝室にこもった。やがて胃の中でカプセルが溶けて、耕作氏の身体に毒が回った――というわけだ。どうかな、宝生君？　僕の推理になにか疑問な点でも？」

「……いえ、警部のおっしゃるとおりだと思います」

麗子は感情のない声で賛同の意を表した。誰でも思いつくような推理を、あたかも自分だけの特別な名推理であるかのように得意げに語るのは、風祭警部の特技みたいなものだ。

麗子の反応に気を良くした警部は、あらためて相川香苗に向き直った。

「薬を飲み終えた耕作氏は、それからどうしましたか」

「ええっと……そう、ペットボトルを持って台所を出ていかれました」

「ペットボトルというのは、例の寝室のテーブルにあったものですね」

「はい、同じものだと思います。それを手にしたまま、旦那様はいったん居間に向かわれると、庭にいる奥様と窓越しに二言三言、お話しされたようです」

『『風邪気味だから寝る。起こさないでくれ』というような会話ですね。信子夫人の証言にありました。では、その後ですね、耕作氏が寝室にこもったのは」

「はい――」と、いったん頷きかけたお手伝いさんは、またすぐに取り消すように顔を左右に振った。「いえ、旦那様は寝室へこもられる前に、また台所に戻っていらっしゃいました」

「ほう、それはなんのためですか」

「それは、あの……たぶん事件とは無関係だと思うのですが……」

「関係のあるなしは、こちらが判断いたします。なんでも、いってみてください」

「はい、それでは」相川香苗は意を決したように顔を上げた。「旦那様はわたくしに『輪ゴムはないか』とおっしゃいました。それで、わたくしはエプロンのポケットにあった輪ゴムを一本、旦那様に差し上げました。旦那様は『うん、これでいい』といって、そのまま輪ゴムとペットボトルを持って寝室のほうに向かわれました」

「な、なに、輪ゴムですって！」警部の声が裏返る。「そういえば、確かに現場の床には、切れた輪ゴムが落ちていましたが……。しかし、いったいなんのために？ 水の入ったペットボトルは、飲み水だとしても、寝室になぜ輪ゴムを持ち込むのですか」

「さあ、わたくしも不思議に思ったのですが、敢《あ》えて尋ねるほどでもないと思いまして……」

結局、輪ゴムの使い道には触れないまま、相川香苗は耕作氏を見送ったという。それが彼女にとって生前の耕作氏を見た最後の瞬間となったわけだ。

あらたに謎めいた存在として浮かび上がってきた、「輪ゴム」。その意味を掴みきれない麗子と風祭警部は、困惑した顔を互いに見合わせるしかなかった。

それから後も、麗子は風祭警部とともに捜査を続行。嫌がられるほどに関係者から何度も話を聞き、記憶に焼きつくほどに現場を執念深く眺めた。そして警部との間で延々と繰り返されるディスカッション。桐山耕作は殺されたのか、自殺なのか？　彼が死ぬ間際に輪ゴムを求めた意味はなにか？　答えが出ないまま捜査は深夜に及んだ。

その結果――

今日一日、全力で仕事をした麗子は、宝生邸に帰宅した途端、高熱でぶっ倒れたのだった。

5

「ほら見なさいよ、影山ぁ〜、全部、あんたのせいなんだからぁ〜」

《お姫様ベッド》の上で羽毛布団を顎まで引き寄せ、力ない声を発する麗子。

そんな彼女は、今宵《こよい》、豪華なディナーの代わりに風邪薬、ワインの代わりに葛根湯《かっこんとう》。ぬいぐるみの代わりに湯たんぽを抱えて布団に入ると、高熱の責任を傍らの執事に押し付けるのだった。

「あんたが税金泥棒なんていうから、こんなことにぃ〜」

「はあ。三十七度二分が三十七度四分になったことが、わたくしのせいでございますか?」

影山は手元の体温計の目盛りを見ながら、澄ました顔。少しも心配する素振りはない。そして影山は銀縁眼鏡を指先で軽く押し上げると、麗子に誘いを掛けるようにいった。

「思うに、お嬢様の体調が悪化したのは、今日の事件のせいでございましょう。ならばその一件、この影山に話してごらんになられては? お嬢様にとっては、事件の解決がなによりの妙薬になるものと思われますよ」

「そんなことないわよ。事件が解決したって、わたしの風邪は治んないわ。だって風邪と事件は関係ないもの。わたしの身体は国立にあって、事件は国分寺で起こってんだから」

「ほう、舞台は国分寺でございますか。で、国分寺のどのあたり――」

「恋ヶ窪よ。住宅地の一角よ。そう、畑があるわ。被害者も以前は農業を営んでた。だけど、まだ被害者と呼べるかどうか未定だわ。自殺の可能性もあるんだし……」

ふむふむ、なるほど、とタイミングよく相槌《あいづち》を打つ影山。

そんな執事に乗せられて、結局、麗子は今日の事件の詳細を語った。影山は傍らの椅子に腰を下ろして、彼女の話を熱心に聞いていた。

だが、麗子自身、まだ事件の全貌《ぜんぼう》を語れる段階ではない。そもそも、桐山耕作の死が殺人事件と確定したわけでもないのだ。この状況では、いくら卓越《たくえつ》した推理力を誇る影山でも、事件全体を見渡すことは不可能だ。ならば、せめて自殺か他殺かの判断だけでも、彼の考えを聞いてみたい。それが麗子の偽らざる本音だった。

「――で、どう思う、影山？」麗子は事件についてひととおり語り終えると、ベッドの上から影山の見解を聞いた。「桐山耕作は自殺？　それとも殺されたの？」

「その問いに答える前に、いくつかお聞きしたいことがございます」

落ち着いた態度を崩すことなく影山は質問に移った。

「お嬢様のお話を聞く限りでは、耕作氏と息子夫婦との仲は、良好ではなかった様子。その原因はなんでしょうか。和明氏が信子夫人の連れ子だからでございますか」

「それもあるでしょうね。だけど、むしろ原因は、和明が桐山家の農業を継がなかったことにあるみたいよ。耕作は和明が自分の後を引き継いで、桐山家に代々伝わる畑を守ってくれることを熱望していた。ところが、和明はレストランの経営者になった。和明と貴子の間に男の子はいない。美穂も後継者にはなってくれそうもない」

「それで、とうとう耕作氏は代々続く畑を手放すことに……」

「いいえ。耕作は確かに農業を引退したけれど、それでも畑を手放すつもりはなかったみたい。耕作の遠縁に、今年農業大学を卒業する男性がいるんだって。耕作はその人に自分の畑を継がせたい考えだったみたいよ。例えば、養子にするというような方法で」

「それは息子夫婦にとっては、大きな不利益でございますね。遺産の取り分が大きく目減りする可能性がある。なるほど……ちなみに、和明氏のレストランの経営状況は？」

影山の問いに、麗子は声を潜めるようにして答えた。「火の車、なんだって」

要するに、いまこのタイミングで和明や貴子が耕作を殺害する可能性は、充分考えられるということだ。麗子の話を聞いて、影山は満足そうに頷いた。

「では、べつの質問を。毒の種類でございますが、やはり青酸カリで間違いなかったのでございますか。青酸性の毒物は他にも種類がございますが」

「ええ、青酸カリよ。その点は風祭警部の決め付けが的中したみたい。結果的にね」

「なるほど。では次の質問を。現場のテーブルの上にあったペットボトルと湯呑みですが、中身は水で間違いございませんか。見た目が透明でも、真水とは限りませんよ」

「もちろん、それは鑑識が調べたわ。ペットボトルの中身と、湯呑みに残っていた透明な液体、どちらも真水よ。間違いないわ」

「では、次の質問。ペットボトルの種類はなんでございましょうか」

「は⁉　ペットボトルの種類って、どういうこと⁉」

「ペットボトルのラベルは剝がされていた様子。ならば中身は水だとしても、ペットボトル自体は他の飲料のものである可能性がございます。例えば、飲み終えた烏龍茶のペットボトルに水道の水を入れて、再利用するような人は大勢いらっしゃいます。桐山耕作氏もそのタイプだったと思われるのですが」

「ああ、そういうことね。確かに、あのペットボトルは本来、水が入っていたものではなかったみたい。水のペットボトルは軟らかい材質で出来ているものが多いけど、現場にあったものは違っていたわ。もっと強度のある硬いペットボトルだった。あれは本来、お茶なんかが入っていたペットボトルじゃないかしら。――ねえ、これってなんの質問？　ペットボトルの種類なんて、桐山耕作が死んだことと関係ないでしょ」

「いいえ、関係は大いにございますよ。おや、まだお判りになられませんか。ならば、もうひとつだけ、お嬢様にわたくしのほうから御質問を」

そういって影山は、ベッドに横たわる麗子に向かい、畏《かしこ》まった口調で重大な問いを投げた。

「なぜ、お嬢様は数多くの事件を経験しながら、一ミリも進歩なさらないのでございますか？　ひょっとして、わざとでございますか？」

「…………」麗子は、なにをいわれたのか判らないまま、しばし沈黙。やがて口を噤《つぐ》んだまま布団の中で身を起こすと、「ケホ、ケホッ」と乾いた咳をしながら、「影山、ガウンをちょうだい」と執事に命令。差し出されたピンクのガウンに袖を通した麗子は、ふらつく身体でベッドを下り、おもむろに手にした枕を頭上に掲げると、

「影山あぁぁ――ッ！」

裏切り執事の名を呼びながら、怒りの気合もろとも投げつけた。

「――ぶ！」

顔面で枕を受け止めた影山は、ズレた眼鏡を手で押さえながら、「お、落ち着いてくださいませ、お嬢様。これ以上、風邪を悪くしては明日のお仕事に差支えが……」

「差支えないわよ！　三十七度ちょっとの熱なんて、全然平気だっつーの！」

風邪のウイルスも逃げ出すほどの高いテンションで、麗子は影山ににじり寄った。

「一ミリも進歩がないですって！　冗談じゃないわよ。これでも以前に比べりゃ五ミリか十ミリは確実に進歩してるんだっつーの！」

「あまり自慢になりませんよ、お嬢様」

「う・る・さ・い」麗子は影山に向かって唇を尖《とが》らせながら、「ああ、そう。じゃあ、あなたはこれが自殺か他殺か、判るっていうのね。上等だわ。聞かせてもらおうじゃないの」

そして麗子はベッドの上にどっかと腰を下ろし脚を組むと、執事を挑発するようにいった。

「さあ、話してちょうだい。納得いかない推理だったら、承知しないんだから！」

影山は、やれやれというようにひとつ溜め息を吐くと、「かしこまりました」と立ったまま恭しく一礼。そして、おもむろにこう切り出した。

「お嬢様の前でこのようなことを申し上げるのは釈迦《しゃか》に説法でございますが、もともと毒殺事件というものはやっかいなもの。刺殺や絞殺と違い、毒殺の場合、犯人は事件発生の瞬間、現場に居合わせる必要がありません。前もって食べ物や器に毒を仕込んだり、あるいは殺したい相手に毒を薬と称して渡しておくことも可能でしょう。そうやって実際に誰かが毒を飲んで死んだ場合、自分で毒を飲んだのか、他人に飲まされたものなのか、それを後から警察が判別するのはなかなか難しいことでございます」

「そのとおりよ。だから、困ってるんじゃないの」

「では、いったいなにが事件解明のカギになるのでございましょう」影山は微かに口許にニヤリとした笑みを浮かべると、いきなり奇妙な問いを口にした。「ところでお嬢様——猫とペットボトル、両者の共通点がなんであるか、お気付きになりますか」

「はぁ⁉ 猫とペットボトルの共通点っていわれても……どちらも《ペット》とか⁉」

麗子のシンプルな答えに、影山は虚を衝《つ》かれたように、「なるほど」と感嘆の声をあげた。

「素晴らしい答えでございます。この影山、お嬢様の豊かな発想に感服いたしました」

「え、じゃあ、当たり⁉」

「いえ。わたくしの想定した答えとは違います。あ、それから水を入れたペットボトルが電信柱の猫避《よ》けに使われる云々《うんぬん》——といった答えも、正解とは異なりますので、念のため」

「ああッ、それ、いまいおうと思ったのに！」

真剣に悔しがる麗子。この手のクイズには絶対正解したい、負けず嫌いな女子なのである。「ちょっと待ってね、影山。まだ正解、いわないで……絶対正解してやる！　えーと、猫とペットボトル、猫とペットボトル……」

「お嬢様、残念ながらタイムオーバーでございます」

無情にも影山はそういって話を区切ると、あらためてべつの疑問点を口にした。

「話は変わりますが、関係者の証言によると、耕作氏は飼い猫のシロが大好きだったという話と、それほどでもなかったという話と、両方ございました。この微妙に食い違う証言の意味するものは、なんだと思われますか、お嬢様？」

「それは、個人の感じ方の違いに過ぎないんじゃないの？」

「いいえ、そればかりではございません。ポイントは耕作氏がシロを『毎晩抱いて寝ていた』という部分でございます。毎晩抱いて寝ていたから、家族の目には耕作氏が猫を溺愛《できあい》しているように見えた。逆に、そのことを知らない通いのお手伝いさんの目には、耕作氏の猫への愛情がそれほどには映らなかった。そういうことでございましょう」

「確かに、そうかもしれないわね。――で、なにがいいたいの、影山？」

「毎晩猫を抱いて寝る理由。それこそが大事なのでございます。耕作氏の場合、その理由は猫に対する深い愛情ではございません。彼の猫に対する執着はさほどでもなかった。そんな耕作氏が、わざわざ毎晩猫を抱いて寝る。その合理的かつ現実的な理由は、ほとんどひとつしか考えられません。すなわち――」

影山は指を一本立てて、堂々と結論を語った。

「猫を抱いて寝れば温かくて気持ちいい。電気代も掛からないし、温かくして寝れば風邪もひかずに済む。耕作氏が猫を抱いて寝る理由は、そんなところかと思われます」

「え、そんな理由⁉」いったんは呆気《あっけ》にとられた麗子だが、考えるにつれて影山のいうことが真実に思えてきた。「確かに猫は温かいわね。特に冬場は重宝かも」

「しかし、残念ながら桐山家のシロは一週間ほど前から姿が見えなくなっていました」

「てことは、この一週間ほど、桐山耕作は猫を抱いて眠れなかったってことね」

「さようでございます。おまけに今朝はここ最近にない冷え込みでございました。そのせいかどうかは判りませんが、今日になって耕作氏は風邪をひいた様子。そこで朝食後、耕作氏は風邪薬を飲み、ひとりで寝室に引っ込もうといたします。ですが、いつもベッドを共にしてきたシロは相変わらず行方不明。そこで急遽《きゅうきょ》、彼はあるものを利用することを思い付き、それを実行したのだと思われます」

「あるものって、なによ？」

影山はまるで切り札のようにその言葉を口にした。「ペットボトルでございます」

「現場にあったアレね。でも、水の入ったペットボトルを、どう使うっていうのよ」

麗子の問いに影山は深い落胆の表情を浮かべた。「ああ、お嬢様はいまだに勘違いなさっておいでです。耕作氏のペットボトルの中身は水ではございません」

「はぁ、なにいってんの、影山!? ペットボトルの中身は水よ。鑑識が調べたんだから間違いないって、さっきそういったじゃない」

「いいえ、鑑識の検査結果がどうあれ、耕作氏が寝室に持ち込んだペットボトルの中身は水ではありません」

「無茶いわないでよ。水じゃないなら、いったいなんだっていうの?」

麗子の問いに、影山はいとも明快に答えた。「お湯でございます」

「お湯!?」意外な答えに、麗子は一瞬呆気に取られる。

水じゃなくてお湯。科学的には同じ物質だが、確かにお湯は水とは違う。「でも、なんで桐山耕作がペットボトルにお湯を入れて寝室に持ち込むのよ。飲むの?」

「飲料用ならば、冷たい水か温かいお茶にするのでは?」

「そうよね。それじゃあ、なんでお湯を?」

「お湯を入れたペットボトルの利用方法としては、有名なものがひとつございます」

影山は充分に間合いを取って、答えを口にした。

「湯たんぽの代用品でございます」

「湯たんぽ!? あ、そーいうことなのね!」

麗子はようやく合点がいった。「桐山耕作は暖をとるために猫を抱いて寝ていた。その猫がいなくなると、今度はお湯を入れたペットボトルを猫代わりにして抱いて寝ようとした。それでやっと判ったわ。『猫とペットボトルの共通点はなに?』っていう、さっきのクイズ。答えは、『どちらも湯たんぽ代わりになる』ってわけね」

「正解でございます、お嬢様」

影山はおごそかに一礼し、麗子に敬意を示した。

「でも、基本的なことを聞くけど、ペットボトルって本当に湯たんぽ代わりになるの?」

「はい。現実にペットボトルにお湯を入れて湯たんぽ代わりに抱いて寝る人は、結構いると聞きます。軟らかい材質で作られたペットボトルは、お湯を入れると熱のために変形し、お湯が漏れたりしますが、お茶のペットボトルなどは耐熱性に優れていますから、お湯を入れても変形しにくいようです。——ただし!」

影山は麗子の目の前に指を一本立て、威嚇《いかく》するように重大な警告を発した。

「念のために申し上げておきますが、所詮《しょせん》、ペットボトルは暖房器具ではありません。

ペットボトルの湯たんぽは、本来の使用方法と異なりますので、けっしてお勧めはいたしません。もし、お嬢様がおやりになる場合は、どうか自己責任で」

「やらないわよ！　なんで、わたしがペットボトルを抱いて寝なきゃならないのよ！」

麗子は自分の湯たんぽを抱きしめながら叫ぶ。ちなみに、麗子のそれは宝生家に先祖代々伝わるトタン製の湯たんぽ。それに麗子が緑のカバーを掛け、頭と足と尻尾《しっぽ》をつけて、全体としては緑亀の形になっている。それを見るうち、麗子はようやく気が付いた。

「そういえば、現場のベッドの上に黄色いタオルがあったわ。あれはペットボトルの湯たんぽを包むためのカバーだったんじゃないかしら」

「お察しのとおりかと存じます。そこまでお判りになれば、もはや謎めいた輪ゴムの使い道さえも、お嬢様には想像がついていらっしゃるのでは？」

「も、もちろんよ。当たり前でしょ」

そういってから、麗子は慌てて考える。輪ゴムは、えーと……「そう！　輪ゴムはペットボトルを包んだタオルを縛るためのものよ。タオルで包んでいるだけじゃ、寝ている間にタオルが外れちゃう。だから輪ゴムで止めておく必要があったのね」

「さすがお嬢様。慧眼《けいがん》でございます」

影山は歯の浮くようなお世辞を披露しながら、にこやかに微笑んだ。

「さて、以上のことから、耕作氏が寝室に持ち込んだペットボトルが湯たんぽ代わりであることは、充分納得していただけたものと思います」

「そうね。タオルや輪ゴムの意味が、これで綺麗に説明付くものね。でも、待って。ペットボトルの湯たんぽと、桐山耕作の死の謎と、どう繋がるっていうの？」

「はい。まさに、そこが考えどころでございます」

影山の眸《ひとみ》が、銀縁眼鏡の奥で輝きを増した。

「よく、お考えくださいませ、お嬢様。仮に、寝室に引っ込んだ耕作氏が、そこで突如として自殺を決断したといたしましょう。自殺のための青酸カリもすでに入手済みだったとします。しかし仮にそのような状況が整っていたとして、果たして耕作氏は湯たんぽのお湯で毒を飲むような真似《まね》をするでしょうか？」

「う……それは……」

「自分の命を絶つという行為は、本人にとっては神聖な儀式であるはず。一方、湯たんぽのお湯といえば、翌朝、顔を洗うのに使うのが定番の利用方法。それなのに、いくら手元にあるからといって、湯たんぽのお湯を湯呑みに注いで、それで毒を飲むとは！　いいえ、自殺者の心理としてあり得ないことでございます」

影山はゆっくりと首を左右に振り、静かな声で結論を語った。

「耕作氏は自殺ではありません。何者かに毒を飲まされ、殺害されたのでございます」

6

息を呑む麗子を前にして、影山は説明を続けた。

「犯人は風祭警部が見抜いたとおり、カプセル薬に細工をして青酸カリを仕込んだのでしょう。耕作氏はそれを台所で風邪薬などと一緒に飲んだ。そして、彼はお湯の入ったペットボトルと輪ゴムを持って寝室へ。タオルはもともと寝室にあったのでしょう。彼はペットボトルをタオルで包み、それを輪ゴムで止めた。ペットボトル湯たんぽの完成です。彼はそれを抱いて布団に入る。しかし、それからしばらくして、胃の中でカプセルが溶けて毒が回り、彼は死に至った。その断末魔の苦しみの中で、彼は手元にあったペットボトルやそれを包んだタオルを、強く握ったり引っ張ったりしたのでしょう。そのため輪ゴムは切れて壁際まで飛んでいき、タオルとペットボトルは分かれて別々になってしまった——」

「それが午前十時過ぎの出来事ってわけね。それから犯人はどうしたの？」

「耕作氏が死亡した後、犯人は彼の死体を発見し、それを自殺に見せかけようとしたのでしょう。といっても、ほんのわずかな細工を施すだけです。青酸カリの容器を現場に投げ捨て、それからベッドの傍に転がっていたペットボトルを拾い上げ、その中身を湯呑みに注いだ。それだけのことで、あたかも耕作氏が寝室で自ら毒を飲んだように見せかけたのです。――と、ここまでいえば、もうお気付きですね、犯人の行動に大きなミスがあることに」

影山の問いに、麗子は即座に答えた。

「犯人は現場に転がったペットボトルを、飲料用だと勘違いしたのね。だから、それを湯呑みに注いでしまった。それが犯人のミスね」

「おっしゃるとおりでございます」影山は強く頷くと、「そして、このことから耕作氏を殺害した犯人の正体が絞り込めます」と、大胆に宣言した。「注目すべきは容疑者たちのアリバイでございます」

「アリバイ⁉」

麗子は怪訝《けげん》な顔つきで聞き返す。

「ちょっと待ってよ。毒殺事件にアリバイは関係ないでしょ。だって、犯人は前もってカプセル薬に毒を仕込んでおくことが……」

「いえ、アリバイといっても毒殺に関するアリバイではありません。重要なのは、犯人がペットボトルの中身を湯呑みに注いだときのアリバイでございます。よくお考えくださいませ、お嬢様。犯人が現場でペットボトルを拾い上げた際、その中身が熱々のお湯だったなら、犯人はこれを飲料用だと勘違いするでしょうか」

「そっか。熱々のお茶ならともかく、熱々のお湯じゃ飲料用だとは思わないわね。湯たんぽだと気付くかどうかは、微妙だけど」

「おっしゃるとおりでございます。しかし、この犯人は飲料用だと勘違いしている。すなわち、犯人がペットボトルに触れたとき、その中身はもはやお湯ではなかった。すっかり冷めて常温の水に変わっていたものと考えられます」

黙って頷く麗子。影山の話はいよいよ佳境《かきょう》に入ったようだった。

「では、この勘違いをした犯人は誰か。そこで容疑者たちのアリバイを眺めてみますと、まず桐山和明は午前九時には国分寺のレストランに出勤して、仕込みに掛かっていた。その後も、ずっと店にいたのだとすると、そもそも現場に細工を施すこと自体、不可能だといえます。彼は犯人ではございません」

「そうね。それじゃあ、その妻、貴子は？」

「桐山貴子は午前十時過ぎに、近所の奥さんたちと一緒にお茶のお稽古に出掛けていった。彼女が現場に細工をするならば、耕作氏が死んだ直後、まさに十時過ぎ、近所の奥さんが迎えにくる寸前におこなったということになるでしょう。しかし、そのときペットボトルの中身はまさに熱々のお湯だったはず。貴子は犯人ではありません」

「じゃあ、娘の美穂も同様ね。彼女は午前十時半に友達と一緒に大学へと出掛けていった。それまでは屋敷にいたから、その間に現場に細工をすることはできたはず。だけど十時半の時点で、ペットボトルの中身が常温の水のように冷めていたとは思えないわ」

「同感でございます。と、そのように考えますと、結局、このような勘違いをする可能性のある人物は、耕作氏の死亡した数時間後に桐山邸にいた女性二人。すなわち、桐山信子夫人とお手伝いさんの相川香苗の二人のどちらかということになるのでございます」

「容疑者は二人に絞られたってことね。で、真犯人はどっち？」

「それを分かつポイントは、いなくなった白猫でございましょう。もはや今回の事件が殺人であることは明白な事実。だとすれば、一週間ほど前から行方不明になった白猫は、いわば犯人によってあらかじめ用意された《自殺の口実》だと思われます。大切な飼い猫がいなくなって意気消沈した老人が、ふいに自殺を図る——そういう、ありがちなストーリーを信じ込ませるために、犯人が猫を隠したのです。そして、事件が発覚した後には、すぐさま隠していた猫を解放した。すなわち、行方不明と思われた猫は、実は桐山邸の敷地のどこかにちゃんといたのです。とすれば、屋敷の中で猫を隠しておける人物は誰か」

「通いのお手伝いさんには、無理ね」

「というより、通いのお手伝いさんならば、猫は自宅に持ち帰るなり、遠くに捨てにいくなりするはずです。犯人はそれをしなかった。ひょっとすると彼女自身、シロに対してそれなりの愛着を持っていたのではないでしょうか。だから一週間ほど隠すに留《とど》めた——」

「そうね。確かに、影山のいうとおりみたい」

確信を得た麗子は自ら最後の結論を口にした。「犯人は信子夫人だったのね」

「おそらくは、そう思われます。信子夫人は農地を手放そうとしない夫を殺害し、その遺産でもって、息子のレストラン経営を立て直そうと考えたのでございましょう」

こうして事件の謎解きを終えた影山は静かに一礼した。

麗子はいつもながらの影山の鋭さに内心、舌を巻く。そして明日の朝には、あらためて桐山信子を参考人として取調べてみなければ、と考えた。

そんな麗子のご機嫌を伺うように、影山は尋ねた。

「いかがでございますか、お嬢様。これでぐっすりお休みいただければ幸いですが」

「ぐっすり、ですって？　とんでもないわ」

ガウンを羽織った麗子はベッドの端から勢い良く立ち上がると、執事に命じた。「影山、夜食を用意して。今夜はディナーを食べ損ねたから、お腹ペコペコだわ。そうね、宝生家特製、あんかけチャーハンなんてどうかしら」

「夜も遅い時間ですが……あの、お身体は？　確か風邪を召されていたはずでは？」

「風邪⁉」麗子は思い出したように自分の掌《てのひら》を額に当てた。「そういえば、治ったみたい！」

なるほど影山がいったとおり、事件の解決はなによりの妙薬になったようだ。

そんな麗子に対して、影山は皮肉っぽい笑みを浮かべながら一礼した。

「それはなによりでございます、お嬢様――」

第二話　この川で溺れないでください

1

それは大学通りの桜も満開を過ぎたころ。

風に舞う花びらが雪のように地上に降り注ぎ、黒々としたアスファルトさえ可憐《かれん》なピンク色に染まる、そんな風雅《ふうが》な景色の中――

可憐な花びらを踏みにじる勢いで、国立《くにたち》の街中を疾走する一台の車があった。全長七メートルのリムジンカー。この街でもっとも格調高く、華麗で優雅で、そしてもっとも細くて長い自家用車だろう。それは国立が世界に誇る大富豪、宝生《ほうしょう》家の所有するキャデラックである。国立でキャデラックのリムジンを発見したら、まず宝生家のものと見て間違いない。

そんなリムジンの運転席でハンドルを握るのは、宝生家に仕える運転手兼執事の影《かげ》山《やま》。彼は街の随所に見られる桜の木を横目で眺めながら、生真面目な口調で、

「お嬢様、ご覧くださいませ、見事な桜吹雪でございますよ」

と、自分の背後に向かって声を掛ける。だが、返事はない。バックミラー越しに後ろの様子を窺《うかが》う影山。後部座席に座る宝生家のひとり娘、宝生麗子《れいこ》は疼《うず》くこめかみを

指で押さえながら、顔を伏せたまま短く答える。

「——いい。桜なんか、もう見たくない」

拗《す》ねるように顔を左右に振る麗子は、黒いパンツスーツにダテ眼鏡、長い髪の毛を後ろで束ねた地味めのスタイル。麗子が仕事に従事する際の定番ファッションだ。麗子の職業は警察官。富豪令嬢でありながら国立署に勤務する現職刑事だ。つまりは公僕《こうぼく》である。

「ああ、それなのに……わたしったら……」

麗子は後部座席で頭を抱え、昨夜《ゆうべ》の失態を思い返した。

場所は吉祥寺《きちじょうじ》、井の頭《いかしら》公園。この季節、東の上野公園に対して、西の井の頭公園といえば、学生、会社員、労働者、公務員、魑魅魍魎《ちみもうりょう》入り乱れて酒を酌《く》み交わす花見の聖地だ。

ご多分に洩《も》れず、麗子もまた大学時代のサークル仲間とともに、花見客でごった返す公園へと繰り出した。

満開の桜の下、旧友たちと車座になり、ビールで「乾杯ッ！」、そして焼酎で「乾杯あ〜ィ！」、さらに日本酒で「乾ッ杯あ〜いィ！」するころには、すでに麗子のロレツは怪しくなっていた。気分はもはや恐《こわ》いもの知らずの学生時代に逆戻り。と同時に、彼女は現在の職業を忘れた。

だが花見客で溢《あふ》れる公園内は、一方で酔漢や羽目を外した若者たちが乱痴気《らんちき》騒ぎを繰り広げるカオス空間でもある。若い女性に対して、不謹慎な行為に及ぶ男性は山ほどいる。

麗子の前に現れたのは、酒臭い息を吐く学生風のチャラ男《お》だった。

一緒に飲もうよ、おネエちゃん――と、図々しく迫ってくる彼の手を二度三度と払いのけた麗子は、しかし四度目に差し出された彼の右手をギュッと握り締め、雑巾《ぞうきん》でも絞るようにぐいっと捻《ひね》りあげると、「えい！」気合もろとも後方に放り投げた。チャラ男は一瞬宙を舞い、綺麗《きれい》な放物線を描きながら、頭から井の頭池に飛び込んでいった。

一瞬の静寂。やがて沸き上がる歓声と拍手。なにを勘違いしたのか、ピースサインで応える麗子。慌てた仲間たちは、彼女を抱きかかえるようにして、その場を離れていった。

それから後の記憶が麗子にはない。目が覚めたときには、麗子は宝生邸のベッドの上だった。池に落ちたチャラ男が、あの後どうなったのかは、彼女自身にも判らない。おかげで今朝は、テレビのニュースを見るのが恐かったのなんの……

幸いにして、「井の頭公園にて溺死体《できしたい》発見！」というニュースはどこも報じていなかった。昨夜の一件は、麗子と仲間たちによる《完全犯罪》と成り得たようだ。

とはいえ――

「現職警官の振る舞いじゃなかったわね、あれは……」

嫌な記憶と二日酔いに顔を顰《しか》める麗子。

そんな彼女を慰めるように運転席の執事が、「ご安心くださいませ、お嬢様」と厳《おごそ》かに口を開く。「仮に、その被害者が名乗り出て、お嬢様の責任を追及する構えを見せた場合、お父上である清太郎《せいたろう》様は全力でお嬢様の破廉恥《はれんち》行為を揉《も》み消すことでしょう。お嬢様に火の粉《こ》が降りかかる恐れはございませんよ」

「あ、そっか」

麗子はホッとして顔を上げた。「いわれてみれば確かに、わたしが気に病む必要はないんだわ。だってわたしのお父様はお金持ちですもの――って、馬鹿ぁ！」

執事に罵声《ばせい》を浴びせた麗子は、「そういう問題じゃない！」とイラつきながらシートの上で脚を組む。「影山、あなた、落ち込んでるわたしを慰めようなんていう気持ちは、まるで持ち合わせていないみたいね。可哀相なお嬢様が自己嫌悪に陥ってるっていうのに……」

「なに、酒の席での破廉恥行為のひとつや二つ、誰にでもございますよ」

「だから、《破廉恥行為》って何度もいわないでいいっての！　余計傷つくから！」

かしこまりました、と慇懃無礼《いんぎんぶれい》に答える影山。

忠実な執事であるはずのこの男が、お嬢様である麗子を毒のある言葉で痛めつけるのは、いまや宝生家の日常の一部である。

「ところで、お嬢様、多摩川が見えてまいりました。そろそろ現場でございますよ」

「いわれなくても多摩川ぐらい見りゃ判るわよ。適当なところで停《と》めてちょうだい」

麗子は朝の光を受けて輝く多摩川の川面《かわも》を窓から見やる。穏やかで心安らぐ光景だが、今朝入った連絡によれば、この河川敷付近で若い男の変死体が発見されたのだという。

影山は現場から少し離れた、川沿いの道路にリムジンを停めた。この車で直接現場に乗り付けたら、安月給に泣く大勢の捜査員たちの驚きと嫉妬《しっと》を買い、現場の士気の低下を招くからだ。

影山は運転席を降りて、麗子のために後部ドアを開ける。麗子も、このときだけは富豪令嬢らしく優雅な微笑を彼に向けた。「――ありがとう。帰りもよろしくね」

「ご活躍をお祈りいたします」影山も恭《うやうや》しく頭《こうべ》を垂れる。「どうぞ自己嫌悪に浸るのは後にして、現場では普段のお嬢様らしく、明るく堂々と、傍若無人《ぼうじゃくぶじん》な態度がよろしいかと」

「そうね、そうするわ——って、はあ?」いま、なんていった?

唖然《あぜん》とする麗子をよそに、影山は澄ました顔で運転席に舞い戻る。一瞬の後、リムジンは盛大な排気ガスと土埃《つちぼこり》を撒《ま》き散らしながら、麗子のもとを逃げるように去っていった。

ひとり残された麗子は、遠ざかるリムジンに対して、いまさらのように拳《こぶし》を振って叫ぶ。

「誰が傍若無人ですって! あたしがどんだけ現場で気ぃ使ってると思ってんのよ!」

麗子の悲痛な叫びを、川面を撫でる春の風が掻《か》き消していった——

2

現場は国立と立川《たちかわ》の境界付近だった。河川敷と住宅地を隔てる土手の一本道に、パトカーと警官が大挙して押し寄せている。その周辺を、近所から駆けつけた野次馬たちが、二重三重に取り囲んでいる。

麗子は人垣を掻き分けながら、現場にたどり着いた。

『KEEP　OUT』とプリントされた黄色いテープをくぐると、麗子の目の前に制服巡査の姿。麗子は白い手袋を装着しながら、警戒するように周囲を見回す。

「——風祭《かざまつり》警部は？」

こちらです、そういって巡査が案内してくれたのは、土手の道路脇にある小さな藪《やぶ》だった。畳三枚ほどのスペースに、大人の腰ぐらいの高さの草木が生い茂っている。藪の向こう側は急斜面になっているらしく、その先に広々とした河川敷が見下ろせる。麗子は藪の中を覗《のぞ》き込む。正直、壊れたテレビを捨てる以外、利用価値のない空間だ。すると案の定、彼女の視線の先に不法投棄されたテレビ。その隣には、不法投棄された若い男の姿があった。男は仰向けの恰好《かっこう》で大の字を描き、微動だにしない。死んでいるのだ。

麗子はドキリとした。死体を見たからではない。その点に関しては、麗子はすでに百戦錬磨《ひゃくせんれんま》といっていいほど、経験を積んでいる。彼女が驚いたのは、その死体が目にも鮮やかな白いスーツを着用していたからだ。麗子の知る限り、このような特異なファッションセンスの持ち主は、国立周辺にはひとりしかいない。

有名自動車メーカー『風祭モータース』の御曹司《おんぞうし》にして、国立署が誇るエリート捜査官。そして麗子の直属の上司でもある、彼だ。

「かかかか、風祭警部！」麗子は一瞬ですべてを理解した。「ああ、ついに……」

「なにが、『ついに』なのかな、お嬢さん」

背後から呼びかけられて、麗子は思わず「うわ」と無様《ぶざま》な叫び声。そして彼女はまたしても一瞬ですべてを理解した。考えてみれば、風祭警部がそう簡単に死ぬはずがない。

麗子は何事もなかったかのように振り向くと、最高の作り笑顔で上司に挨拶《あいさつ》した。

「こちらにいらっしゃったんですね、警部、なんだガッカ——いえ、ホッとしました」

「ふむ、君がなにをどう勘違いしたのかは、敢《あ》えて聞かないでおくよ」

警部のありがたい配慮に、麗子は神妙に一礼。そして彼女は、あらためて死体を眺めた。

年齢は二十代半ばぐらいか。端正な顔立ちに日焼けした肌。朝露のせいだろうか、茶色く染めた髪の毛が、ぐっしょりと濡《ぬ》れて額にぺったりとくっついている。中肉中背で、身体つきは特徴に欠ける。だが、それを補って余りあるファッションセンスが、この男を特徴付けていた。スーツの色はすでに説明したとおり。なおかつシャツは紫で、靴下は赤。ベルトと靴は蛇だか鰐《わに》だか、とにかく爬虫類《はちゅうるい》的な色彩を放っている。

警部は自分の白いスーツと死体の装いを見比べて、ふいに顔を顰めた。

「まさかとは思うが、この男、僕と間違われて、殺されたんじゃないだろうな」

「…………」鋭い推理ですよ、警部。その可能性、充分に考えられます！

そう思いながらも、麗子は上司に気を使って、別の発言。「そもそも、この男性、殺されたと考えていいんでしょうか。見たところ、目立った外傷はありませんけど」

「それもそうだな。首を絞められたわけでもなさそうだ。ひょっとして、また毒殺か？」

警部の発言に触発されて、麗子は死体に顔を寄せる。瞬間、微《かす》かなアルコールの匂いが彼女の鼻腔《びこう》をくすぐった。男性は死亡する直前に、ある程度の酒を飲んだものらしい。急性アルコール中毒なら、殺人ではなく単なる病死ということになる。

「まあいい。いずれにせよ、死因を明らかにするのは我々ではなく、医者の仕事だ」

風祭警部は死因についての詮索《せんさく》を打ち切ると、続いて死体のポケットを検《あらた》めた。黒革の長財布が上着の胸ポケットの中から見つかった。現金はすべて抜かれている。カード類も奪われたらしい。財布の中に残されていたのは、病院の診察券だけだった。

唯一の手柄を誇示するように、警部がそこに書かれた名前を読み上げる。

「石黒亮太《いしぐろりょうた》か……どんな奴なんだ、いったい？」

すると、そんな警部の呟《つぶや》きに応えるように、麗子たちの背後から声があがった。

「石黒亮太でしたら、よく知っています。奴は、見てのとおりのチンピラですよ」

振り向くと、そこにいたのは制服巡査だった。まだ若い。麗子と同世代だろう。正義感の強そうな鋭い視線。太い眉毛が、真面目そうな印象を与える。

「チンピラだって――それはどういう意味かな？」警部が巡査に尋ねる。

「ええ、実は石黒という男は学生時代から手の付けられないワルでして、地元では有名……」

「いや、待て。そうじゃなくてだ」警部は若い巡査に自分の顔を近づけると、ゾッとするような笑みを浮かべた。「君ね、《見てのとおりのチンピラ》って、どういう意味かな？　君はアレかい、僕のこのアルマーニの白いスーツ姿が、チンピラに見えるとでもいいたいのかい？」

警部の怒りは無理もない。確かに、チンピラ呼ばわりは可哀相だ。せめてヤクザの若頭《わかがしら》風と呼んでやるべきだろう。まあ、どう呼んでも、警察官に見えないことに違いはないが。

警部の逆鱗《げきりん》に触れた若い巡査は、その場でぶるぶる震えながら、

「けけけ、けっしてそのような意味では……みみみ、見てのとおり石黒は素敵なファッションではありますが、この男は立川駅周辺でよく見かける遊び人であります。最

近はあまり姿を見かけないと思っていたのですが、とうとう、こんな死に様を晒《さら》すことに……」

「ふむ、そうか」警部は怒りの矛先《ほこさき》をいったん収め、あらためて巡査に聞いた。「ところで、この藪の中の死体を発見したのは誰なんだい？」

巡査は背筋をピンと伸ばしたまま答えた。「芝山《しばやま》という若い男です。ええと、なんといいましょうか、実はこの男も、石黒と似たり寄ったりの男なのですが……」

しばらくして、麗子たちの前に現れたのは、豹柄《ひょうがら》のトレーナーに紫色のジャージ、そしてグレーの——というか、いっそ鼠色《ねずみいろ》と呼びたいようなカーゴパンツを穿《は》いた男だった。なるほど、石黒亮太と甲乙付けがたい特異なセンスの持ち主には違いない。これで、呆《あき》れる麗子たちの前で、男は顎《あご》をカクンと前に突き出すような仕草を見せた。これで、お辞儀をしたつもりらしい。

「芝山悟《さとる》っす。なんか俺に用っすか、刑事さん。俺、なにも悪いことしてないっすよ」

そういう芝山悟は、四角い顔に坊主頭。まるでガキ大将がそのまま大人になったような風貌《ふうぼう》の男だった。両手をパンツのポケットに突っ込み、両肩を怒《いか》らせた姿は、刑事たちに喧嘩を売るかのよう。だが、虚勢を張れば張るほどに、内心の怯《おび》えた様子が伝わってくる。

「ふん、君が芝山君か」警部は見下すような視線で、男を一瞥《いちべつ》した。「それじゃあ、まずは死体発見の経緯から聞かせてもらおうか。発見したのは何時ごろだった？」

「さあ、あれは午前六時半ごろでしたっけね」

「ほう、ずいぶん早起きだな」警部が訝《いぶか》しげに眉を寄せると、

「逆です、逆」と、芝山悟は首を左右に振った。「俺は深夜の道路工事のバイト帰りで、これからアパートに帰って寝るところだったんです。それで、この土手の道をひとりで歩いていると、ちょうどそこの藪のところに――」

「死体が転がってたってわけだ」

「いや、テレビが転がってたっす。でもまあ、いまどきテレビ拾っても意味ねえなって思ったら、その隣に凄《すげ》えイカした恰好の男が倒れてやがったんです。そう、ちょうど刑事さんみたいな超ダンディな恰好の――あれ、俺、なんか悪いこといいました？」

「い、いや、いいんだ。なんでもない。気にしないでくれ……」

紫ジャージの芝山悟に自分のファッションを褒《ほ》められて、警部は複雑な気分に陥ったようだ。思わぬ褒め殺しに遭い、動揺を隠せない上司に成り代わり、麗子が質問を続ける。

「藪に倒れている男を見て、あなたは、どう思ったのかしら」

「最初はただ酔っ払いが寝てるのかと思ったっすね。この季節、そういうのが多いから。それで、こいつはラッキー——じゃねえ、こいつは心配だなーって思って、男に近づいてみると、どうも様子が変なんすよ。ピクリとも動かねえし、寝息も聞こえねえ。それでよくよく男の顔を見てビックリ！　あの石黒の兄貴じゃないっすか！」

「え⁉　あなた、石黒亮太さんを知ってるの」

「知ってるもなにも、俺の心の兄貴っすから。滅茶苦茶、世話になってるっす。何度も飲みに連れてってもらったし、小遣いも貰ったし、それからそうだ！　この豹柄のトレーナーと紫のジャージ、これも兄貴からの貰いもんっすよ」

「あ、ああ、そーいうこと……」特異なセンスは兄貴から弟分に受け継がれたらしい。

「ちなみに、グレーのパンツは、俺が自腹で買いました」

「……あ、そ」どうでもいい、そんな情報は。「で、石黒さんが死んでいることに気がついたあなたは、それからどうしたの？」

「もちろん、携帯で一一〇番に通報したっす。それだけっす」

「本当か？」風祭警部が横から口を挟む。「財布から金を抜いたりしてないだろうな？」

「してないっす！　そんなことしたら、俺、兄貴に殺されちまいます！」

「安心しろ。死んだ兄貴は殺しにはこない」と警部は的確なアドバイス。「ところで、石黒さんが誰かの恨みを買っていたとか、トラブルを起こしたとか、そんな話は知らないか？」

「さあ。あったかもしれないけど、俺も、そこまで詳しくはないっすから。ただ最近になって兄貴、急に金回りが良くなったみたいっすよ」

「ほう、宝くじでも当たったのか」

「違いますよ。なんでも、遠い親戚のおじさんってのがいて、その人にいろいろと面倒を見てもらえるようになったんだとか。たぶん、そのおじさんってのが金持ちなんですね。そういや、その人の家は成城《せいじょう》にあるとかいってましたっけ。いいところに住んでるんですねって、そんな話をした記憶があるっすから」

成城といえばお洒落《しゃれ》で豪華な邸宅が立ち並び、セレブでハイソな住人が行き交う高級住宅街。立川駅周辺を根城《ねじろ》にするチンピラが、そうそう出掛けていく場所ではない。

「ところで、刑事さん、石黒の兄貴はなんで死んでたんすか。誰かに殺《や》られたんすか」

この問いに風祭警部は、「まだ判らない」と短く答えるしかない。

すると芝山悟も同じように、「そっすか」と薄いリアクション。

結局、彼がどの程度、兄貴分の死を悼《いた》んでいるのか、麗子には摑《つか》みきれなかった。

やがて検視がおこなわれ、石黒亮太の死に纏《まつ》わる詳しい情報が明らかになった。検視に当たったヤギ髭《ひげ》の監察医は、まず死亡時刻について、自信ありげにこう語った。

「死後硬直や体温降下の状況などから見て、死亡推定時刻は昨夜の午後七時から九時までの二時間と思われます。これは、ほぼ間違いありませんな」

だが、死因について話が及ぶと、監察医は途端に歯切れが悪くなった。

「死因ですか。ええと、解剖してみないと正確なことはいえませんが、死体の胸部を圧迫した際に、鼻から細小泡沫《さいしょうほうまつ》が見られたことから、たぶんこの男の死因は……溺死、ですな」

「……溺死⁉」麗子は思わず素《す》っ頓狂《とんきょう》な声。

「陸《おか》の上で⁉」警部も目を見開き驚愕《きょうがく》の顔。

二人の刑事は互いに顔を見合わせる。そして示し合わせたように土手の向こうに視線を送る。眼下に広がるのは雑草の生い茂る広大な河川敷。その向こうを流れるのは多摩川だ。

多摩川で溺《おぼ》れる人間は数多いが、溺死体が陸の上で見つかることは滅多にない――

3

その日の午後、麗子と風祭警部はパトカーを飛ばして、東京は世田谷区の成城を訪れた。

ハンドルを握るのは麗子。国立の現場から成城までは、一般道を利用して、片道四十分ほどの道のりだった。目的はもちろん、芝山悟の話に出てきた、『石黒亮太のおじさん』という人物から話を聞くことにある。もっとも、本当にそのような人物が存在するのかどうか、それさえ確たる証拠はないのだが。

洗練された街並みを横目で眺めながら、助手席の警部は溜《た》め息《いき》混じりに呟く。

「問題はどうやって目的の人物を捜すかだな。地道な聞き込みなどは嫌だし……」

派手好きな風祭警部は基本的に、足で稼ぐ地味な捜査が嫌いである。嫌なものは嫌、と堂々と口にできる警部が、麗子はときどき羨《うらや》ましい。彼女自身、地道なことがけっして好きなタイプではないのだ。

と、そのとき、麗子はふと上手《うま》いやり方を思いついた。

「警察署がありますよ、警部。あそこで聞いてみましょう」麗子は成城署の手前で車を停めた。「あ、警部は車の横に突っ立っていてもらえますか」

はあ⁉ と首を傾《かし》げる警部を車の脇に残して、麗子はひとり、厳《いか》めしい建物に近づいた。玄関前で警杖《けいじょう》を持って仁王立ちする中年の警官に声を掛ける。麗子は自分が国立署の刑事であることを明かしてから、そっとパトカーのほうを指差して聞く。

「ほら、あそこに白いスーツのチンピラがいますよね。見憶《みおぼ》えありませんか」

「ん⁉ いや、知らん顔だな」中年の警官は首を振り、「しかし、ああいうおかしな恰好をしたチンピラなら、この街でも最近、ときどき見かけるぞ。兄弟なのかな？」

「そう、まさしくその男ですよ！」兄弟ではありませんがね、と心の中で麗子はぺろりと舌を出す。「そのチンピラが出入りしている家をご存じですか」

「詳しくは知らないが、五丁目付近でよく見かけるようだ」

麗子は感謝の言葉を口にして、満面の笑みとともに車に戻る。「警部、判りました！」

「そうか。よく判らないけど、収穫があったようだな。偉いぞ、宝生君！」

「いえ、そんな褒められるようなことをした憶えは……」麗子は申し訳ない思いで頭を掻《か》きながら、運転席に乗り込んだ。「とにかく成城五丁目です。いってみましょう」

麗子の地道な（？）聞き込みの甲斐《かい》あって、ついに二人の刑事は目的の家を突き止めた。

門柱に掲げられた表札には、『神原《かんばら》』とある。街行く人に話を聞いたところによれば、神原家は地元で代々、不動産業を営んできた資産家の一族らしい。なるほど資産家らしく、その家は重厚な門扉《もんぴ》と高く聳《そび》えるレンガ塀に囲まれた、二階建ての豪邸だった。

「なかなか立派な家だな」と風祭警部が建物を見上げて呟く。「ウチほどじゃないけど」

「部屋数も多そうですね」と麗子も感心しつつ心の中で呟く。ウチほどじゃないわね！

インターホンで警部が来訪の意を伝える。間もなく屋敷の中から中年の婦人が現れ、門を開けてくれた。婦人は神原佐和子《さわこ》と名乗った。神原佐和子は二人の刑事に対しては丁寧《ていねい》な物腰だったが、しかし門前に停まったパトカーの存在だけは、許してくれなかった。いかにも世間体が悪い、というわけだ。

「お願いですから、こちらに停めていただけますか」

佐和子に促されながら、麗子はパトカーを敷地内の駐車スペースに回した。

満開を過ぎた桜の大木が三本並ぶ、その真下に二台の車が駐車中だった。一台は黒塗りのベンツ。もう一台は国産の黄色い軽自動車。二台の屋根やボンネットには、舞い散る桜の花びらがうずたかく積もっている。もはや車体の色が黒なのか黄色なのか、それとも元からピンクなのか判りにくいほどである。

麗子は二台の車の隣にパトカーを並べて停めた。

佐和子は二人の刑事を屋敷の応接室に案内した。しばらく待つと、佐和子に代わって初老の男性が姿を現した。重役の椅子にでも座らせたら似合いそうな、恰幅のいい男性だ。

「神原正臣《まさおみ》と申します」男は渋い低音を発しながら、頭を下げた。「国立署から、いらっしゃったそうですね。いったい、わたしになんの御用ですか」

「実は、石黒亮太という男性のことについて、伺《うかが》いたいのですが」

「…………」警部の言葉を聞いた瞬間、神原正臣の表情に動揺の色が走った。「石黒亮太は、わたしの遠縁の者ですが、彼がなにを？　あ、まさか犯罪を？　いったい、どんな？」

石黒亮太は、この家でもそういう人物と思われているらしい。警部は即座に手を振った。

「違います。落ち着いて聞いてください。石黒亮太さんは今朝、国立市の多摩川沿いの土手で、死体となって発見されました。何者かに殺害されたものと思われます」

警部は淡々と事実を述べる。神原正臣は愕然《がくぜん》とした表情で、その言葉を聞いていた。

「石黒君が死んだ……殺されたですって？　なぜ……いったい、誰が？」

「判りません。我々はその捜査のために、こちらに伺ったのです」

「そうでしたか。で、殺されたというのは、間違いないのですか」

「ええ、自然死には見えませんし、かといって事故や自殺にはなおさら見えない、そんな状況でした。殺人事件と見るのが妥当だと思われます。ぜひ、捜査にご協力を」

有無をいわさぬ口調でいうと、警部はすぐさま質問に移った。

「あなたは最近になって、よく石黒さんの面倒を見てあげていたようですね。それは、どういった理由ですか」

「り、理由もなにも、親戚ですからね。そりゃ遊びにくれば歓迎しますよ。飯を奢《おご》ってやることもあるし、泊めてやることだってある。それぐらいは普通のことでしょう」

「確かに、それぐらいならね」風祭警部は動揺する相手をいたぶるようにニヤリと笑う。「ならば、お金を渡すことも、普通のことですか」

「な、なに、お金といっても小遣い程度ですよ。べつにたいした額ではありません」

金額の多寡《たか》はともかく、神原が石黒に金銭を渡していたことは事実らしい。そのことを認めてしまった神原は、後悔するようにわずかに顔を顰めたようだった。

「判りました」警部は満足げに頷く。「ところで最近、国立方面にいかれたことは？」

「ありませんね。多摩川にもいってませんよ。いく意味がない」

「そうですか。ところで昨夜の午後七時から九時までの二時間、あなたはどこでなにをしていましたか。――え、アリバイ捜査かって？　はい、もちろん、これはアリバイ捜査です！」

風祭警部は挑戦状を叩《たた》きつけるかのごとく敢えて宣言する。だが、その言葉を聞いてニヤリと笑ったのは、神原正臣のほうだった。

「昨夜の午後七時から九時でしたら、お客さんを呼んでホームパーティの真っ最中でしたよ。パーティといっても、庭先の桜の木の下でやるバーベキュー大会。要するに自宅でやる花見ですね。昨日は妻の五十回目の誕生日だったものですから、そのお祝いもかねて。ええ、親しい仲間を五、六人呼んで賑《にぎ》やかに過ごしました。わたしだけじゃありません。ウチの家族、四人全員そこに参加していましたよ。なんなら、昨夜の招待客の住所氏名、すべて教えて差し上げましょうか、刑事さん？」

形勢は逆転した。勝ち誇ったように胸を張る神原正臣。一方の風祭警部は苦虫を噛《か》み潰《つぶ》したような表情を浮かべながら、黙り込むばかりだった。

「奴に動揺する様子が見えたから、一気に攻め落とせると思ったんだが……」

神原正臣の去った応接室にて、風祭警部は悔しげに呟く。「くそ、見当違いだったか！」

そんな警部の手には、昨夜のホームパーティの参加者のリストが握られていた。リストに並んだ肩書きは、会社経営者や公務員、医者、弁護士、あるいはミステリ作家など、いずれも身許《みもと》の固い人物ばかりである。念のため調べてみる必要はあるとしても、まずデタラメなリストとは思えない。

「しかし、警部」麗子はダテ眼鏡を押し上げながらいった。「たとえ神原正臣がシロだとしても、やはり彼にはどこか怪しいところがあると思います。遠い親戚にすぎない石黒に、遊ぶ金を与えてやるからには、やはりそれなりの理由があると見るべきです」

「うむ、僕もいま君とまったく同じことを考えていたところだよ、宝生君」

「…………」警部、嘘《うそ》つきは泥棒の始まりって、警察学校で習いませんでしたか？

冷たい視線を浴びせられた風祭警部は、なにかを誤魔化《ごまか》すように姿勢を正した。

「さては、神原正臣は石黒になにか弱みを握られていたのかもしれないな。だとすれば、これは立派な殺人の動機になる。もっとも、殺害方法が腑《ふ》に落ちないが……」

「陸の上の溺死体ですね……」

そのとき、ノックの音とともに応接室の扉が開き、若い男女が顔を覗かせた。

男は神原祐次《ゆうじ》二十五歳、女は神原詩織《しおり》二十一歳。二人は神原正臣と佐和子の間に生まれた兄妹である。神原家は父母に成人した子供二人の四人家族なのだ。

神原祐次は父の会社で社長補佐の役割を担っているという。一方の詩織は、この四月に大学四年生になったばかりの現役女子大生である。二人は、見知らぬ刑事との突然の面会に、戸惑《とまど》いを隠せない様子だった。二人はおどおどした様子で、刑事たちの正面のソファに腰を降ろした。

「すでに聞いているかもしれないけど、石黒亮太さんが殺されたの」

そう前置きして、麗子が質問の口火を切った。「あなたたちの知ってることを話してもらえるかしら。あなたたちから見て、石黒さんはどういう人だった?」

「どうって、遠い親戚ですよ。父がそういっていましたから。それだけですね」

素っ気なく答える祐次は、石黒のことなどそもそも眼中にないといわんばかりである。彼の死を惜しむような感情は、持ち合《あ》わ《い》せていないらしい。もっとも、立川の遊び人と成城の資産家の息子では、互いに相容れないのも無理はないが。

「石黒さんって、なんだか恐い印象でした。目つきが悪くて、嫌な感じ」

詩織は祐次よりも、率直に石黒に対する嫌悪感を口にした。もっとも、立川の遊び人と成城の資産家令嬢では、互いに相容れないのも以下同文——

とはいえ、単なる嫌悪感だけで殺人に発展するとも思えない。彼らを容疑者と見なすべきか否《いな》かは、判断に迷うところだ。

とりあえず麗子は彼らに昨夜の出来事を聞いた。

「昨夜はホームパーティが開かれていたそうだけれど、あなたたちもそれに参加したのかしら」

すると祐次と詩織の兄妹は、イエスともノーとも取れる曖昧《あいまい》な態度を示した。

「花見のことですね。ええ、最初は僕と詩織も、その場にいましたよ。だけど、招待されたお客さんたちは、父や母の友人ですからね。僕や詩織とは歳《とし》も離れていて話が合わない。すぐに退屈になったんで、頃合を見て僕らだけそーっとその場を離れました。後は二人とも家の中に戻って、それぞれ自分の部屋で過ごしましたよ」

「ほう、ということは」横から警部が余計な――いや、的確な質問を挟む。「君たちに関しては、午後七時から九時の間のアリバイはないってことだね。そうなんだね」

「アリバイ!?」詩織がふいに怯《おび》えた顔になって、隣の兄を見る。「これってアリバイ調べなの？　てことは、わたしたち、疑われてるってこと？」

「どうも、そうらしいな」祐次が警戒感を露《あらわ》にする。

「いや、けっして君たちを疑っているわけでは……」警部の釈明はすでに手遅れだ。

「なに、疑っていただいて構いませんよ」

祐次は強気の姿勢を見せた。「でも、刑事さん、事件は国立で起こっているんでしょ。だったら、僕に殺人は無理だと思いますよ。パーティの途中で部屋に引っ込んだ。けれど、ずっとお客さんの前にいたわけじゃない。途中で何度も花見の人たちと顔を合わせています。僕がふらりとバーベキューの輪に戻って摘《つま》み食いしたり、トイレに行く途中でお客のひとりと顔を合わせたり——といった具合です」

「つまり、ずっとこの家にいたというわけだね」

「そういうことです。その僕が、多摩川の土手で殺人をおこなうなんて不可能ですよ」

べつに、犯行そのものが多摩川の土手でおこなわれたわけではない。石黒亮太を土手で溺死させることは、誰にも不可能だ。現場はどこか別の場所にある。だが、警部はそのことに気が付いているのか、いないのか、それは麗子にもまるで判断が付きかねた。

「ふむ、なるほどね」警部は短く頷き、詩織に目を転じた。「あなたは、どうですか」

「わたしは兄とは違って、ずっと部屋にこもっていて、そのまま寝てしまいましたから。アリバイはないと思います。でも、わたしは事件とは無関係です。信じてください、刑事さん。わたし、石黒さんを殺したりしていません」

詩織の主張からは必死さ、真剣さは充分に伝わったが、無実を訴えるには具体性に欠けた。彼女を容疑者から外すことはできない、と麗子は思う。

風祭警部は腕を組み、「なるほど、判りました」と、もっともらしく頷き、二人からの聴取を終えた。警部がなにをどう理解したのかは、判らない。

彼はなにも判らないときに限って判ったフリをする、そういう男である――

麗子と風祭警部は関係者からの聴取を終えて、神原家の玄関を出た。神原佐和子が二人を見送るため、後に続く。車が停めてある裏庭へと歩を進めながら、警部は何気ない口調で佐和子に尋ねた。

「そういえば、裏庭には車が二台停めてありましたね。昨夜から今朝にかけて、あの車で出掛けていった人は、いませんでしたか」

警部の質問の意図は、明らかだった。神原家の誰かが、今回の犯行にかかわっているならば、その人物は多摩川の死体発見現場までどうやって移動したか。それが問題になる。当然、自ら車を運転して多摩川へ、という可能性がもっとも高いわけだ。

「昨日から今朝にかけて、ですか」佐和子は警部の問いに首を捻りながら、「それでしたら、わたくし、早朝に車で外出いたしましたけど」

「奥様が？　多摩川に？　なんのご用で？」と、警部は判りやすい勘違い。

「あの……わたくし、多摩川、とはひと言も申し上げておりませんが……」

「やあ、そうでしたね」風祭警部はシマッタというように頭を掻く。

これほど迂闊《うかつ》な人間が、なぜ警部の肩書きを手にできたのか、麗子にとっても謎である。

「コンビニですわ」佐和子は涼しい顔で続けた。「今朝、朝食の支度をしていたときに、突然、お醤油《しょうゆ》がないことに気がつきましたの。昨日のバーベキューのときに使い切ってしまったのを忘れていたんですわ」

「それで、奥様が車を飛ばしてコンビニへ、というわけですね。ちなみに、こちらのお宅で、車の免許をお持ちの方は、奥様の他にどなたが？」

「免許でしたら、家族は全員持っていますわ。ですから今朝も、コンビニには主人か詩織にいってほしかったんですけれど、二人とも朝のワイドショーに夢中で、『いきたくない』と。それで結局わたくしがコンビニに出かけたのです」

「ん⁉」麗子がダテ眼鏡を押し上げながら聞く。「息子さんには頼まれなかったんですか」

「祐次ですか。いいえ、あの子は今朝、朝寝坊しまして、そのときはまだ布団の中でした」

佐和子の言葉を聞いた瞬間、麗子の中に神原祐次に対する微かな疑念が生じた。祐次は深夜、家族が寝静まった中、多摩川沿いの現場まで車を走らせたのではないか。だから今朝、彼ひとり起床が遅かった。そう考えることは、発想の飛躍だろうか。と、麗子がそこまで考えたとき、突然、響き渡る電子音の『マイ・ウェイ』。一瞬の間があって、警部が携帯を取り出す。最新のスマートフォンにフランク・シナトラとは、さすがマイ・ウェイな風祭警部だ。感心する麗子の前で、彼はこれ見よがしに携帯を耳に押し当てた。

「風祭だ……うん、うん……なにぃ！　よし、判った！　これから、すぐいく！」

警部は携帯を仕舞うと、目の前の佐和子に一礼し、「では奥様、我々は急ぎますので、これで」と一方的に別れの挨拶。そして偉そうに麗子に命じた。「いくぞ、宝生君！」

いうが早いか、警部は裏庭目掛けて走り出す。ピンクの花びらを載せた二台の車を横目に、素早くパトカーに乗り込む。麗子も慌てて、上司の後に続いた。助手席に乗り込んだ麗子は、シートベルトをしながら尋ねる。

「どうしたんですか、警部。事件になにか新たな展開でも？」

「ああ、そうだ。どうやら石黒亮太の住処《すみか》が見つかったらしい。死体の発見された土手から少し離れたところにあるアパートだ。飛ばすぞ、宝生君！」

そういって、運転席の風祭警部はアクセルを踏み込む。車はタイヤを軋《きし》ませながら急発進。ボンネットの上に舞い降りた花びらが、勢い良く風に舞う。二人を乗せた車は、あやうく佐和子を轢《ひ》きそうになりながら、神原家の門を飛び出していった。

4

国立市の南、和泉《いずみ》団地の傍にある木造二階建て建築。『泉荘』と書かれた看板を掲げたアパートの前には、多くの警官の姿と数台のパトカーが集結していた。そんな中、麗子と風祭警部を乗せた車は、後輪を滑らせるようにしてパトカーの列に横付け。二人は車を飛び出すと、すぐさま制服巡査に案内されて、目指すべき一室に足を踏み入れた。

そこは一階の一号室だった。入口に『石黒』と書かれたネームプレートがある。間取りは六畳一間にトイレ、バスと小さな台所。あとは半畳ほどの押入れがあるだけという狭い空間。畳の上にはいかにも独身男性のひとり暮らしらしく、薄汚れた万年床。その周囲には男性週刊誌や脱ぎっぱなしの衣服などが散乱している。台所には独身男性の不健康な食生活を支えるカップ麺《めん》と、その空き容器。全体として独身男性の生活臭満載の空間である。麗子は、ここでは息をしたくない、と本気で思った。

「きっと石黒は、神原正臣から貰った金を、飲み食いや遊びに使っていたんですね。快適な居住空間のために用いようとはしなかった――あれ!? どうしました、警部」

「………」風祭警部は口許を押さえる仕草。その顔面は見る間に朱に染まっていく。やがて、我慢の限界、とばかりに警部はサッシの窓に駆け寄ると、一気にそれを開け放って、「ぷふぁ～」と堪《こら》えていた息を窓の外に吐き出した。どうやら部屋に充満する男臭さに辟易《へきえき》した彼は、本気で息を止めていたらしい。気持ちは判るが、行動としては無茶苦茶である。

「息しないと死にますよ、警部」麗子が小学生にも判る真実を伝えると、

「判っているさ」と警部は深い息を吐く。「だが繊細な僕には、この部屋の空気は合わないようだ。どちらかというと、僕は美しい女性の髪の毛の中で深呼吸したいタイプだからね」

「気色《きしょく》悪いこといわないでくださいね！ この……」この変態女好き警部が！

と思わず本音を口にしそうになるのを、麗子は必死で堪えた。

「と、とにかく、石黒亮太殺害の秘密が、この部屋に隠されているかもしれません。

探してみましょう、警部」

こうして麗子と風祭警部は石黒亮太の部屋を丹念に見て回った。六畳の部屋に家具と呼べるものといえば、テレビと小さなテーブル、あとはカラーボックスがあるだけだった。

麗子は首を突っ込むような姿勢で、そのカラーボックスの中を調べる。

「あら⁉」麗子は箱の奥に奇妙なものを発見し、右手を伸ばす。だが取り出した物体を見るなり、麗子は落胆の声。「なんだ、谷保《やぼ》天満宮のお守りか。べつに珍しくないわね……」

なにしろ、谷保天満宮のお守りは国立市民の約半数が所有するといわれる、最強のパワーアイテムだ。チンピラだって神頼みはするはずだし、お守りだって持つだろう。なんの不思議もない——と思った麗子の耳に、離れた場所から上司の声が届く。

「おい、宝生君、ちょっとこっちにきたまえ！　重大な発見だ！」

麗子はお守りを手に、ビクリと背筋を伸ばす。だが、警部の言葉を額面どおりに受け取る麗子ではない。なにせ彼の場合、自らの手による発見はすべて《重大な発見》だ。話半分程度に思いながら、麗子は上司の呼ぶほうへと駆けつけた。

そこは風呂場だった。浴槽の傍に屈《かが》みながら、警部は排水口を熱心に覗き込んでいる。排水口に取り付けられた網目状の蓋《ふた》を指差しながら、警部は誇らしげな顔を麗子に向けた。

「見たまえ、宝生君。これが、なんだか判るかい？」

麗子は警部の指の先端を、しげしげと見詰めた。網目状の蓋には、たくさんの毛髪が絡みついている。そんな中、ひと際《きわ》目を引く緑色の物体がそこに引っ掛かっている。

「植物のようですね……なんでしょう……雑草ですか」

「違うね」警部は得意げに顔を上げた。「これは藻だよ。水中に繁殖する藻草《もぐさ》だ」

「いわれてみれば、そんなふうに見えますね。しかし、なぜこんな場所に藻草が？」

「なに、答えは簡単さ。このような水中植物が繁茂する場所といえば、この近辺ではまず多摩川の水辺だろう。国立付近には海も湖もないからね。つまり、この風呂場には多摩川の水がかなりの量、運び込まれていたことを、この水中植物が教えてくれているわけだ。では、なぜその水は運び込まれたのか。もちろん、石黒亮太を溺死させるためだ」

警部は立ち上がると、眉間に皺《しわ》を寄せながら自らの推理を続けた。

「石黒亮太は多摩川の土手で溺死していた。一見、川で溺れた死体を誰かが土手の上まで運び上げたかのように見えるが、実際はそうではない。そもそも石黒亮太は川で溺れたんじゃなかった。彼は自宅の風呂場、すなわちこの場所で溺死したんだな。もちろん、犯人の手で溺死させられたわけだが」

「つまり、犯人は犯行現場を偽装しようとしたんですね」

「そうだ。おそらくは自殺や事故を装う目的だったんだろう。犯人はたぶん被害者の顔見知りだ。犯人は被害者に酒を勧めて、彼を泥酔させる。そして犯人はあらかじめ用意していた多摩川の水をこの風呂場に持ち込み、この浴槽に……いや、浴槽じゃ大変だな。浴槽じゃなくてもいい。バケツ一杯の水があれば充分だ。そう、例えばそこにあるポリバケツを多摩川の水で満たすんだ。そして、そこに泥酔した石黒亮太の顔を押し付けて殺害。その後、その死体を車で多摩川に運び、土手の藪に放置した——というわけだ」

「土手の藪に放置したのでは、事故や自殺に見せかけることになりませんが……」

「う、む——まあ、途中でいろいろあったんだろ。犯人にとっても、計算外のことが」

警部は都合の悪い点については深く考えないタイプである。とはいえ、警部の語った推理は、大筋において納得できる点が多いように思われた。今回の風祭警部は、一味違うのかもしれない。

「とにかくだ、実際の犯行現場がこの風呂場であることは、十中八九、間違いない。

——おーい、このポリバケツを鑑識に回してくれ。付着した水の成分を調べるんだ」

警部は捜査員に指示を与え、風呂場を出ると、あらためて麗子の手元に目を留めた。

「ところで、宝生君。君、さっきからなにを大事そうに握り締めているのかな？」

「え⁉　ああ、これですか」いわれて麗子は、例のお守りを握っている自分にやっと気がついた。「これは、カラーボックスの中で見つけたものなんですが」

「谷保天満宮のお守りか。珍しいものではないね」

「そうですね」麗子はお守りの袋に書かれた文字を何気なく読み上げた。「これは、ごくごくありふれた『安産祈願』のお守り……って、安産祈願！」

「なんだと、安産祈願⁉」警部も興味深げにお守りに顔を寄せる。

「そうみたいです。いったい誰の安産のためのお守りでしょうか」

「うむ、少なくとも石黒亮太のためではないな」

「当たり前です。警部、ふざけないでいただけますか」

麗子がダテ眼鏡越しに軽く睨《にら》むと、

「べつに、ふざけちゃいないさ」と警部は肩をすくめる得意のポーズ。そして問題のお守りを手にすると、「——おや、中になにか入っているようだぞ」

期待を込めて、お守り袋の中に指を入れる風祭警部。やがて彼の指先が摘み出したのは、小さな紙片だった。時間の経過を感じさせる黄ばんだ紙。広げてみると青いインクで小さな文字が書いてある。警部は、定食屋のメニューを読み上げるように、その書付《かきつけ》を読んだ。

「父、神原正臣……母、石黒明代《あきよ》……長男、亮太……な、なにい！」

「ええ!?」麗子も思わず警部の手元を覗き込む。「父、神原……長男、亮太って……」

「ううむ」風祭警部は呻《うめ》くようにいった。「石黒亮太は神原正臣の隠し子だったのか！」

お守り袋の中から飛び出した意外な事実。いや、事実か否かは、まだ確証がない。だが仮にそうだとすれば、神原正臣が石黒亮太に金銭的な援助を与えることにも充分な説明が付く。紙片に残された親子関係の信憑性《しんぴょうせい》は、かなり高いように思われる。

麗子と風祭警部は啞然として顔を見合わせるばかりだった――

5

その日の夜。一日の激務を終えて、宝生邸に無事帰還を果たした麗子は、

「あーもう、こんな息が詰まるような恰好、してらんないわ――ッ」

と、ひとり不満を垂れ流しながら、仕事用の堅苦しいパンツスーツを脱ぎ捨てた。

さらにダテ眼鏡を外[illegible]、束ねた髪をほどき、ピンクのワンピースに身を包むと、その姿ま[illegible]から見ても富豪令嬢そのものである。つい数時間前まで川原の溺死体について、あ[illegible]てもな[illegible]ない、と調べ回っていた宝生麗子は別人ではないかと、自分[illegible]不思議に思う麗子だった。

そんな彼女は広い食堂で遅い夕食。鰯《いわし》のカルパッチョ、インゲン豆とトマトのスープ、オマール海老《えび》のロースト、といった通常の食事で空腹を満たすと、麗子はふと思い立って傍らに控える執事に命じた。

「今夜は暖かそうだから、ちょっと庭に出てみたいわ。影山、飲み物を持ってきてね」

影山は恭しく一礼して応える。「かしこまりました。さっそくご用意を――」

しばらくの後、麗子は宝生邸の庭の一角でデッキチェアに座り、白ワインを傾けていた。

宝生邸の庭は広大で植物の種類も豊富である。松や楓《かえで》の大木にツツジの植え込み。季節の花が咲き誇る花壇やバラ園。ひょうたん池には大きなハスの葉が浮かぶ。温室には亜熱帯性の希少植物も植えられている。先日は庭の片隅でナス科の新種が発見されたのだとか――

とはいえ、この季節、宝生邸の庭をもっとも華やかに彩るのは、もちろん桜である。

すでに満開を過ぎ、いまは散り始めのころだ。麗子は仕事で疲れた頭と身体を休めるように、舞い降りてくる桜の花びらを全身に浴びた。手にしたワイングラスの中にも、ピンクの花びらがひとひら舞い落ちる。

「素敵ねー」麗子はグラスの中の桜を眺めながら、「自分の庭で眺める桜は、また格別だわ」

麗子がいうと、傍らに控える影山も、ゆったりとした笑みを浮かべながら頷いた。

「確かに、ここなら酔っ払いに絡まれる心配もございません。反撃の勢い余って、相手を池に突き落とすこともございません。誰にも邪魔されることなく、桜を堪能《たんのう》いただけます」

「……う！」たちまち麗子の心に小波《さざなみ》がたち、グラスを持つ手に余計な力がこもる。

花見の邪魔をしているのは、あんただろ！　昨夜の嫌な記憶を蒸し返さないで！

麗子は罵声を浴びせる代わりに、執事のほうを軽く睨む。影山はすべてを察したかの、ビクリと身体を緊張させ、いきなり話題を変えた。

「ところで、お嬢様、今朝の事件はどのような塩梅《あんばい》でございますか。多摩川で発見された遺体は自殺、それとも事故？　まさか殺人ということはありますまいが……」

「殺人よ、殺人」麗子はそう断言して、グラスのワインをあおる。「多摩川の土手で溺死体が発見されたの。どうせ、知ってるんでしょ。ワイドショーかなにかで」

「！」影山は驚いたように銀縁眼鏡を押し上げた。「さすが、お嬢様。ご明察でございます」

なにが、ご明察よ――麗子は呆れた顔で、自分の忠実なしもべを見やる。

この影山という男は執事でありながら、警察のかかわる難事件に異常な関心を示す男である。優れた推理力を持ち、その明敏《めいびん》さでもって、麗子たちの抱える事件を幾度となく解決に導いてきた。その意味では、大いに重宝な男なのだが、麗子は出来ることなら彼の力を借りずに済ませたいと思う。それが麗子の警察官としての矜持《きょうじ》であり、お嬢様としての意地である。

「まあ、今回の捜査は順調よ。確かに奇妙な事件には違いないけれど、少しずつ判りかけてきているから大丈夫。あなたの力を借りる必要はないわ。それに今回は風祭警部の推理も、まあまあ冴《さ》えているみたいだし……」

「風祭警部が冴えていらっしゃる⁉」

影山は険しい表情を浮かべた。「それはむしろ危険な兆候では？」

「そんなこといっちゃ失礼よ。警部だって、たまには……」いや待てよ。風祭警部の推理が冴え渡り、彼の言葉がズバズバと真実を言い当てる。そんなケースが過去に一度としてあっただろうか（いや、なかった！）。「た、確かに、影山のいうとおりかもね……」

たちまち漂う、迷宮入りの危険な香り。不安を掻き立てられた麗子は、落ち着きのない動作でグラスのワインを一気に飲み干す。すかさずボトルのワインをグラスに注《そそ》ぐ影山。そして彼は安心感を与える低い声で、麗子の耳元にそっと囁《ささや》きかけた。

「いかがでございますか、お嬢様。その奇妙な事件について、わたくしにお話しされてみては？　この影山、お嬢様のためでしたら、協力を惜しまないつもりでございますよ」

「わ、判ったわ」麗子は呆気《あっけ》なく頷《うなず》いた。執事に頭を下げるほうが、迷宮入りよりはまだマシだと思ったからだ。「じゃあ、最初から詳しく説明するから、よく聞いてね。被害者の名前は石黒亮太。死体が発見されたのは多摩川沿いの土手で……」

麗子は影山に事件の詳細を話しはじめた。なんだか一流の詐欺師に騙《だま》されているような気分が、しないでもないけど――そんなことをふと思う麗子だった。

そんなこんなで、しばらくの時間が経過――

石黒亮太のアパートで、風祭警部がそれなりの推理を披露し、そしてお守り袋の中から意外な人間関係が明らかになったところで、麗子の話はひと段落した。麗子が話をする間、影山はずっと彼女の傍らに立ち、ほぼ無言でその話に聞き入っていた。

「どう、影山？　いままでのところでなにか、判らないことでもあるかしら？」

影山はゆっくりと頷いて、麗子にいくつかの質問をおこなった。

「鑑識に回されたポリバケツからは、なにか検出されたのでございますか」

「いいえ、バケツは綺麗に洗われていたみたい。何も出てこなかったわ。その代わり、排水口に引っ掛かった藻草や濡れた髪の毛、溜まった水などを採取して、現在調べさせているわ。そこから川に棲《す》む微生物の死骸《しがい》なんかが発見されれば、犯行現場があのアパートの風呂場であることは確実になるわね」

「なるほど」と影山は無表情に頷いて、別の質問。「ところで、例の安産祈願のお守りですが、それは被害者の母親のものと見てよろしいのでしょうか」

「ええ、間違いないわ。石黒明代は水商売で生計を立てながら、女手ひとつで亮太を育てたそうなの。その明代は、半年ほど前に病気で死んでいるわ。それで、ここからは想像なんだけれど、石黒亮太は死んだ母親の遺品を整理するうちに、あのお守りを発見したんじゃないかしら。そして彼は、袋の中に隠された書付を見た」

「なるほど。それで彼は実の父親が神原正臣という人物であることを知った。彼は実の父親の現在の居場所を突き止め、その屋敷に出入りするようになった。弱みのある神原正臣は石黒亮太が求めるままに金銭を与えた――ありそうな話でございます」

「しかし、そのような彼の存在を目障りに思う人物も、必ずやいることでございましょう。いや、神原家のすべての人間にとって、彼の存在は邪魔だったはず。実の父である、正臣も含めて」

「そうね。実の息子とはいえ、石黒亮太の存在は正臣にとっては、やっかいだったはず。だけど、それだからといって殺したりするかしら」

「残念ながら、この殺伐《さつばつ》とした世の中、子殺し親殺しはけっして珍しくございません」

影山はやりきれない表情で溜め息を漏らす。「例えば、お嬢様のお父上、宝生清太郎様も明日は我が身と、密《ひそ》かにお嬢様のことを警戒なさっておいでございます――ふふッ」

「なにが『ふふッ』よ、適当なこといわないでちょうだい！」

麗子は椅子から勢いよく立ち上がって猛烈抗議。だが考えてみると、父清太郎が麗子のことを避けている可能性はなきにしも非ず。普段、顔を合わせる機会がほとんどないのは、お互い忙しいからだと思っていたが、案外、親子の断絶が進んでいるのかすでに満開を過ぎ、いまは散り始めのころだ。麗子は仕事で疲れた頭と身体を休めるように、舞い降りてくる桜の花びらを全身に浴びた。手にしたワイングラスの中にも、ピンクの花びらがひとひら舞い落ちる。

「素敵ねー」麗子はグラスの中の桜を眺めながら、「自分の庭で眺める桜は、また格別だわ」

麗子がいうと、傍らに控える影山も、ゆったりとした笑みを浮かべながら頷いた。

「確かに、ここなら酔っ払いに絡まれる心配もございません。反撃の勢い余って、相手を池に突き落とすこともございません。誰にも邪魔されることなく、桜を堪能《たんのう》いただけます」

「……う！」たちまち麗子の心に小波《さざなみ》がたち、グラスを持つ手に余計な力がこもる。花見の邪魔をしているのは、あんただろ！　昨夜の嫌な記憶を蒸し返さないで！

麗子は罵声を浴びせる代わりに、執事のほうを軽く睨む。影山はすべてを察したかのように、ビクリと身体を緊張させ、いきなり話題を変えた。

「ところで、お嬢様、今朝の事件はどのような塩梅《あんばい》でございますか。多摩川で発見された死体は自殺、それとも事故？　まさか殺人ということはありますまいが……」

「殺人よ、殺人」麗子はそう断言して、グラスのワインをあおる。「多摩川の土手でさらにダテ眼鏡を外し、束ねた髪をほどき、ピンクのワンピースに身を包むと、その姿はどこから見ても富豪令嬢そのものである。つい数時間前まで川原の溺死体についていて、あーでもないこーでもない、と調べ回っていた宝生麗子は別人ではないかと、自分でも不思議に思う麗子だった。

そんな彼女は広い食堂で遅い夕食。鰯《いわし》のカルパッチョ、インゲン豆とトマトのスープ、オマール海老《えび》のロースト、といった通常の食事で空腹を満たすと、麗子はふと思い立って傍らに控える執事に命じた。

「今夜は暖かそうだから、ちょっと庭に出てみたいわ。影山、飲み物を持ってきてね」

影山は恭しく一礼して応える。「かしこまりました。さっそくご用意を――」

しばらくの後、麗子は宝生邸の庭の一角でデッキチェアに座り、白ワインを傾けていた。

宝生邸の庭は広大で植物の種類も豊富である。松や楓《かえで》の大木にツツジの植え込み。季節の花が咲き誇る花壇やバラ園。ひょうたん池には大きなハスの葉が浮かぶ。温室には亜熱帯性の希少植物も植えられている。先日は庭の片隅でナス科の新種が発見されたのだとか――

とはいえ、この季節、宝生邸の庭をもっとも華やかに彩るのは、もちろん桜である。

も……

　だが、まあいい。宝生家の親子関係の危機は、いまに始まったことではない。麗子は不肖《ふしょう》の父親の話を脇《わき》に置き、再び話題を事件へと戻した。

「だけど駄目よ、影山。いくら神原正臣にとって石黒亮太が厄介な存在だとしても、彼が犯人だとは考えられない。なぜなら、彼には犯行の夜のアリバイがあるんだもの」

「なるほど」影山は桜の大木の傍らに佇《たたず》み、ゆったりと頷いた。「犯行のあった午後七時から九時の間、神原正臣は自宅に知人を呼んでバーベキュー大会を開いていた。石黒亮太を殺しにいけるわけがない。そうおっしゃりたいのですね、お嬢様」

「そうよ、よく判っているようね、影山」麗子は執事のもとに歩み寄る。

　すると、影山はいつもの口調で「失礼ながら、お嬢様」と前置きし、眼鏡の奥から哀れむような眸《ひとみ》を麗子に向けた。「そういうお嬢様は、よく判っていらっしゃらないご様子」

　はあ⁉　と首を傾げる麗子に対して、執事は眼鏡の縁に指を当てながらいった。

「お嬢様はわたくしと比べて目だけはよろしいものと思っておりましたが、どうやら見当違いでございました。目の前にあるヒントにまるでお気づきにならないとは……わたくしお嬢様には心の底からガッカリでございます」

ゴツン！　瞬間、桜の大木が大きな音をたて、麗子の額に激痛が走る。ハラハラと舞い散る花びら。数秒後、麗子は自分が桜の木に頭から正面衝突したことを知った。なぜ、こんな——？　いや、原因はハッキリしている。影山の発したいきなりの暴言だ。その驚きが、麗子の足元を狂わせ、彼女をして桜の幹へと頭から突っ込ませたのだ。責任は忠実ならざる執事にある。だが、問題の執事は舞い散る花びらを見上げながら、

「やあ、見事な桜吹雪でございますよ、お嬢様もご覧くださいませ」

と涼しい顔。桜の根元にうずくまるお嬢様の姿は、目に入らないかのようである。

「影山〜ぁ」麗子は怒りとともに立ち上がり、暴言執事を鋭く睨みつけた。「あんたの大事なお嬢様が桜の幹に頭をぶつけて痛がってるってのに、呑気《のんき》に花見とはいい度胸だわねえ。あたしのほうこそ、あんたにはガッカリさせられるわ」

「い、いえ、わたくしはただ……」影山の顔に恐れの色が浮かぶ。

「問答無用！」

麗子は影山の顔に自分の顔を寄せると、「だいたい、『目だけはよろしい』とはなによ！　目だけじゃなくて、顔も頭も清い心も、まあまあよく出来てるっつーの！」

「なるほど、確かに。ならば、目だけが悪いと申し上げるべきでございました」

「目だって悪くない！　顔のパーツでは、いちばん自信あるっつーの！」

「さようでございますか」影山は恐縮した面持《おもも》ちで頭を垂れる。「しかしながら、お嬢様の自慢の目に真実は映っていらっしゃらなかったご様子。ヒントは目の前にございますのに」

「目の前って、なによ!?」麗子は機械的に目の前を指差した。「――影山のこと？」

「いいえ、わたくしはヒントではございません、残念ながら」

「べつに残念じゃないわ」

麗子はプイと横を向き、傍らに立つ桜の大木を見やった。彼女の頭突きによって引き起こされた桜吹雪はすでに収まり、あたりは静けさを取り戻している。

そして麗子は、ふと気が付いた。自分の目の前にあるのは、桜。そういえば、神原邸にも桜の木があった――

「ヒントは桜!?　確かに、犯行のあった夜、神原家では花見を兼ねたバーベキュー大会が開かれていた。でも、そのことと事件と、どう関係があるっていうの？」

「いいえ、事件と関係する桜は、そちらの桜ではありません。そうではなくて神原家の裏庭、お嬢様たちがパトカーを停めた駐車スペースにあった桜でございます」

「そういえば、裏庭にも桜があったわね。でも、それがなんだというの？　なおさら事件とは関係ないように思えるけれど」

「いいえ、重要な関係がございます」

影山は自信ありげに断言した。「そもそも、お嬢様のお話を聞いて、わたくし、ひとつだけ腑に落ちない点がございました。それはお嬢様たちがパトカーを裏庭に停めたときの状況です。そこには三本の大きな桜があり、その下に黒いベンツと黄色い軽自動車が停まっていた。間違いございませんね」

「ええ、そのとおりよ」

「そして、二台の車の屋根やボンネットには、桜の花びらがうずたかく積もっていた」

「そうよ。それがどうしたっていうの？」

「どうしたもこうしたもございません。大変奇妙なことだと思われます」

そうかしら、と首を傾げる麗子に向けて、影山は真剣なまなざしを向けた。

「お嬢様、よく思い出してくださいませ、神原佐和子の証言を。彼女は今朝、お醤油を切らしていることに気が付き、慌てて車を飛ばしてコンビニまで買い物に出掛けているのでございます。このとき彼女の利用した車が、黒塗りのベンツか黄色い軽自動車か、それはわたくしにも判りかねますが……」

「判るわよ！　黄色い軽自動車に決まってるでしょ。主婦は黒塗りのベンツでコンビニに出掛けたりしないっての！」

「まあ、わたくしもだいたいその線だろうとは思っておりました」

影山は相変わらずの人を食った態度である。「では、黄色い軽自動車ということで話を進めましょう。この時点で、神原佐和子は、今朝、軽自動車に乗り込み、コンビニまで買い物に出掛けた。車の上に積もっていた桜の花びらは、すべて風に吹き飛ばされ、屋根やボンネットは綺麗な状態になっていたはずでございます」

「そ、そうね。確かに、そうなっていたはず……」

「ところが同じ日の午後、お嬢様たちが神原邸の裏庭に向かったとき、そこにはまたピンクの花びらに覆われた軽自動車の姿があったのでございます。これは不自然ではありませんか。いくら桜の散る季節とはいえ、ほんの数時間で、桜の花びらがうずたかく降り積もるものでございましょうか」

「ふ、降ったのかもしれないわよ。誰かがわたしみたいに、桜の幹に頭をぶつけて、大量の桜が一瞬で舞い散ったとか……」

「なるほど。あり得ることでございます」

本気か冗談か、影山はそういってニヤリとした。「ですが、もし仮に短時間で大量の桜が舞い散ったというのならば、同じ場所により長い時間——おそらく前の晩からずっとそこに停車していた黒いベンツのほうには、よりいっそう桜の花びらが積もっていなければならないはず。ですが、お嬢様のお話を伺う限りでは、二台の車にそこまでの差があったようには思えません」

「確かに、そうだわ。黄色い軽自動車と黒塗りのベンツ、桜の積もり方は、どちらも似たり寄ったりだった。——ってことは、どういうことなの？」

麗子は腕組みして考えた。ひとつ考えられる可能性としては、『佐和子が嘘をついた』ということがある。彼女は車でコンビニにいく、といいながら、実際は車を走らせなかったのではないか。だったら、軽自動車の上の花びらが吹き飛ばされることはない。隣のベンツと条件は同じになるから、桜の花びらは似たような積もり方になるはずだ。

しかし——

「佐和子が嘘をついた、という可能性は考慮に値しません」

影山は先回りするように麗子の考えを全否定。「なぜなら、佐和子がコンビニに車で買い物にいったかどうかは、コンビニの店員の証言や防犯カメラの映像で確認できることでございます。佐和子がそのように簡単にバレる嘘をつくはずもなく、また彼女が嘘をつく理由も見当たりません」

「そうね。わたしも、いまそれをいおうと思っていたところよ」

ん⁉　この他人の推理にタダ乗りする感じ、誰かに似ている……まさか、風祭警部⁉　やだ、わたし風祭警部と同じことしてる⁉　麗子は自らの無意識の振る舞いに恐怖を感じながら、なんとか平静を装い話を続ける。

「佐和子が嘘をついていないとすると、どういうことになるの？　二台の車に降り積もった花びらの矛盾は解消されないわよ」

「いえ、矛盾を解消する合理的な説明は、もうひとつございます」

影山は麗子の前に指を一本立てた。「すなわち、佐和子が車を走らせた後、何者かがその車に忍び寄り、綺麗になった屋根やボンネットに、わざと桜の花びらを撒いた
――そういった小細工の可能性でございます」

「わざと花びらを撒いた⁉　いったい、なんのためにそんな真似《まね》するのよ」

「お判りになりませんか？　これは一種のカムフラージュでございます」

「わ、判ってるわよ、それぐらい」そうか、カムフラージュか。麗子は執事の手前、思わず知ったかぶり。「だから、なんのカムフラージュかって、そう聞いてるんじゃない」

影山は「それは失礼をいたしました」と非礼を詫《わ》び、ニヤリと笑みを浮かべた。

「ひとたび車が走れば、車体の上の花びらは全部吹き飛ぶ。逆に車がその場所に停車を続けていれば、花びらはドンドン降り積もる。このことから考えるに、このカムフラージュは、《車が走っていないこと》を偽装するものだったと思われます」

「車が走っていないことを偽装……どういうこと？」

「早い話が、屋根の上に山ほど花びらを載せた車を見れば、大抵の人は『ああ、この車はずっと前から桜の木の下に停まっていたんだなあ』と、そう考えるのが普通でしょう。逆に、屋根の上に花びらが載っていなければ、『最近、誰かがこの車に乗ってどこかに出掛けたんだな』と、そう思う。ですが、犯人にしてみれば、それではマズいのです。犯人は自分がその軽自動車で密かに出掛けたという事実を誰にも知られたくない。ましてや警察には絶対に知られたくなかった。だから、警察がくる前に、軽自動車の屋根にわざと自分の手で花びらを撒いた――」

「ちょ、ちょっと待って！」麗子は思わず影山の推理を遮《さえぎ》った。「なんだか……意味が判らないわ……犯人って、なんの犯人よ？」

「もちろん、石黒亮太殺しの犯人でございます」

「そう。そうよね。それは判るわ。その犯人が神原家の人間だってことも充分考えられる。その犯人が車を密かに使った事実を隠そうとするのも判る。――でも、判らないわ。その犯人は、なぜそんなカムフラージュが必要だと思ったの？　車の上に花びらがなかったとしても問題ないじゃない。今朝、佐和子が車を使ったんだから――あ、そっか！」

思わず麗子は叫び声をあげた。その様子を見て、影山は満足そうに頷いた。

「お判りになられましたね、お嬢様。確かに、お嬢様のいわれたとおり、このカムフラージュは意味がありません。車の上に花びらがなくとも、『それは佐和子が今朝車を走らせたからだ』ということで完全に説明が付くのですから。しかしながら、この犯人はその説明を思いつかない。なぜなら、この犯人は今朝、佐和子が急遽《きゅうきょ》コンビニまで車を走らせたという事実を知らないのでございます。そして、そのような人物は神原家にただひとり――」

そういって、影山は静かな声でただひとりの名前を告げた。

「長男の祐次でございます。朝寝坊した彼だけは、今朝の佐和子の行動を把握しておりませんでした。はい、彼こそは石黒亮太を殺害した真犯人なのでございます――」

犯人は神原祐次――影山はそういった。確かに、桜の花びらを使ったカムフラージュは彼の小細工なのかもしれない。だが、それをおこなった人物が、すなわち石黒亮太殺害の犯人だと断言できるだろうか。そこには論理の飛躍があるような気がする。

「そもそも神原祐次が石黒亮太を殺すのは無理よ。祐次がいくら車を猛スピードで走らせたとしても、国立のアパートで彼を殺し、その死体を多摩川の土手に捨てて、また成城の屋敷に戻るには、二時間程度は掛かるはずよ。だけど、同じ夜の午後七時から九時の間、祐次は成城の屋敷にいて、バーベキュー大会の客たちに、度々その姿を見せているわ。つまり祐次にはアリバイがある。――これをどう説明するの?」

「ああ、お嬢様、それこそ犯人の思う壺《つぼ》でございます」

影山は残念そうに首を振った。「風祭警部もおっしゃったように、バケツ一杯の水がありさえすれば、人を溺死させることは可能。ならば、そのバケツは石黒のアパートではなく、成城の神原家にあったとしても、なんの不思議もないではありませんか」

「え!」麗子は思わず言葉に詰まる。「――ってことは、実際の犯行現場は神原家なの? じゃあ、石黒のアパートの風呂場にあった藻草は?」

「それもまた犯人、神原祐次のカムフラージュでございます」

意外な指摘に沈黙する麗子。そんな彼女に対して、影山は順を追って説明した。

「昨夜、神原家の庭でバーベキュー大会が開かれているころ、神原祐次はその屋敷にいました。しかし、同時に石黒亮太もそこにいたのでございます。祐次は石黒に酒を飲ませ、泥酔させたのでしょう。そして石黒の顔をバケツの水に沈めて溺死に追い込んだのです。すなわち実際の犯行現場は神原家、おそらくは祐次の部屋だったものと思われます」

「それが昨夜の午後七時から九時の出来事ってことね。じゃあ、溺死体を多摩川の土手に捨てにいったのは、いつ？」

「それは、神原家の人々が寝静まった深夜のことでございましょう。もちろん、死体の運搬には車が不可欠です。例の黄色い軽自動車ですね。祐次は死体を車に乗せ、神原家を密かに出発。やがて彼は多摩川の土手に到着し、そこに死体を捨てたものと思われます」

「ちょっと待って。なんで、土手に死体を捨てるような中途半端な真似をするわけ。せっかくそこまで運んだんだから、川に捨てればいいじゃない。そうすれば自殺や事故に見せかけることだって、出来たかもしれないのに」

「おそらく、当初はそういう計画だったのでしょう。しかし、祐次はその計画を諦《あきら》めたものと思われます。なぜか？　お嬢様も警察官なら、ご存じでございましょう。死体というものは、想像するより遥かに重く運びにくいものだということを」

「ああ、そういうことね……」麗子は一瞬で犯人側の心情を理解した。

確かに、死体は重く運びにくい。ドラマなどでは、殺人犯はやすやすと死体を抱えて移動するが、現実にはよっぽどの力持ちでもない限り、そんな芸当はできない。

「神原祐次も死体を車に運びこむまでは、なんとか頑張ったのでございましょう。ですが、多摩川の広い河川敷を見た瞬間、彼は当初の計画を諦めた。とても、あそこまでは運べないと思ったのでしょう。そこで、彼は次善の策に訴えたのでございます」

「次善の策⁉」

「はい。こちらのやり方は、至極簡単でございます。祐次はペットボトルかなにかに多摩川の水を汲《く》み、それを持って国立にある石黒のアパートを訪れたのです。そして、祐次はそのペットボトルの水を風呂場に撒き散らした。そうすることで、あたかもその風呂場が真の殺害現場であるかのように見せかけたのでございます」

「そっか。国立のアパートと多摩川の近辺ですべての犯行がおこなわれた――警察にそう思わせておけば、祐次の身に捜査の手が及ぶことはない。なぜなら、彼には犯行時刻に遠く離れた成城の屋敷にいたというアリバイが成立するから。祐次はそう考えたのね」

「さようでございます」

影山はゆったりと一礼した。「多少の計画変更はあったものの、神原祐次はなんとか犯行をやり遂げました。彼は車で神原邸に戻り、自室のベッドで眠りにつきます。深夜の重労働がたたって、翌朝、彼が寝坊したのも無理のない話でございましょう。しかし、これが彼の思わぬ失策に繋《つな》がったのは皮肉でございました」

「彼が寝ている間に、佐和子が軽自動車で買い物に出掛けたのね」

「はい。しかし、そうとは知らない祐次は、屋根もボンネットも綺麗になった軽自動車を見て、ギョッとしたのでしょう。彼は深夜に自分がその車を走らせたために、降り積もった桜が綺麗に掃《はら》われてしまったものと、早合点をした。この車をこのままの状態で警察に見せるわけにはいかない。そう考えた彼は、わざわざ自分の手で桜の花びらを車の上に撒くという、やらずもがなのカムフラージュをおこなってしまったのでございます」

「おかげで、ベンツと軽自動車の様子におかしな矛盾が生じてしまった。——祐次にとっては、まさしく藪蛇《やぶへび》だったってわけね」

「おっしゃるとおりでございます、お嬢様」

事件の真相を語り終えた影山は、麗子の前で恭しく頭を下げた。

麗子はお嬢様らしく冷静に振る舞いつつも、執事の慧眼《けいがん》にあらためて舌を巻く思いがした。

もちろん、これで事件がすべて解決したわけではない。神原祐次を逮捕するには、動かぬ証拠が必要だ。いや、その前にまず、理解力に欠ける上司を理屈で納得させるという難関が控えている。駆け出し刑事としての麗子の仕事は、まだまだこれからが本番なのだ。

とはいえ、それらはすべて明日のこと。いまはただ今宵《こよい》散りゆく桜の花を、心ゆくまで愛《め》でたい気分。そんな麗子は再び椅子に腰を落ち着けると、テーブルにグラスを置いた。

「もう一杯、注いでもらえるかしら」

気取った口調の麗子を前に、影山は流れるような仕草でボトルの白ワインを注ぐ。

「どうか酔った勢いで、わたくしを池に突き飛ばしたりなさいませんように――」

そういって、忠実なる執事は穏やかな微笑《ほほえ》みを麗子に向けるのだった。

第三話

怪盗からの挑戦状でございます

1

それは宝生麗子《ほうしょうれいこ》が一日の激務を終え、無事に宝生邸への帰還を果たした夜のこと。

仕事用のパンツスーツを脱ぎ捨てた麗子は、お嬢様っぽさ満点のフワフワでヒラヒラなワンピースに身を包み、さっそくディナーの席へ。今宵《こよい》、テーブルを彩るのは目にも鮮やかな最高級フレンチである。給仕を務めるタキシード姿の執事影山《かげやま》は、銀縁眼鏡の奥から期待に満ちた視線を麗子に向けながら、グラスにワインを注《そそ》いだ。

「いかがでございますか、お嬢様。ここ最近、なにか面白い事件などは……」

だが、影山の思いをはぐらかすように、麗子は「べつに」と素っ気ない答え。

「五月になって事件らしい事件は起こっていないわ。そういえばここ最近、国立《くにたち》署管内では月一件の割合で難事件が発生していたけど、残念ながら今月はなにもないみたいね」

残念ながら、という表現は不適切だったかしら。まるで事件を望んでいるみたい。そんなことを考えつつ、麗子はグラスのワインを傾け、ひと言。「——なにか不満でも?」

「いいえ、とんでもない。事件がないのは、なによりでございます」

　と影山はソツのない答えを返しながらも、どこか物足りない表情。なぜならこの影山という男、警察が手を焼くような難事件の類《たぐい》が実は大好物である。過去に幾度となくその手の情報を麗子から入手しては、自慢の推理力で事件を見事解決に導き、お嬢様の面子《メンツ》を丸潰《まるつぶ》しにしてきたという実績を持つ。実にタチの悪い執事ではあるが、肝心の事件がないのでは、得意の推理力も宝の持ち腐れだ。影山の表情が冴《さ》えない所以《ゆえん》である。

「ところで、お嬢様宛にいくつか郵便物が届いております。大半はお嬢様をカモにした高級ブランド店からのダイレクトメールや請求書の類でございますが」

「そう。それは影山のほうで適当に処理を」

　そういいながら麗子は食事の手を止め、執事を横目で軽く睨《にら》む。「ところで、いま鳥が飛ばなかった⁉　カモとか」

「いいえ、お嬢様、今宵のメイン料理はカモ肉ではなく、鹿肉のグリエ、バジルソース添えでございます」

　すぐさまテーブルの上にメインの皿が運ばれる。こんがり焼かれた肉の香りに魅了された麗子は、しばしカモの話を忘れ、鹿肉料理に舌鼓《したつづみ》を打つ。やがてデザートが運ばれるころ、影山が思い出したように再び郵便物の話題を口にした。

「そういえば、お嬢様宛に差出人不明の封書が二通ございました。ご覧になりますか」

「へえ、差出人不明⁉ 気になるわね。見せてちょうだい」

麗子が差し出した右手に、影山は二通の封筒を手渡した。それは薄いブルーの洋封筒。宛名は二通とも「宝生麗子様」となっているが、確かに差出人の名前はない。切手はちゃんと貼られており、立川《たちかわ》郵便局の消印が押されていた。

「ふーん、なかなか洒落《しゃれ》た封筒ね。ひょっとして、麗子ちゃん宛のファンレターかしら」

「お嬢様、どこからそのような浮かれた発想が湧《わ》いて出るのでございますか」

「うるさいわねー」麗子は憮然《ぶぜん》とした表情で、「判ってるわよ。どうせわたしなんて、父親が巨大複合企業『宝生グループ』の総帥《そうすい》であるというだけの、単なる富豪令嬢に過ぎない存在だわ」

「おやめください、お嬢様、そのようにご自分を卑下《ひげ》なさるのは。お嬢様は単なる富豪令嬢などではありません。国立署刑事課に勤める立派な地方公務員ではありませんか」

影山の奇妙な説得を受け入れて、麗子は「それもそうね」と自信を回復する。

「とにかく、宛名がわたしなんだから開けていいはずよね。――影山、開封してみて」

「かしこまりました」恭《うやうや》しく頷《うなず》いた影山は、渡された封筒のひとつを慎重に開封する。現れたのは白い便箋《びんせん》が一枚のみ。影山は空《から》の封筒を逆さまに振りながら、麗子に優しい笑みを向けた。「ご安心くださいませ、お嬢様。どうやらカミソリは入っておりませんよ」

「んなもん、入ってるわけないでしょ！　いいから、よこしなさい、その便箋！」

麗子は執事の手から便箋を奪うと、印刷された短い文章を声に出して読み上げた。

「えーと、なになに――『明日午前零時、宝生家に眠る秘宝《金の豚》をいただきに参上する。せいぜいご用心を。怪盗レジェンドより』――って、なによ、これ！」

麗子はいったん椅子から滑り落ち、それからすっくと立ち上がると、便箋をテーブルの上にビシッと叩《たた》きつけた。

「ちょっと影山！　これのどこがファンレターですって！」

「わたくし、ファンレターとは、ひと言もいっておりませんが……」

影山は無表情のまま便箋を拾い上げると、その文面に視線を走らせた。

「ふむ、どうやらこれは犯行予告状でございますね。怪盗レジェンド様は『金の豚』をお盗みになるおつもりでいらっしゃるようでございます」

「泥棒には敬語を使わなくていいの！」

麗子はピシャリというと、あらためて屈辱と恐怖に唇を震わせた。

「か……怪盗レジェンド……」

「ご存じなのでございますか、お嬢様」

「いいえ、初耳！」麗子はブンと首を振った。「いかにもそれっぽい名前だけれど、よくよく考えてみたら全然聞いたことない名前だわ。ルパンとかルビィとかキッドとかなら知ってるけど――誰よ、怪盗レジェンドって？」

「さあ、わたくしに聞かれましても……」

影山は肩をすくめた。「きっと最近活動を開始した、新人の怪盗でございましょう。宝生家のお宝を盗めば、泥棒の世界では一目《いちもく》置かれることは確実。それで『金の豚』に目をつけた――と、そんなところでは？」

「なるほどね。『金の豚』といえば、お父様が所有するコレクションの中に、そんなのがあったわ。確か、高森鉄斎《たかもりてっさい》っていう有名な彫刻家の作品よ。高森鉄斎の作品は、彼の死後になって急に評価が高まったらしく、『金の豚』もいまでは数千万円の値打ちだと聞くわ」

「数千万でございますか」影山は意外そうに首を傾《かし》げた。「確かに高額には違いありませんが、宝生家には億を超えるお宝もゴロゴロしております。それなのになにゆえ、敢《あ》えて『金の豚』なのでしょう。ひょっとして、怪盗の名を騙《かた》った悪戯《いたずら》では？」

「その可能性は否定できないわね。だけど、無視するわけにもいかないでしょ。明日午前零時に泥棒に入るって、向こうが予告してきてるんだから。——ん、ちょっと待って」

ふと、麗子は壁の時計を見上げた。時刻は午後八時。麗子は素朴な疑問を口にした。

「明日の午前零時って、いまから四時間後ってことかしら？　だって、四時間後の午前零時は、もう明日でしょ」

「いや、いくらなんでも四時間後ということは……。この場合はひと晩明けた明日の、その夜の午前零時という意味。つまり、いまから二十八時間後のことでございましょう」

「でも、あなたのいう午前零時は、厳密にはもう明後日《あさって》なんじゃないの？」

「それはそうですが」影山は困惑したように眉根を寄せて、予告状を見やる。そして、彼は忘れかけていた事実を口にした。

「そういえば、封書はもう一通ございました」

影山はテーブルの上にあるもう一通の封筒を開け、その便箋を自らの手で広げた。

「読み上げます——『念のためにいっておくが、先ほどの予告状に書いた《明日午前零時》というのは、今日の深夜という意味ではなくて、明日の深夜零時の意味だ。つまり厳密にいうと明後日なわけだが、まあ、常識的に考えれば間違えないよな、普通。怪盗レジェンドより』――」

影山は読み終えた便箋を麗子に渡しながら、「なかなか、懇切丁寧《こんせつていねい》な怪盗でございます」

「懇切丁寧っていうより、ちょっと頭悪いんじゃないの？　最初から午後十一時か午前一時にすれば紛らわしくないでしょうに……」

「なに、怪盗というものは大抵、午前零時に現れたがるものでございますよ」

影山はそう決め付けてから、銀縁眼鏡に指先を当てた。「いずれにせよ、ここまで念を押して予告する以上、子供の悪戯ではありますまい。明日午前零時、怪盗レジェンドはこの屋敷に現れると考えなければなりません。いかがなさいますか、お嬢様？」

「いかがなさいますか、って――なによ？」

「警察に通報されないのでございますか？」

「警察ぅ！」麗子は素《す》っ頓狂《とんきょう》な声をあげた。「無理無理無理無理！　警察なんか呼んだら、わたしが宝生家のひとり娘だって、バレちゃうじゃない。国立署にいづらくなるわ」

「ふむ、これからもいままでどおり風祭《かざまつり》警部の部下として働きたい——お嬢様のそのお気持ちは、わたくしもよく判ります」

「全然判ってないわよ、馬鹿ぁ！」

麗子は手にした便箋を執事の顔に投げつけた。「とにかく、警察を頼っちゃ駄目。特に国立署なんか、呼ぶだけ税金の無駄遣いってもんよ！」

影山は顔に貼り付いた便箋を両手で剝《は》がしながら、

「お嬢様がそうおっしゃるのならば、そうに違いございません」

と涼しい表情で頷く。「ですが、お嬢様、警察に頼らないとなると、怪盗レジェンドにはどのように対処なさるおつもりで？」

「そうね。とりあえずお父様の考えを聞いてみたいわ。いまは出張先のパリにいるはずよ」

さっそく影山は自らの携帯で、パリへ国際電話。やがて電話の向こうからは、麗子の父、宝生清太郎《せいたろう》の娘を呼ぶ声。麗子は影山の携帯を受け取り、恐る恐る耳に押し当てた。

「あ、お父様、実はちょっとした相談があって電話したんだけど……ううん、好きな人ができたとか、そういうんじゃなくて……ていうか、地球の裏側にいる父親に、わざわざ国際電話で、そんな恋愛相談する娘なんて、いるわけが……そうじゃなくて、実は泥棒からの犯行予告なの……そう、『金の豚』を狙ってるみたい……え？　欲しいならくれてやれ？　いや、そういうわけにもいかないでしょ……え、なに？　誰ですって……え⁉︎　かかりつけ……いや、知らないけど……うん、判った、そうする」

麗子が通話を終えるや否《いな》や、影山が聞いてきた。「旦那様は、なんと？」

「お父様曰《いわ》く、『そんなときは、あの男を呼べ』ですって」

「あの男⁉︎」影山は訝《いぶか》しげに首を傾ける。「『あの男』というのは、つまり風《かざ》――」

「違ぁーう！」麗子は執事の勘違いを素早く訂正。「風祭警部じゃなくて御神本光一《みかもとこういち》って人よ。こういうときには、うってつけの人物だって、お父様はそういっているわ」

「御神本光一⁉︎　存じ上げない名前ですが、誰でございますか、その人物は？」

麗子は「わたしも知らないんだけど」と前置きして、先ほど聞いた父親の言葉をそのまま伝えた。「御神本光一って人はね、宝生家の《かかりつけの私立探偵》なんだって」

2

お金持ちの家に、かかりつけの医者や顧問の弁護士がいるように、宝生家には《かかりつけの私立探偵》がいる。これは麗子ですら今回、初めて知った事実である。

その私立探偵、御神本光一が若い女性を従えて宝生邸に現れたのは、翌日の正午。すなわち犯行が予告された午前零時まで、あと十二時間というころだった。

麗子と影山が出迎える中、玄関ホールに登場した御神本は、三十代と思《おぼ》しき若い男だった。細身のパンツに白黒のドット柄のジャケット。頭に乗せたハンチング帽から長めの茶髪が覗《のぞ》いている。日焼けした顔は端正だが、どこか遊び人の匂いが漂う。さすがにピアスはしていないが、よく見れば耳たぶには二つ、穴が開いていた。

そんな御神本は宝生家の令嬢を前にして、胸に手を当てながら優雅に頭《こうべ》を垂れた。

「やあ、これはこれはお嬢さん。わざわざのお出迎え、恐縮です。初めまして、『御神本探偵事務所』の三代目所長、御神本光一です。どうかひとつ、お見知り置きを」

そういって探偵は西洋の紳士がやるように麗子の前に跪《ひざまず》くと、いきなり彼女の右手の甲にキスする仕草。しかし麗子は咄嗟《とっさ》に右手をぐっと握り締めると、それを前方に突き出して初対面のご挨拶《あいさつ》。結果、探偵の鼻面《はなづら》とお嬢様の拳《こぶし》が火の出るような熱いキスを交わした。

麗子の背後で執事が「あぁ、お嬢様……」と溜《た》め息《いき》混じりに目を伏せる。

探偵は流れる鼻血をズッと啜《すす》り、何事もなかったかのように立ち上がった。

「さっそくですが、お嬢さん、怪盗レジェンドを名乗る人物から犯行予告が届いたのだとか。いやはや、実に不愉快な話だ。世界にその名を轟《とどろ》かす宝生家のお宝を狙おうだなんて、世の中には、とんだ身の程知らずがいるものです。だが、おそらく、怪盗レジェンドは知らないのでしょう。宝生家に挑戦状を叩きつけることが、すなわち、その宝生家に三代仕える我が『御神本探偵事務所』に挑戦することと同じ意味だということを。なに、ご安心ください、お嬢さん。この御神本光一が乗り出したからには、怪盗だろうが怪獣だろうが、宝生家のお宝に指一本触れることはできません……って、あの、どうしました、お嬢さん⁉　僕のジャケットが珍しいですか。写メなんか撮って」

「…………」あれ、わたし間違ってる？　携帯片手に麗子は首を捻《ひね》り、影山を見やる。

執事は、違いますよ、というようにゆっくり首を振るポーズ。すると探偵の背後に控えていた若い女性が「ゴホン」とひとつ咳払《せきばら》い。そして麗子の勘違いをやんわりと指摘した。

「あの、麗子様、御神本所長のそれは、ちょっと変わったドット柄に過ぎません。QRコードではありませんから、いくら写メを撮っても、どこのホームページにもいけませんわ」

「なんだ、違うのね」麗子は納得して携帯を仕舞った。ホームページにはいけなかったけれど、探偵のジャケットのセンスを皮肉ることはできたはずだ。「ところで、あなたは？」

そう聞かれた彼女は、黒く艶《つや》やかな髪を揺らしながら、麗子に挨拶した。

「申し遅れました。わたくし、『御神本探偵事務所』の朝倉美和《あさくらみわ》と申します」

どうぞよろしく、と頭を下げる朝倉美和は、地味なグレーのパンツスーツに踵《かかと》の低いパンプス。それでも充分に女の魅力を放つ彼女は、いかにも探偵の秘書、もしくは愛人といった雰囲気だ。御神本が明らかに軽薄そうな人物だから、そう見えるだけかもしれないが。

「そんなことより、お嬢さん」と探偵は話を元に戻す。「さっそく怪盗レジェンドの狙う『金豚』ちゃんを拝ませてほしいんですがね。どこです、『金豚』ちゃんは？」

「………」判ってるとは思うけど、いちおう『金の豚』って訂正すべきかしら？

そんなことを考えながら、麗子は傍らに控える執事に命じた。

「影山、お二人を『金の豚』のある書斎に案内してあげてちょうだい」

広大な宝生邸は、「数えるたびに部屋の数が違う」と噂されるほどに多くの部屋がある。

そんな中、宝生清太郎の書斎は三階の一角にある。書斎としては広い部屋だ。中に入ると、中央に大きなデスク。壁際には戸棚や本棚。空間の至る所に抽象絵画や凝ったデザインの花瓶、意味不明なオブジェなどが配置してある。印象としては、芸術に疎い校長先生が精一杯背伸びして飾った校長室、といったところか。住人の趣味の悪さが窺《うかが》える、居心地の悪い書斎である。

「あら、この部屋、窓がありませんね」部屋を見るなり、朝倉美和が意外そうに声をあげる。

「ええ、お父様は敢えて窓のない部屋を自分の書斎にしたの。理由は知らないわ。本棚の本が日焼けするのを嫌がったんじゃないかしら」

「いいえ、お嬢様、それは違います」

影山が麗子の思い込みを即座に訂正した。「大富豪であらせられる旦那様は、窓の外から何者かに狙撃《そげき》されることを、常に警戒していらっしゃるのです。旦那様の書斎に窓がないのは、そのためでございます」

「…………」父、清太郎の意外な一面を垣間見て、麗子は赤面した。「『ゴルゴ13』の読みすぎね！」

「それはわたくしも同感ですが。――ところで、『金の豚』はそちらでございます」

影山は中央のデスクから見て右手の壁際を示した。そこに腰の高さほどの台座があり、その上に置かれたガラスケースの中に『金の豚』が四本足で立っている。大きさは全長三十センチ、高さ二十センチほどの十八金製。いうなれば、子豚のサイズだ。

「おお、素晴らしい。まるでいまにも駆け出しそうな豚ですね」

ガラスケースを見詰めながら御神本は手放しの賞賛を述べた。

「さすが、日本を代表する彫刻家、高森鉄斎の手になる逸品です。宝生清太郎氏の書斎を飾るに相応《ふさわ》しい」

書斎を飾るに相応しい豚なんて、この世に存在するものか、と麗子は思う。

「おや、所長、あちらにも豚の像が」朝倉美和が反対側の壁際を指差す。

助手の言葉に導かれ、御神本はそちらの壁に歩み寄った。『金の豚』とはデスクを挟んで対極の位置。そこにも同じような台座とガラスケースがあり、その中に豚の像があった。銀色に輝く豚だ。あちらが『金の豚』ならば、こちらは当然『銀の豚』と呼ぶべきだろう。

「ほう、この『銀の豚』も、やはり高森鉄斎の作なのかな」御神本はガラスケースを覗き込むようにしながら呟《つぶや》く。「それにしちゃ、あまりいい出来ではないな。なんというか、蚊取り豚——蚊取り線香を吊るしておく陶器製の豚——みたいな造形だぞ」

高森鉄斎が聞いたら激怒するような辛辣《しんらつ》な評価。とはいえ、『金の豚』に対して『銀の豚』が数段見劣りすることには、麗子も同感だった。これは素材ではなく、細工の問題だ。『銀の豚』も、その表面は滑らかで確かに美しい。だが、豚の細部が上手《うま》く表現されていないと思う。『金の豚』が、いまにも駆け出しそうな躍動感を与えるのに対して、『銀の豚』は、要するに単なる銀色の置物に過ぎない印象だ。とはいえ、蚊取り線香の容器になぞらえるのは、あまりに失敬だと思うが。

御神本は『銀の豚』のケースを離れて、再び『金の豚』のほうへと歩み寄りながら、「まあ、『銀の豚』については、いまはどうでもよろしい。怪盗レジェンドの狙いは『金の豚』ただひとつらしい。我々もそこに集中すべきだ。——ところで、お嬢さん、このガラスケースを開けてもらえませんか。念のために中身を確認しておきたいのです」

「まさか、すでに贋物《にせもの》にすり替わっているとでも？」

「まあ、あり得ないことでしょうが、確認は必要だと思いますので」

「判ったわ」麗子は納得して、傍らの執事に命じた。「影山、ケースを開けてあげて」

影山は「かしこまりました」といって、ポケットから鍵束を取り出すと、その中の一本を用いてケースの錠を開けた。ケースが開くや否や、御神本は無造作に両手を差し入れ、『金の豚』を取り出す。ペットのミニ豚を抱くような恰好《かっこう》で、御神本は黄金の豚の像を抱いた。

「ほう、さすが十八金だ。子豚サイズでもズシリと重いものですね。こんな物を抱えて、どうやって逃げるつもりなのかな、怪盗レジェンドは――」

しばし首を傾げてから、御神本は黄金の豚の像を再びケースの中に収めた。影山がすぐさまケースに鍵を掛ける。それを待って、麗子はあらためて探偵に尋ねた。

「ところで御神本さん、どういう手段で怪盗レジェンドの侵入を阻止するつもり？」

「なに、大袈裟《おおげさ》な真似《まね》をするつもりはありませんよ」

御神本は部屋の中央で両手を大きく広げた。「とにかく今夜ひと晩、我々がこの書斎に居座り続けて、ただひたすら『金の豚』を監視するのみです」

「それだけ!?」物足りない顔で、麗子が聞く。「屋敷中に警備員を配置したりしないの？　ヘリを飛ばして上空から監視したり、庭に数十匹のシェパードを放ったりとか

——しない？　じゃあ、この書斎に赤外線警報装置を張り巡らせ、侵入者を感知した場合は自動的にマシンガンが敵を蜂の巣にするとか……」

麗子の行き過ぎた妄想《もうそう》を遮《さえぎ》るように、影山が「ゴホン」と小さく咳払い。「お嬢様、豚の置物を守るために、この屋敷から死人を出すつもりでございますか」

なるほど、確かに現実的ではないか。費用対効果の点からいっても、無駄が多い。

「執事さんのいうとおりですよ、お嬢さん。そもそも、このようなケースにおいて、多くの者たちは賊を警戒するあまり、屋敷の至る所に警備員を配置してしまう。そのほうが安心できるのでしょう。だが、それは大きな勘違い。まさに賊の思う壺《つぼ》です。屋敷中にばら撒《ま》かれた人員は、賊にとって恰好の隠れ蓑《みの》だ。賊は人々の中に易々《やすやす》と紛れ込み、楽々とお宝を手に入れ、そして悠々といなくなる——というのが、お決まりのパターンです」

「ふーん。確かに、あなたのいうとおりかもしれないわね」

「ええ、そうですとも。必要なのは、屋敷中に大勢を配置することではなく、限られた人員を一箇所に集約することです。もちろん、それは絶対に信頼の置ける精鋭たちでなければならない。そう、この広さの部屋なら、五人もいれば充分でしょう」

「五人ってことは……」麗子は書斎の人間を目で数えた。「わたし、探偵、助手、執事、あともうひとりってことね」

「待ってください、お嬢さん。ひとつお聞きしますが」

　そういって探偵は、麗子の背後を真っ直《す》ぐに指差した。「その男は、本当に信用できる人物なのですか」

　御神本が示した人物。それは麗子の傍らに控える執事だった。もちろん麗子は即反論した。

「影山を疑うの⁉　馬鹿ね、影山は大丈夫よ……彼は絶対に信用できる執事……いや、絶対ってことはないけど、そこそこ……そりゃ、怪しいところもなくはないけど……ていうか、怪しさ満載だけど……とりあえずは信用してあげないと……ねえ影山」

　ぎこちなく微笑《ほほえ》みを向ける麗子に、執事は深い落胆の溜め息を漏らした。

「ガッカリでございます、お嬢様。この影山、誠心誠意、宝生家にお仕えして参りましたのに……意外なまでの低評価でございました」

「し、仕方ないでしょ！　だって、あんたときどき裏切るじゃない。それにちょいちょい騙《だま》すし、しょっちゅうわたしを馬鹿にするし——。そもそも、普段から忠実じゃないあんたがいけないんだわ」

　麗子と影山の不毛なやり取りを聞いて、御神本が決断を下した。

「判りました。執事の彼には、今回はご遠慮いただくとしましょう。あと二人、絶対に信頼の置ける部下を僕が手配します。僕と朝倉君、部下の二人、それからお嬢さん、この五人で今夜、『金の豚』を見張ります。よろしいですね」

麗子は探偵の提案に素直に頷いた。「ええ、それで結構よ」

影山は不満げな表情ながらも、「仕方がありません。すべては、わたくしの身から出たサビと諦《あきら》め、今宵、わたくしはお嬢様の後方支援に徹することにいたしましょう」

そして執事はガラスケースの鍵束を麗子に差し出すと、恭しく一礼した。

「では、お嬢様、どうぞ皆様の足手纏《まと》いにならぬよう、存分にご活躍を」

「…………」誰が足手纏いになんかなるもんですか！

3

御神本探偵は昼間のうちに、背広姿の二人の男を宝生邸に呼び寄せた。

ひとりは大松《おおまつ》という男で、こちらは腕力のありそうな筋骨隆々の大男。もうひとりは、謹厳実直に服を着せたような中肉中背の男で、名前を中園《なかぞの》といった。大松と中園は『御神本探偵事務所』に所属する探偵の中でも特に成績優秀な二人である、と所長の御神本は誇らしげに胸を張った。麗子は、私立探偵の優劣がなにをもって判断されるのか判らないので、頷くしかない。

麗子と御神本探偵事務所の四人は、夕食をとった後、午後九時に書斎へと向かった。

「五人全員で書斎に籠《こ》もるより、誰かひとり、扉の外に立ったほうがいいんじゃない？」

麗子の提案に、御神本は「素敵なアイデアです」と大袈裟に手を広げた。

「しかし、僕が怪盗レジェンドならば、扉の外で立ち番をするその人物を、まず真っ先に狙うでしょうね。そして彼の服を奪い、その人物になりきってから、こう叫ぶ。『怪盗レジェンドが現れたぞ！』。部屋の中の僕らは、慌てて扉を開けてしまい、廊下をキョロキョロしながら、『怪盗レジェンドはどこだ！』。そのときには、敵はもう書斎のガラスケースをぶち破り、お宝に手を伸ばしている――ふッ、ありがちなパターンですよ、お嬢さん」

「…………」こいつ、なんか、超むかつく！　麗子は内心、殺意に近い怒りを覚えたが、探偵の考え自体は筋が通っているので、面と向かって反論するには至らなかった。

結果、五人全員が書斎の中で見張り番をすることとなった。

まずはガラスケースを開け、中に収められた『金の豚』に異状がないことを、あらためて確認する。その直後、書斎の扉は中から施錠され、さらに大きなカンヌキが掛けられた。

こうして書斎は密室と化し、五人の精鋭と『金の豚』は缶詰になった。缶詰の賞味期限——いや、缶詰の継続期限は翌日の日の出までと設定された。怪盗レジェンドの予告状によれば、犯行は午前零時のはず。だが、その点について探偵は懐疑的だった。「十九世紀のパリならともかく、ここは二十一世紀のクニタチだ。『怪盗』が必ずしも『紳士』であるとは限らない。レジェンドが、約束を勝手に反故《ほご》にする非紳士的な泥棒である可能性は充分ある。完全に夜が明けるまでは、警戒を怠《おこた》るべきではないね」

確かに、御神本のいうとおりである。怪盗レジェンドが、いつ何時《なんどき》この書斎に現れるか判らない。五人は、思い思いの体勢で問題の午前零時を待った。

大松と中園の二人は背広姿のままで壁にもたれている。朝倉美和は持ちこんだパイプ椅子に腰を降ろしている。御神本はドット柄のジャケットの裾《すそ》を翻《ひるがえ》しながら、書斎の中をウロウロ。それを眺める麗子は、次第に目がチカチカしてくるような気がした。

すると午後十一時ごろ、扉の向こうに突然人の気配。すわ怪盗レジェンドか！　と色めき立つ五人。だが、扉越しに聞こえてきたのは、聞き慣れた影山の声だった。

「お嬢様、そろそろ眠気を催すころではないかと思い、珈琲《コーヒー》をお持ちいたしました」

あら、気が利くじゃない、と麗子は扉のカンヌキに手を伸ばす。だが、その瞬間、

「いけません、お嬢さん！」御神本の鋭い叱責《しっせき》が麗子の行動を遮った。

「扉の向こうにいるのが、本物の執事であるとは限りませんよ。怪盗レジェンドの声色《こわいろ》かも」

「え⁉ あ、そうか」麗子は伸ばした手をいったん止める。「じゃあ、どうするの？」

するとと御神本は扉に顔を寄せ、廊下の男に対して唐突《とうとつ》に聞いた。「――合言葉は？」

「…………」キョトンとする影山の姿が目に浮かぶようだ。数秒の間があって、影山は御神本の問い掛けに、こう答えた。「合言葉など、最初から存在しないはずでございます」

御神本はその答えを噛《か》み締めるように深く頷いた。「よし、正解！」

脱力的な応答の果てに、御神本はようやく、扉の向こうにいるのが正真正銘の執事であると認めたらしい。だが、それにもかかわらず彼は扉を開けようとはしなかった。

「悪く思わないでくれたまえよ。差し入れの珈琲を口にしたところ、眠り薬が混入していて、いつの間にか全員大いびき――これも、よくあるパターンなんでね」

「なるほど。さすが、行き届いた配慮でございます」扉の向こうから影山の無表情な声。「ですが、飲み物ぐらいはないと困るのでは？ まだまだ、夜は長《なご》うございますよ」

「もちろん、その点に抜かりはないさ。君の助けを借りずとも、ちゃんと珈琲ぐらいはこちらで用意してあるのだよ。絶対安全確実な珈琲がね。さあ、そうと判ったら、退《さが》ってもらえるかな。君がそこにいたら、怪盗レジェンドが書斎に忍び込めないだろ」

「……？」

忍び込めないなら、それに越したことはないのでは？　麗子は素直にそう思う。影山も同じことを思ったはずだが、彼は御神本に対して、「では、わたくしはこれで」と従順な態度。そして扉越しに余計な忠告。「お嬢様、どうか居眠りなどなさいませんように」

しないわよ、居眠りなんて！　しかし、麗子の呟きは執事の耳には届かなかったようだ。

影山の足音が遠ざかるのを聞きながら、御神本が自分の腕時計を確認する。

「確かに、あの執事のいうとおり、夜はまだ長い。あまり根《こん》を詰めすぎると良くないな。珈琲でも飲みながら、午前零時を待とうじゃないか。朝倉君、みんなに珈琲を」

はい、といって朝倉美和がデスクの上のポットから、五つの紙コップに珈琲を注いだ。すぐさま五人の手がコップに伸びて、各々の口許に珈琲を運ぶ。だが、自分のコップに口をつけようとした瞬間、麗子はふと漠然とした不安を感じた。

こんなふうに五人全員が同じポットの珈琲を同時に飲むのは、マズイのではないだろうか。もし、この珈琲の中に眠り薬でも混入していたら、どうなる？　御神本が懸念していた《全員大いびき》が現実のものとなるのではないか？

と、そこまで考えて麗子は首を振った。いや、それはあり得ない。なにしろ、この珈琲は麗子と朝倉美和の二人が宝生家のキッチンで淹《い》れた珈琲だ。二人が作業する傍らには、御神本の姿もあった。つまりポットの中身は御神本がいったとおり、《絶対安全確実な珈琲》に間違いない。ひとりで飲もうが、五人で飲もうが、問題はないはずだ。

そう自分を納得させた麗子は、おもむろに紙コップの珈琲を口にした。香ばしい薫《かお》りと上品なコク。極上の珈琲は、麗子の緊張した心と身体を解きほぐし、そしてそれ以降、小一時間ほどの記憶を、彼女から奪い去っていった——

激しいノックの音で目覚めたとき、麗子の目の前には床に転がる紙コップがあった。麗子は自分が床の上に横たわっていることを知った。寝ぼけ眼《まなこ》で腕時計の針を確認する。長針と短針が文字盤の「12」を指していた。

十二時——いや、違う。午前零時だ！

驚きとともに麗子は上体を起こす。そのとき、断続的に続くノックとともに、男の緊迫した声が扉越しに聞こえた。「——お嬢様！　どうか、ご返事を！」

影山だ。麗子はふらつく足で立ち上がり、周囲を見渡す。そこには御神本を初めとする探偵事務所の面々の死体。いや、死体かどうかはよく判らない。たぶん麗子と同様、眠らされているだけだとは思うが、とにかく四人の男女が死んだように床に倒れていた。

激しいノックはなおも続く。扉は内側から二重にロックされているため、廊下側からは開けられないのだ。鍵を解いてやらなきゃ——麗子は必死の思いで扉に歩み寄る。

「お嬢様、お嬢様!」

扉越しに影山のいらだつ声。「ええい、まったく世話の焼ける……」

「誰が世話の焼ける女ですって!」

「あ! お嬢様、そこにいらっしゃるのですね! う、嬉《うれ》しゅうございます!」

「ホントにぃ?」麗子はいますぐ扉を開けて、彼の顔色を確かめてやりたいと思った。

「ちょっと待ちなさい、影山。いま鍵を開けるから」

麗子はカンヌキを戻して、ドアノブのツマミを捻った。二つのロックは解除され、扉が開く。さっそく部屋に飛び込んできた影山は、麗子の変わりない様子を確認するなり、

「心配いたしましたが、ご無事でなにより」

と心底安堵《あんど》の表情を浮かべた。まあ、執事としては、いちおう合格レベルの反応である。

「問題の午前零時になりましたので、様子を窺おうと思ったのでございますが……」

影山は書斎の様子を一瞥《いちべつ》するなり、事態を把握したようだった。「ふむ、珈琲に眠り薬が仕込まれていたのでございますね。それを飲んだ五人全員が眠りに落ちた——。それで『金の豚』は、どうなりました？」

「あ、そうだわ」大事なのはそこだ。麗子は慌ててガラスケースに駆け寄った。

だがケースには、なんの問題もなかった。ガラスの表面には傷ひとつなく、中に収められた『金の豚』も、以前と同じようにそこにある。麗子はホッと安堵の溜め息を漏らした。

「よかった。『金の豚』は無事みたい」

「はあ、確かに『金の豚』は無事かもしれませんが……」

そういって、影山は反対側の壁際に鋭い視線を向けた。そこにあるのは、もうひとつのガラスケース。そちらに目をやった瞬間、麗子も異変を察知した。ガラスケースが開いている。そして透明なガラスの向こうには、あるべきものがない。麗子は思わず叫んだ。

「ああッ、『銀の豚』がなくなってる！　怪盗レジェンドの嘘つき！」

空のガラスケースを覗き込みながら、麗子は屈辱《くつじょく》と怒りに地団太《じだんだ》を踏む。

一方、影山は床に横たわる四人の男女を起こして回った。すでに薬の効果は切れかけていたようだ。御神本を初めとする四人は、むっくりと起き上がり、寝ぼけた顔を互いに見合わせた。

「あれ……」「どうしたのかしら……」「寝てたのか、俺たち……」「なんかフラフラする……」

やがて四人の意識が通常レベルに戻り、現在の状況をようやく把握したころ――

〈は、はは、ははは、はははは、ははははは……〉

数え切れないほど「は」を並べた不気味な笑い声が書斎に響き渡った。いったい誰がどこで笑っているのだろうか。それは深い穴底から聞こえてくるような奇妙な声だった。

〈『銀の豚』は、このわたし怪盗レジェンド様がいただいた。残念だったね、諸君〉

「なにを抜かすか、このコソ泥め」見えない敵に向かって御神本が叫ぶ。「残念なのは、貴様のほうだ。おまえの狙った『金の豚』は、ちゃんとここにあるぞ。ざまあみろ！」

なんの疑いも持たず勝ち誇る御神本に、朝倉美和がやんわりと耳打ちする。

「違いますわ、所長。怪盗レジェンドの狙いは、最初から『銀の豚』だったのでしょう。わたしたちは彼に一杯食わされたのですわ」

「え、そうなのか、畜生！」御神本はいまさらのように屈辱を露《あらわ》にすると、「おいコラ、怪盗レジェンド！　貴様、やってることが予告状と違うじゃないか。嘘つきは泥棒の始まりだぞ」

探偵の小学生じみた発言に、怪盗は真面目に反論した。

〈それは泥棒にいう台詞《せりふ》ではないだろ。泥棒はもともと嘘をつくものだ〉

「なるほど。やはり紳士ではなかったということか」探偵は妙に納得した顔で頷いた。

麗子は自分の感じた違和感を、傍らの執事に小声で訴えた。「変ね。二人の間で会話が成立しているわ。どうして？」

「換気口です。天井裏を走るダクトを通して、二人は会話しているのでございます」

「じゃあ、ダクトの先は、どこに通じているの？」

「おそらく、屋上ではないかと――」

影山の言葉を皆まで聞かず、「いくわよ、影山」と、ひと声叫んで麗子は駆け出した。

「怪盗レジェンドは屋上にいるわ！」

書斎を飛び出す麗子。その背中を追うように、探偵事務所の四人も後に続く。しかし影山はなぜか、ひとり遅れて書斎を出ると、わざわざ扉をきちんと閉め直して、その前で何事かおこなう素振り。麗子は階段の手前で足踏みしながら、

「なにやってんのよ、影山！　怪盗レジェンドが逃げちゃうじゃない！」

叱責を受けた執事は、「申し訳ございません」と謝りながら、麗子のもとに駆けつけると、「それでは、いざ屋上へ。どうか油断なさいませんように」

「油断なんて、するもんですか！」

叫ぶや否や、麗子は屋上目指して、階段を駆け上がっていった——


宝生邸の屋上は、平坦な長方形。テニスコートが何面も取れるほどの広大さを誇るが、普段はなんら利用されていない。いちおう緊急時にはヘリポートとなる造りだが、いままでのところこの屋敷にヘリを呼ぶほどの緊急事態が発生した例はない。

そんな屋上に六名の男女が相次いでたどり着いた。麗子と影山、御神本探偵とその助手の朝倉美和、そして探偵が信頼を置く部下、大松と中園だ。彼らは、満月の光懐中電灯の明かりを頼りに、怪盗レジェンドの姿を捜す。すると御神本が、鋭い叫びとともに屋上の一角に明かりを向けた。

「——いたぞ。奴だ！」

探偵の指差す遥か前方に人影があった。屋上の端、腰に手を当てるポーズで佇《たたず》む黒ずくめの影。顔は白い仮面に覆われていて表情を窺うことはできないが、身体つきから男性であることは判る。背中になにか奇妙なものを背負っている。リュックだろうか。目を凝らす麗子の視線の先で、その男は独特な哄笑《こうしょう》を響かせた。

「は、はは、ははは、はははは、はははは……」

先ほど書斎で聞いたものと同じ笑い声に、思わず緊張する麗子。傍らで影山も警戒の姿勢をとる。すると仮面の男は誇らしげに右手を高々と掲げた。男の手にしっかりと握られているのは豚の置物。その表面が月明かりを反射して銀色に輝く。男はあざ笑うような口調で、あらためて宣言した。

「ご覧のとおり、『銀の豚』は、この怪盗レジェンド様がいただいた。『金の豚』のほうは、また次の機会にいただくとするよ。それまでしばらくは君たちに預けておくとしよう」

「馬鹿な！　次の機会などあるものか」

御神本は強気に言い放つ。「怪盗レジェンド、おまえにはもう逃げ場はないぞ。おとなしく名探偵御神本光一の軍門に降《くだ》ることだな！」

「ふん、名探偵とは小賢《こざか》しい。ならば、その手でこのわたしを捕まえてみるがいい」

「いわれなくとも、そうさせてもらうさ！」

探偵は彼の背後に控える二人の部下に叫んだ。「大松君、中園君、準備はいいな」

二人の部下はすでに背広の上着を脱ぎ捨て、ワイシャツ姿で臨戦態勢だった。

「いくぞ！」探偵は二人の部下を従えながら猛然と駆け出した。「うをぉぉぉ――」

ジャケット姿の御神本とワイシャツ姿の二人の部下。三人の男たちは、正三角形の隊列を組みながら、遥か前方に位置する敵に突進する。

そのとき突然、探偵の叫びをかき消すように響くモーター音。続いて、仮面の敵もまた叫び声とともに御神本を目掛けて走り出す。「とりゃあぁぁ――」

瞬く間に接近する両者の距離。そのとき、男の背後に巨大な白い物体が壁のように広がった。まさか、この場面で『妖怪ぬりかべ』の登場か⁉ 思わず目を見張る麗子。だが、妖怪に思えた巨大な白い壁、その正体は闇《やみ》をバックに広がるパラシュートだった。モーターの音は男が背負った大きなプロペラが発する回転音らしい。ということはモーターパラグライダーか！ 麗子がそう気付いたときには、男の両足はすでに地上を蹴《け》っていた。

意外な逃走手段をとる敵に対して、探偵は最後の抵抗とばかりに、

「畜生、逃がさんぞ、怪盗レジェンド」

と叫んで、必死のジャンプ。『銀の豚』を返せ！」

だが、仮面の男はそんな探偵を弄《もてあそ》ぶように、右足を軽く振り抜く。すると男の靴の爪先《つまさき》は計ったかのように探偵の顔面をとらえた。「ぎえ！」探偵の口から奇声が漏れ、その身体は背中から屋上に叩きつけられた。「ぐお！」呻《うめ》き声をあげる御神本。あまりに無様《ぶざま》なその姿に、助手の朝倉美和が「ああ、先生……」と落胆の溜め息を漏らして目を伏せる。

大松と中園の二人は、御神本には目もくれず敵の姿を追う。だが、彼らの努力をあざ笑うように、男の背中でモーターが一段と回転速度を上げる。

「――では、さらばだ、諸君！」

別れを告げた次の瞬間、男の身体は一気に月の夜空へと高く舞い上がった。

麗子は傍らに控える忠実なしもべに命令を下した。「影山、奴を追いかけなさい！」

麗子の無謀な要求に、さすがの影山も首を振った。「不可能でございます、お嬢様」

屋上で為《な》す術《すべ》のない二人を小馬鹿にするように、仮面の男は宝生邸の上空を二度三度と周回。やがて彼は夜空に輝く満月をバックにしながら、闇のかなたへと飛び去っていった。

麗子は消え行く怪盗の姿を、唇を嚙みながら見送ることしかできない。

影山は倒れた探偵のもとに駆け寄り、彼の背中をさすりながら、「大丈夫でございますか、御神本様」と、その顔色を窺う。

背中をしたたか打ちつけた御神本は二、三度激しく咳《せ》き込むと、「心配ない」と影山の手を振り払い、鼻面を押さえながら立ち上がった。

「くそ、あの野郎め！　僕の顔をサッカーボールと間違えやがって」

そして彼は拳を突き上げながら、闇に向かって吠《ほ》えた。「絶対、許さんぞ、怪盗レジェンド！　必ず見つけ出して、『銀の豚』を取り返してやるからな！」

探偵として精一杯の強がりを示す御神本。それを眺める麗子の脳裏《のうり》には《負け犬の遠吠《とおぼ》え》という お馴染《なじ》みの言葉が浮かんでいた。

4

屋上での捕り物に失敗した麗子たちは、重たい足取りで書斎へと引き返した。そんな麗子たちのために、影山が機敏な仕草で書斎の扉を開け放つ。だが、室内に一歩足を踏み入れた瞬間、麗子の頭にひとつの素朴な疑問が湧き起こった。

「怪盗レジェンドは、どうやって『銀の豚』を盗み出すことができたのかしら？」

「そりゃ、簡単ですよ、お嬢さん」御神本が即答する。「奴は睡眠薬入りの珈琲で僕らを眠らせ、その隙《すき》に書斎に侵入。眠っているお嬢さんから鍵束を奪い、それでガラスケースを開けると、『銀の豚』を持ち出し書斎から立ち去った――というわけです」

「でも、それだったら、書斎の扉のロックは開きっぱなしのはずよね。でも、わたしが目覚めたとき、扉には中からカンヌキが掛かっていたのよ。ねえ、影山」

「はい。確かにお嬢様のおっしゃるとおり、扉は中から施錠されておりました。わたくしはお嬢様がカンヌキを外されて、初めて部屋に入ることができたのでございます」

え、そうなのか!?　というように御神本が目を丸くする。彼は怪盗が書斎のロックを壊して侵入したものと思い込んでいたようだ。御神本は慌てて、書斎の扉を検《あらた》める。これといって異状のないカンヌキに首を傾げる御神本。そんな彼に朝倉美和が尋ねた。

「どういうことでしょう、先生？　怪盗レジェンドは書斎から逃走する際に、中から部屋をロックして逃げたのでしょうか。でも、それは無理だと思うのですが」

「ああ、絶対無理だ。ドアノブのシリンダー錠は合鍵さえあれば、なんとかなるだろう。だが、カンヌキを扉の外から操作することは不可能だ。怪盗レジェンドはカンヌキの掛かったこの書斎に、出入りすることはできなかったはず。ということは――あ、そうか！」

御神本はパチンと指を弾《はじ》くと、「この状況から導き出される結論はひとつだ」といって、その指で目の前にいる助手と二人の部下と麗子の顔を順繰りに指差した。

「すなわち、書斎にいたこの四人の中に、怪盗レジェンドの侵入と逃亡を助けた奴がいる、ということだ。その人物は、みんなが眠りに落ちた後、中から扉を開けてやり、賊を書斎に入れてやった。そして、賊が『銀の豚』を持ち去った後には、再び扉を中から施錠し、自分は睡眠薬で眠らされていたかのような演技をした――というわけだ。間違いない。共犯者はこの四人の中にいる！」

なるほど、確かに御神本の説明したとおりなのかもしれない、と麗子も思う。もっとも、彼のいう『四人』の中に、御神本本人が含まれていないのは納得いかない話である。探偵が泥棒の共犯者であったとしても、けっして不思議ではない。

そんなふうに考える麗子の傍らで、影山が探偵の推理に対して真っ向から反論した。

「いえ、それは違います、御神本様。怪盗レジェンドは、この書斎にいっさい近寄っておりません。なぜなら、この扉の外にはずっと目撃者がいたのですから」

「目撃者だと⁉ 誰だい、それは」

「わたくしでございます」

執事は胸に手を当てるポーズで、恭しく頭を下げた。「わたくし、午後十一時に珈扉をお持ちして、御神本様に拒否されて以降、そのままずっと廊下に立ち、書斎の扉を見張っていたのでございます。しかし、怪盗レジェンドはおろか、猫一匹さえも、この扉に近寄る場面はありませんでした。いかが思われますか、御神本様？」

「い、いかが思われますかって……信じられん話だ。君のいうことが事実だとするなら、怪盗レジェンドはこの書斎に出入りすることなく、『銀の豚』を手に入れたということになる」

麗子も首を振りながら口を挟む。「そんなことは絶対不可能よ。あり得ないわ」

「はい。まさに奇跡のような所業《しょぎょう》。後世に語り継がれるべき、見事な犯行でございます。いやはや、さすが怪盗レジェンド様。この影山も、感服するよりほかございません」

「なに感心してんのよ！　それから、泥棒に『様』をつけちゃ駄目！」

麗子は執事に叱責の言葉を浴びせると、書斎を右往左往しながら苛立《いらだ》ちを口にした。

「この書斎に誰も出入りしていない？　いいえ、そんなはずはないわ。誰かが出入りしない限り、あの大きさの置物を持ち出すことなど絶対できないはずだもの。なにか、見落としがあるはずよ。――影山、あんた居眠りとかしてないでしょうね？」

「わたくし、立ったまま廊下で居眠りできるほど器用ではございません」

「ま、そうでしょうね」麗子は憮然として腕を組む。「じゃあ、どういうことなわけ？」

麗子は、空になったガラスケースに視線を注ぎ考える。『銀の豚』は、確かにケースから持ち出された。これは事実だ。だが、たとえ怪盗レジェンドがどれほど魔術的なテクニックを駆使したところで、書斎に足を踏み入れないまま、それを奪うことは不可能だ。ならば結局、御神本が最初に提示した考えが正しいのではないか。

すなわち――

「ガラスケースから『銀の豚』を奪った人物は、最初からこの書斎の中にいた人物。ただし、その人物が扉の外にいる怪盗レジェンドに『銀の豚』を手渡す機会はなかったはず。にもかかわらず、怪盗レジェンドはわたしたちの前でこれ見よがしに『銀の豚』を掲げて見せた。――ん、これ見よがしに⁉」

瞬間、麗子はなにかを摑《つか》んだ気がした。「ひょっとして『銀の豚』は持ち出されていない。まだ、この書斎のどこかにあるんじゃないかしら？」

「持ち出されていない⁉」御神本が眉を顰《ひそ》めながら反応する。「それじゃあ、怪盗レジェンドが手にしていた銀色の豚は、いったい――あ、そうか！　あの豚の像が、実は前もって用意されていたダミーだった。そういう可能性は充分考えられるな」

探偵の発言を後押しするように、朝倉美和が「なるほど」と大きく頷く。

「すでに盗み出したと思わせておいて、実はただ単に書斎の中で置き場所を変えただけ。これはそういうトリックというわけですね、先生」

「そういうことだよ、朝倉君。よし、ならばみんなで手分けして、捜してみようじゃないか。豚の置物一個を隠せるほどのスペースは、この書斎にそう多くはないはずだ」

勝手に捜索を開始する探偵たち。だが、麗子は鋭く響く声で彼らの行動を制した。

「ちょっと待って！　容疑者たちに大切な現場を荒らされては堪《たま》らないわ」

「容疑者⁉　ああ、それもそうですね」

御神本はすべてを完璧に理解したかのような表情で、自分の部下に命じた。「ならば、大松君と中園君、それに朝倉君も、とりあえず廊下に出て待機してもらおうか。君たちは、いちおう容疑者だからね」

「あなたもよ、探偵さん！」ピシリと言い放つと、麗子は御神本を睨みつけ、扉の外を指で示した。「あなたもこの部屋から出てちょうだい。書斎の捜索は、わたしがやります」

おいおい、僕も容疑者のひとりかい——というように、探偵は肩をすくめる仕草。

麗子は大きく頷き、その一方で、容疑の対象に含まれない唯一の男に命令した。

「影山は、わたしを手伝うように。いいわね」

承知いたしました、といって執事は恭しく頭を下げた。

5

だが、麗子と影山による書斎の捜索は、たちまち行き詰まった。御神本もいったように書斎には豚の置物一個を隠せるような空間は、もともとあまりない。デスクの引き出しやキャビネットの中などは、もちろん真っ先に捜したが、そこに『銀の豚』はなかった。パソコンやプリンター、コピー機の陰にも見当たらない。

「どこにもないわね。——ん、待ってよ」麗子はふと脳裏に浮かんだひとつの可能性を口にした。「さっき、わたしたちが屋上へ向かった際、この書斎は一時的にガラ空きだった。その隙に乗じて、怪盗レジェンドの仲間が書斎に入り込み、隠してあった『銀の豚』を持ち出した。そういう可能性は考えられるんじゃないかしら」

「ああ、ようやくお気づきになられましたか、お嬢様」影山は、いまさら遅い、といわんばかりの口調で頷き、そして首を左右に振った。「しかしながら、お嬢様が懸念されているような可能性はございません。なぜなら、そのような事態を一早く見越したわたくしは、この書斎の扉に少しばかり細工を施しておいたのでございます」

「細工⁉　そういえば、あなた書斎を出るとき扉の前でなにかしてたわね」

「はい。わたくし、閉じた扉と枠との境目に唾液で濡らした髪の毛を数本、貼り付けておいたのでございます」

「なんですって！　じゃあ、扉を髪の毛で封印したってこと？」麗子は執事ににじり寄りながら聞いた。「で、その封印は、どうなっていたの？」

「わたくしたちが書斎に戻ったとき、その封印は解かれてはおりませんでした。この書斎が無人になっている間、誰も扉を開け閉めした者はいないという、なによりの証拠でございます」

「だったら、やっぱり『銀の豚』は、まだこの書斎のどこかにあるってことだわ」

麗子はあらためて書斎を見渡した。残る場所は、壁際の本棚ぐらいだ。

「ひょっとして、本棚の奥に秘密の隠し場所があったりして……」

淡い期待を抱きつつ、麗子は本棚の本を何冊かまとめて取り出す。棚に顔を突っ込むようにして、麗子は奥の様子を確認する。その隣で、影山も同じ作業を繰り返しながら、

「ところで、お嬢様。ひとつお聞きしたいことがございます」

作業の手を休めることなく、影山は質問を投げた。「お嬢様は『銀の豚』について、

どの程度、ご存じなのでございますか」

「どの程度っていわれても、高森鉄斎の作品だってこと以外は、ほとんど知らないわ。気が付いたときには、『金の豚』『銀の豚』は両方ともウチの書斎のガラスケースに収めてあったの。なんでも、お父様は高森鉄斎が晩年に大病を患った際、彼の医療費を肩代わりしてあげたんだって。それで……」

「判りました」

「ん、なにが判ったの？　話はまだ途中だけど」

「高森鉄斎の作品の評価が高まったのは、彼の死後。生前の高森鉄斎は肩代わりしてもらった医療費を返せなかったのでございましょう。そこで旦那様は、おそらく彼にこうおっしゃった。『借りた金が返せねえんだったら、この〈金の豚〉と〈銀の豚〉はいただいていくぜ！　恨むんなら、てめえの甲斐性《かいしょう》のなさを恨むんだな！』とか、なんとか――」

「他人の父親を闇金《やみきん》の極道みたいにいうな――ッ！」

とはいえ、事実はおそらく影山の想像と大差ないはずだ。二つの豚の像が、借金のカタとして、高森鉄斎から宝生清太郎へと渡ったことは間違いない。その際、清太郎がヤクザロ調で芸術家を罵《ののし》ったかどうかは、定かではないが。

「――で、それがどうかしたの？」

「なに、少し気になっただけでございます」

影山は言葉を濁し、手にした本を棚に戻していった。

「ところで、お嬢様、本棚にも豚の置物が隠されている様子はございません。棚に並ぶのは書物ばかりでございますよ」

「そのようね。ということは、どういうことなの？」

結局、書斎のどこにも『銀の豚』は存在しない。どうやら二人の捜索は、そのことを確認しただけに終わったようだ。麗子は書斎の真ん中で思わず頭を抱えた。

「信じられないけれど、認めるしかなさそうね。『銀の豚』は、確かに書斎から消えている。でも、どういうこと!?　書斎の扉には中からカンヌキが掛かっていた。おまけに、扉の外には影山が立っていた。つまり、書斎は二重の意味で密室だった。この状況で怪盗レジェンドは、どうやって『銀の豚』を盗み出したっていうの？　仮に、探偵やその部下のひとりが怪盗の共犯者だったとしても、書斎から豚の置物を持ち出すことは絶対不可能だわ。そんなことをすれば、廊下にいる影山が気付くはずだもの」

「おっしゃるとおりでございます」

「ということは……」麗子は敗北感を漂わせながら、呻くようにいった。「どうやら、怪盗レジェンドは、その名のとおり伝説に残る奇跡の大泥棒ってことね。彼はまるで透明人間のように監視の目をすり抜け、密室からまんまとお宝を盗み出したんだわ」

屈辱のあまり、唇を噛む麗子。そんな彼女を優しく諭《さと》すように、執事が口を開いた。

「いいえ、お嬢様、この世には透明人間も奇跡の大泥棒も存在いたしません。そのような曖昧《あいまい》な結論に飛びつくよりも――」

そういって影山は麗子の目を真っ直ぐ見据え、真剣な表情で訴えた。

「お嬢様、いま少しばかり脳みそをご使用になられてはいかがでございますか」

脳みそをご使用!?　麗子は自分がなにをいわれているのか、咄嗟に理解できなかった。ひょっとして励まされているのかとも思ったが、どうも違うようだ。

「脳みそ、ご使用……脳みそ、頭、使用、使う……ああ、そっかそっか！」

麗子はポンと手を打ち、ようやく執事の発言の真意を正確に理解した。「要するに『おまえも少しは頭を使えよ』って、そういいたいわけね、影山」

「さようでござい――」と一瞬いいかけてから、影山はゴホンとひとつ咳払い。そして、慌てて態度を翻すと、「いえいえ、わたくしけっしてお嬢様に対して、そのような上から目線な物言いはいたしません」と、いまさら手遅れな弁明。そんな執事の姑《こ》息《そく》な態度に、麗子の怒りはいきなり沸点に達した。

「冗談じゃないわよ！　あたしがどんだけ脳みそをご使用になっていると思ってんの！」

「ですが、そのようには見えませ……」

「見えてたまるかっつーの！　見えなくても、頭の中は脳みそフル回転だっつーの！」

自分の頭部を指で突っつきながら、麗子はその高速回転ぶりを猛烈アピール。だが、そんな麗子の様子を、高飛車な執事はニヤリと余裕の笑みで見下ろした。

「なるほど。それではお嬢様も、そのフル回転の脳みそで一緒にお考えくださいますか」

「なにを考えろってのよ。密室の謎なら、さっきから考えっぱなしよ」

「いえ、密室のことではありません。考えるべきは、例の予告状のことでございます」

「『金の豚』をいただきに参上するって書かれた、あの予告状ね。あれがどうかしたの？」

「不思議だとは思われませんか？　怪盗レジェンドはなぜ『金の豚』をいただきに参上する、などと嘘の予告をしたのでございましょうか」

「そんなの決まってるわ。警備の目を逸《そ》らすためよ。怪盗レジェンドの本当の狙いは『銀の豚』にあった。だけど、そこを敢《あ》えて『金の豚』と予告状に書くことで、わたしたちの注意を『銀の豚』から逸らそうとした。ありがちな手口だわ」

「そうでしょうか。怪盗レジェンドの目的が警備の目を逸らすことにあるのでしたら、予告状には『リビングにある油絵をいただく』とでも書くのが得策でございましょう。それをわざわざ、同じ書斎に置かれた『金の豚』と書いたのでは、なんの目くらましにもなりません。結局、書斎の警備が強化されることに変わりはないのですから」

「う……」

鋭いところを衝《つ》かれたような気がして、麗子はふいに考え込む。「いわれてみれば、そのとおりだわ。なぜ怪盗レジェンドは、そんな無意味な嘘をついたのかしら」

「無意味なはずがございません。そこには、彼の犯行を有利にする、なんらかの狙いがあったはずでございます」

「狙い——というと？」影山の考えを聞きだそうと、にじり寄る麗子。

しかし、そのとき書斎の扉がいきなり開いた。心配げな顔を覗かせたのは御神本だ。

「あの、お嬢さん、書斎の捜索はまだ終わりませんか。それと、さっきお嬢さんの悲鳴みたいな大声が聞こえましたけど、あれはなんです？　味噌《みそ》がどうとかこうとか……」

「ううん、誰も味噌汁の話なんかしてないわよ」麗子は頰《ほお》を赤らめて、とぼけ顔。

そんな麗子の傍らで、「書斎の捜索は終わりました」と影山は勝手に断言する。「どうやら、書斎のどこにも『銀の豚』は見当たらないようでございます」

「なんだ、空振りかい」探偵は落胆の色を露にした。「となると、いよいよ事件は奇怪な様相を呈してきたわけだ。怪盗レジェンドは、いったいどんな魔術を使ったんだ？」

「それにつきましては、ある程度見当が付いております。ご説明いたしましょうか？」

影山の意外な申し出に、探偵は胡散臭《うさんくさ》いものを感じたらしい。不愉快そうに腕組みすると、影山の長身を爪先から頭のてっぺんまで眺めて、

「なにぃ!?　君が怪盗レジェンドの犯行を解き明かすというのかね。宝生家の使用人に過ぎない君が!?　おいおい、正気かい。これは素人《しろうと》の手に負える事件じゃないと思うがね」

影山を見下す御神本の姿に、なぜか麗子はムッとなった。なんだか自分が馬鹿にされている気分である。こうなったら影山にはぜひとも、この自意識過剰な探偵の鼻を明かしてもらわねば。そう思った麗子は、まずは探偵のほうに命じた。

「御神本さん、廊下で待機している人たちに、書斎に戻るようにいってください」

そして麗子は影山のほうに向き直ると、彼には別の命令を下した。

「影山、怪盗レジェンドの手口を説明してちょうだい。——この探偵さんにも判るよ

うにね」

こうして再び、書斎の中には六名の男女が勢揃いした。御神本探偵と助手の朝倉美和、探偵の部下である大松と中園、そして麗子と影山である。そんな中、もっとも犯罪と縁遠いと思われる一介の執事が、プロの刑事や探偵たちを前に事件を語る。奇妙な光景ではあるが、影山は臆《おく》することなく一同を見渡しながら口を開いた。

「まずは御神本様の今日の行動を、あらためて思い返してみましょう。『金の豚』が狙われていると思い込んだ御神本様は、お嬢様に命じて『金の豚』のガラスケースを開けさせ、中の物体を自分の手で確認しました。ですが、あのとき誰も『銀の豚』のガラスケースを開けようとはなさいませんでした」

「当然だ。予告状には『銀の豚』については、ひと言も触れられてなかったからな」

御神本の言葉に影山は無言で頷くと、今度は麗子のほうに向き直った。

「一方、お嬢様のお話によれば、二つの豚の置物は、借金のカタとして高森鉄斎の手から旦那様の手に渡り、『気が付いたときには、両方とも書斎のガラスケースに収めてあった』とのこと。すなわちお嬢様自身、『銀の豚』を自分の手に持ち、それがどういう作品であるかを確認したことはない。そうでございますね」

「確かに手にしたことはないけど、そんなの見れば判るでしょ。『銀の豚』は銀の彫像よ。高森鉄斎にしてはちょっと出来が悪いけどね」

「なぜ、そう思われるのでございますか。あれが銀の彫像であると」

「なぜって……」麗子は思わず口ごもる。

「お嬢様が『銀の豚』を銀でできた彫像であると思い込む理由。それは『金の豚』が間違いなく金でできた彫像だったからではございませんか」

「いわれてみれば、確かにそうかも」

「しかし、『金の豚』が金の彫像だからといって、『銀の豚』が銀の彫像であるとは限らないのでは？」

「おい、なにをいっているんだ、君は」御神本が話に割って入る。「『銀の豚』が銀の彫像じゃなかったら、いったいなんだというんだ。プラチナか？　それとも銀でメッキされた鉄か？　そもそも、あの豚の置物が銀だろうが鉄だろうが、そんなの関係ないだろ。子豚ほどの大きさの置物が、密室状態の書斎から消えたことに変わりはないんだからな」

「いえ、御神本様、むしろここは逆に考えるべきでございます。あれが本当に子豚ほどの大きさの銀の置物であるならば、密室から煙のように消えるはずがない――と」

「ん、どういうことだ!? 君のいってることはサッパリ判らないぞ」

大袈裟に首を捻る探偵。すると影山は口で説明するのは面倒とばかり、タキシードの胸の合わせに右手を滑らせた。

「では御神本様にも判るよう、証拠をお見せいたしましょう」

そういって、彼が内ポケットから取り出した物体。それは鈍い輝きを放つ黒い棒だった。麗子は過去に見憶えがある。一同の視線が集まる中、影山は右手をひと振り。すると一本の棒はたちまち長さ五十センチほどの鋼鉄の武器に早変わりした。特殊警棒だ。影山はこの物騒な武器が、執事の仕事に必要不可欠であると、なぜか本気でそう思っているのだった。

一同の間にざわめきが起こり、御神本がたじろぐように一歩後ずさりする。

「な、なんだ、君! そんな物騒なものを持ち出して、やる気か、おら!」拳を顔の前で構えた御神本は、ヤクザを威嚇《いかく》するヤンキーのように虚勢を張った。「くるなら、こい! こう見えても、僕はそろばん一級、英検三級の腕前だぞ!」

馬鹿すぎて威嚇にもならない。この程度の相手を仕留めるのに警棒は必要ないはず、と麗子は踏んだ。だが、影山は警棒の先を真っ直ぐ御神本に向けると、次の瞬間、目にも留まらぬ素早い動きで、正面から探偵に襲い掛かった。

泡を食って身を翻す御神本。影山の振り下ろした警棒の先が、探偵の身体を掠《かす》める。御神本は影山の真剣な攻撃に恐れおののく。影山は空振りした最初の一撃から、瞬時に体勢を立て直すと、警棒を左手に持ち替えて、間髪をいれずに次の一撃を真横に振り抜く。すると警棒の先は、ものの見事に相手の背中を捉《とら》えた。

「ひえぇぇぇ――」

「うぐッ――」書斎に響く呻き声。

だが、それは御神本ではなく女性の声。影山の警棒が打ち据えたのは、探偵助手朝倉美和の背中だった。彼女は引き攣《つ》ったように背筋を伸ばし、端正な顔を苦痛に歪《ゆが》ませた。

信じられない光景に麗子は目を見開き、慌てて朝倉美和と影山の間に割って入る。

「どういうつもり、影山！　か弱い女性の背中を警棒で叩くなんて、紳士の振る舞いじゃなくてよ！　あなたのドS趣味は言葉だけかと思っていたのに、こんなことまで――ん⁉」

そのとき、麗子は気が付いた。自分の背後に朝倉美和が立っている――立っている⁉

ありえないことだ。影山が振り抜いた警棒は、確かに彼女の背中を直撃した。あれほどの打撃を受ければ、大半の女性は膝《ひざ》を屈する。平然と立っていられるわけがない。

「あ、朝倉さん、あなた、平気なの⁉」

するといと朝倉美和は麗子の質問には答えないまま、バックステップで距離を取る。そして彼女は警戒するように一同を見渡すと、突如として唇の端から哄笑を漏らした。

「ほ、ほほ、おほほ、おほほほ、おほほほほ……」

「はッ」麗子は一瞬ですべてを悟った。「あ、あなた、怪盗レジェンドの仲間なのね！」

「仲間ですって⁉　いいえ、違うわ」朝倉美和は悠然と首を振り、自らの胸に手を当てた。「さっき屋上から空に飛び去ったのは、いわば影武者。このわたしこそが怪盗レジェンドよ。それが証拠に、あなたが捜している『銀の豚』は、ここにあるわ。――ほら！」

彼女は背後に右手を回すと、ジャケットの背中の部分をたくし上げ、そこから奇妙な物体を取り出した。彼女が右手に掲げたのは、一枚の板。それは書斎の明かりを受けて銀色に輝いている。

その瞬間、麗子はようやく理解した。影山の一撃を受けながら、朝倉美和が平然としていられた理由。それは背中に隠し持ったこの銀の板が、プロテクターの役割を果たしたからなのだ。だが、それにしても彼女の言葉が、麗子には理解できない。

「そ、その薄い板が『銀の豚』ですって。そんな馬鹿な！」

「いえ、事実でございます、お嬢様」影山が冷静に説明した。「お嬢様が銀の彫像であると信じ込んでいた『銀の豚』。あれは彫像ではなく、打物《うちもの》だったのでございます」

「ウチモノ⁉　なによ、それ」

「打物とは、すなわち鍛金《たんきん》のことでございます」

「タンキン⁉　ああ、タンキンね」麗子は頷き、そして叫ぶ。「なおさら判んないわよ！」

「鍛金とは金属の地金を金槌《かなづち》や木槌で打って鍛え、薄く延ばしたり立体にしたりして器物を成形するという、金属工芸の技法のことでございます。職人はこの技法を駆使して、金属の塊を板金に変え、それを筒状にしたり袋状にしたりして、そこからヤカンや香炉《こうろ》といった道具を生み出します。芸術家ならば、同じ技法で、仏像や動物のオブジェなどを制作したりもします。もう、お判りですね、お嬢様」

「つまり『銀の豚』は高森鉄斎が鍛金によって制作した豚のオブジェだったのね。てことは、あの作品は子豚ほどの大きさだけど、ヤカンと同じで中身は空っぽだったってこと？」

「さようでございます。おそらく、その表面はヤカンなどより遥かに薄く繊細なつくりになっていたはず。一度手にすれば、そのあまりの軽さにお嬢様は驚かれたことでしょう。それでいて、見た目は重厚な銀の置物にしか見えません。しかも、その隣にある『金の豚』は正真正銘、金の彫像なのですから、誰もが『銀の豚』を銀の彫像だと信じて疑わなかった。朝倉美和、いえ、怪盗レジェンドはそんな我々の錯覚を利用したのでございます」

「なるほど。だんだん判ってきたわ」

麗子はあらためて目の前の敵に向き直った。「朝倉さん、ポットの珈琲に睡眠薬を混ぜたのも、あなたの仕業ね。珈琲を淹れたのは、わたしとあなた。だから、それをおこなう機会があなたにはあった。あなたは計画どおりに、わたしたちを眠らせ、ガラスケースから『銀の豚』を取り出し、そしてそれを……」

「ええ、そうよ。わたしは『銀の豚』を足で踏みつけ一枚の板にし、スーツの背中に隠し持ったの。そうとは知らず、あくまで豚の置物を捜し求めるあなたたちの姿は、とっても滑稽《こっけい》だったわ。その賢い執事さんにだけは、見破られてしまったけれどね」

「べつに賢いわけでは……」照れ隠しのように影山は銀縁眼鏡を指で持ち上げた。「ただ『銀の豚』が打物だと仮定した場合、それを密《ひそ》かに持ち出すには、叩き潰して服の背中に隠し持つのが最善ではないかと。そして、それが可能なのは、あなた以外にはおりません。大松様と中園様は、屋上で背広の上着を脱いでおりますし、御神本様のジャケットの背中になにもないことは、わたくし自身が彼の背中をさすった際に確認しておりますから」

影山は朝倉美和の背中に銀の板が隠されていることを予想した上で、彼女の背中を打ち据えたのだ。あの一撃は、けっして彼のサディスティックな趣味から生まれたものではなかった。そのことを知り、麗子はホッと胸を撫《な》で下ろす。

だが、それも束の間、麗子の中に新たな疑問が湧き起こった。

「朝倉さん、あなた『銀の豚』をぺちゃんこにして、それでよかったの？　そんなふうにしちゃったら、もう芸術作品としてはなんの値打ちもないわよ」

「ええ、これでいいの」朝倉美和は銀の板を右手に掲げた。「だって、『銀の豚』はもともと芸術作品じゃない。おじいちゃんの残した単なる失敗作なんだから、潰して構わないの」

「えッ、『銀の豚』が失敗作！」麗子は思わず叫んだ。確かに出来が悪い感じはしたし、御神本にいたっては『蚊取り豚』とも呼んでいたが――「でも、ちょっと待って。あなたいま『おじいちゃん』っていわなかった？　誰よ、おじいちゃんって？　え、まさか――」

「そうよ。わたしは高森鉄斎の孫娘。だから、『銀の豚』を取り返しにきたの。『銀の豚』の出来栄えに満足していなかったおじいちゃんは、あの作品を絶対に外には出さないつもりだった。ところが、そのおじいちゃんの汚点ともいうべき失敗作を、あなたの父親、宝生清太郎が借金のカタとして無理矢理持ち去ってしまったのよ。『恨むなら、てめえの甲斐性のなさを恨むんだな』――とかなんとか、鬼のような言葉を言い残して」

「……え、マジ⁉」麗子は恥ずかしさに耳まで赤くしながら、怪盗レジェンドの前で頭を下げた。「だ、だったら、御免なさい。と、とりあえず謝るわ。父は芸術なんか全然理解できないから、適当に目立つ物を持ち帰っただけなのよ。悪気はないの。ただ、お金にがめついだけ。そ、それに借りた金を返さなかったあなたのおじいちゃんにも非はあるんだし、そもそも理由はどうあれ、泥棒はよくないんじゃないかしら。――ねえ、影山」

「おっしゃるとおりでございます。たとえ旦那様の過去に鬼畜《きちく》の如き振る舞いがあったとしても、それは怪盗レジェンドの犯行を正当化するものではございません」

鬼畜の如き振る舞いがあったという前提で話が進んでいるようだが、いまはそれを確かめている場合ではない。麗子は都合の悪い話題を振り切るように、一歩前に出る。

「とにかく、泥棒を許すわけにはいかないわ。観念なさい、怪盗レジェンド！」

朝倉美和こと怪盗レジェンドは、「確かに、あなたのいうとおりね」といって麗子を見据えると、「だったら、これはお返しするわ！」

　そう叫んだかと思うと、彼女は手にした『銀の豚』の残骸を、麗子に向けて投げつけた。円盤のように宙を舞う銀の板。恐怖に麗子の全身が強張《こわば》る。だが、銀色の凶器が麗子の喉元《のどもと》を襲おうとする寸前、影山の手にした警棒が一閃《いっせん》。麗子の眼前で激しく火花が散り、次の瞬間、銀の板は床に突き刺さった。

「――お気をつけくださいい、お嬢様！」

「かか、影山ぁ！」麗子は全身が弛緩《しかん》するあまり、思わず執事の袖《そで》にしがみつく。

　すると、朝倉美和は突然、御神本を目指して猛ダッシュ。いきなりの体当たりで探偵の身体をふっとばすと、彼の背後にいた二人の部下も将棋倒しのようにバタバタと背中から転倒。その混乱に乗じるように、女泥棒は書斎の扉から廊下へと逃走した。

「こら、なに、ぼやっとしてるんだ！　追え、奴を逃がすな！」

　御神本が床の上でジタバタしながら、二人の部下に命令を発する。大松と中園、そして最後に立ち上がった御神本が揃って部屋を飛び出す。麗子と影山も彼らの後に続いた。

「屋上だ！　奴はまた屋上から逃げる気だぞ！」

　御神本の声と大勢の足音が廊下に響く。麗子は影山とともに、屋上へ続く階段を駆け上がる。やがて、再び麗子が屋上にたどり着いたとき、朝倉美和の姿は、すでに屋上のいちばん端にあった。女泥棒を取り巻くように、御神本たちが距離を詰める。だが、建物の端に立つ彼女は、彼らを脅すように鋭い声で叫んだ。

「それ以上、近寄らないで！　近寄ったら、ここから飛び降ります！」

「な、なんだと」御神本は吐き捨てるように、「飛び降りたきゃ、勝手に飛び降りろ」

「駄目よ！」麗子が慌てて自制を促す。「馬鹿な真似はやめて！　あなたが死んだら、風祭警部がここに駆けつけてきちゃうじゃない。それは迷惑なのよ、あたしとしては！」

「お嬢様、いまはそれを気にする場面ではございません」

だって困るんだもん、と呟く麗子の背後から、そのとき聞き憶えのある音が急接近してきた。

上空で響き渡るモーターの回転音。はッ、として天を見上げる麗子。視線の先には、先ほど夜空に舞い上がったモーターパラグライダーと、それを操る仮面の男の姿があった。

怪盗レジェンド、いや、その影武者だ。すなわち、朝倉美和の共犯者である。

パラグライダーからは、一本の縄梯子《なわばしご》が垂れ下がっている。麗子には彼女の意図する行動が、瞬時に理解できた。逃がしてなるものかと、麗子は彼女のもとへと駆け出す。そんな麗子を掠《かす》めるように追い越していくパラグライダーの黒い影。そのとき、建物の端に立つ朝倉美和が、いきなり空中へとジャンプ！　あッ、と麗子の口から思わず悲鳴が漏れる。だが、いったん掻《か》き消えた彼女の姿は、次の瞬間、縄梯子に摑まった恰好で麗子の頭上に高々と舞い上がった。

「いかがかしら、宝生麗子さん！　捕まえられるものなら、捕まえてごらんなさい！」

朝倉美和こと怪盗レジェンドの挑発的な言葉が、一方的に麗子の頭上に降り注ぐ。べつになにか盗《と》られたわけではない。ただ失敗した芸術作品を破壊されただけなのだが、それでも麗子は敗北感でいっぱいだった。

怪盗レジェンド、なんと恐ろしく憎々しい奴！

「ほ、ほほ、おほほほ、おほほほほ、おーッほッほッほッほッ！」

お馴染みの哄笑を響かせながら、怪盗レジェンドを乗せたパラグライダーは、悠然と宝生邸の上空を周回する。麗子は屋上で指をくわえながら、見詰めるしかない。御神本は弱いヤンキーのように、「おらおら、かかってこい、この裏切り者！」と、かつての助手を挑発するが、そもそも怪盗レジェンドの眼中に彼の姿はないだろう。

麗子は、この探偵を宝生邸に招いたことが、そもそもの間違いだったのだと、深く反省した。――もう二度と、この役立たずには頼らない！

やがて、上空でのウイニング・ランを堪能《たんのう》した怪盗レジェンドとその共犯者は、パラグライダーの進路を再び満月へと向けた。月明かりを浴びながら遠ざかっていく怪盗レジェンドのシルエット。次第に小さくなる女泥棒の姿を眺めながら、影山が麗子に尋ねる。

「いかがなさいますか、お嬢様。警察に通報いたしましょうか？」

「聞かなくたって判るでしょ」

麗子は迷わず言い切った。「――絶対、駄目！」

こうして怪盗レジェンドにまつわる怪事件は、闇から闇へと葬り去られたのだった。

第四話

殺人には自転車をご利用ください

1

国立市《くにたち》の某所に建つ宝生邸《ほうしょう》といえば、鉄鋼、化学から、鉄道、流通、出版、果ては本格ミステリまで無闇《むやみ》やたらと手を出しては、必要以上に稼ぎまくる巨大複合企業『宝生グループ』の総帥《そうすい》、宝生清太郎《せいたろう》の屋敷である。その無駄に広々としたダイニングでは、清太郎のひとり娘、麗子《れいこ》が普段どおりの夕食の最中だった。

だが普段どおりとはいえ、そこは世界に名だたる名家の食卓。こんがり焼いた赤ピーマンのマリネから始まり、かぼちゃの冷製スープ、サーモンのムニエル、子羊の香草焼きと続くメニューは、そこらの高級レストランを遥かに凌《しの》ぐ味と豪華さを誇る。一方、出される料理を次から次へと口に運ぶ麗子の胃袋もまた、並のOLを遥かに凌ぐ容量である。

「デザートは、木苺《きいちご》のムースとマンゴージェラートの二種類をご用意しておりますが」

いかがなさいますか、とお伺《うかが》いを立てるタキシード姿の執事に対して、麗子は当然の選択とばかりに、「ありがとう。両方いただくわ」

これだけの量を摂取しながら、麗子が太らずスリムな体形を維持できる理由。それは彼女の職業にある。彼女の勤務先は『宝生グループ』東京本社の社長室――などではなく、警視庁国立署のデカ部屋。それも一介の若手刑事として嫌な上司にこき使われる毎日だ。そんな彼女の労働量は、おそらくは並のＯＬを遥かに凌ぐ。ゆえに食べても太らない。むしろ過剰なストレスで痩《や》せてしまわないかと、そちらを本気で心配する麗子である。

そんな彼女は、食卓に並んだ二種類のデザートを、瞬く間にその強靱《きょうじん》な胃袋に収めると、グラスのワインを口にしながら、傍らに控える執事に唐突《とうとつ》な質問を投げた。

「ねえ、影山《かげやま》、この屋敷に自転車はあるかしら？」

彼女の質問は、執事の耳には意味不明な問い掛けとして響いたはずだ。だが、影山は銀縁眼鏡の縁に軽く指先を当てながら、落ち着いた表情でその問いに答えた。

「お嬢様、宝生家には自家用ジェット機から電動式車椅子まで、ありとあらゆる乗り物が揃《そろ》っております。自転車ぐらい、もちろんございますとも。それこそ、叩《たた》き売るほどに」

「そんなに？」影山の言葉に麗子は素直に驚く。麗子はこの豪勢な屋敷の中で、自転車という庶民的な乗り物を見たことがない。「どこにあるのよ、見せて見せて！」

では、ご案内いたします――と恭《うやうや》しく一礼した影山は夜の庭へと麗子を連れ出した。

庭師さえもが行方不明になると噂されるほど広大な宝生邸の庭。それを横切って、影山はとある建物へと麗子を案内した。シャッターの閉まった厳《いか》めしい外観は、まるでテロリストのアジトか、秘密結社の基地のようだ。「――なんなのよ、この建物？」

影山は入口のテンキーに暗証番号らしき数字を打ち込みながら、

「旦那様の秘密のガレージでございます。しかも自転車専用の」

影山が答える傍《そば》から、ガレージのシャッターが上昇をはじめる。現れた空間は、まるで自転車博物館のよう。ピカピカに磨かれた様々な種類の自転車が、所狭しと並んでいる。

「こんな場所があったなんて。さては、これもまたお父様の無駄遣いの成れの果てね」

「はい。『成れの果て』と書いて『成果』と読みます。まさしく、旦那様の一時的な自転車収集熱の成果が、ここに大量放置されているのでございます。お気に召しましたか」

「ええ、とっても気に入ったわ」麗子は溜《た》め息《いき》混じりに頷《うなず》くしかない。「ところで、ずいぶんいろんな種類の自転車があるようだけれど、この中でいちばん……」

「はい、いちばんのお勧めでしたら、こちらに」影山はガレージの片隅に陳列された、見慣れない恰好《かっこう》をした黒い自転車に歩み寄った。「こちらは七十年代に一世を風靡《ふうび》したセミドロップハンドルの少年用自転車でございます。ご覧ください、お嬢様、この後部の荷台に設置されました巨大な方向指示器を！　当時の少年たちはこの斬新《ざんしん》なフォルムに熱狂したものでございます。ここまで保存状態の良いものは、滅多にお目にかかれませんよ」

いかがでございますか――と影山の示す自転車を、麗子はしげしげと眺めながら、

「へえ、昭和の男の子って、ずいぶんデコラティブな自転車に乗っていたのねえ――って、影山！　なんで、わたしがわざわざ懐かしの自転車を眺めなきゃいけないわけ！」

「お気に召しませんでしたか」と、影山は珍しく戸惑《とまど》いの表情。「では、お嬢様は、いったいなにをお探しでございますか。いちばん高い自転車？　それとも、いちばん綺麗《きれい》な自転車？　あるいは金の自転車でございますか、それとも銀の自転車でございますか」

「いいえ、わたしが探しているのは、ごく普通の鉄の自転車――って、違ぁーう！」

麗子は思わず地団太《じだんだ》を踏みながら、影山を非難した。

「なによ、この茶番劇。『金の斧《おの》、銀の斧』のつもり？　だったら、当然わたしが女神様で、あんたが木こりの役でしょーが！」

「お怒りのポイントは、そこでございますか、お嬢様？」

「いや、違うわ。えーと、なんだったかしら」冷静にならなくっちゃ。麗子は本来の自分を取り戻して叫ぶ。「そうよ！　わたしは、いちばん速い自転車を探しているの。金でも銀でも、速けりゃいいのよ。ほら、さっさと、いちばんのやつを持ってきてちょうだい！」

麗子の命令に従い、影山はいったんガレージの奥に消えると、一台の自転車を抱えて戻ってきた。フレームとタイヤとハンドルとサドル、あとはペダルとチェーンのみ。そういっても過言でないほど単純な構造の自転車である。もっともシンプルで、それゆえに独特の機能美を見せるその車体を眺めながら、麗子は呟《つぶや》いた。

「ブレーキが付いていないわ。ひょっとして、これって、競輪で使う自転車？」

「さようでございます。普段目にする自転車の中で、これ以上スピードの出る車種はございません。旦那様がいったいどういうおつもりで、この自転車をお買い求めになられたのか、その点は正直、首を捻《ひね》りますが……」

「それはわたしも同感だわ」競輪選手でも目指したのかしら、と麗子は父親の真意を測りかねたが、それはそれとして——「この自転車じゃ公道は走れないわね。いくら速くてもブレーキが無いんじゃ、危なくて仕方がないもの」

「なに、警察にバレないように、こっそり乗れば大丈夫でございますよ、お嬢様」

「それが現職の刑事に向かって言う台詞《せりふ》？」

麗子は執事のすまし顔を鋭くキッと睨《にら》みつけながら、「影山あんた、なにか勘違いしてない？」

「はあ、勘違いもなにも、お嬢様がなにをなさりたいのか、わたくしサッパリ判りません。スピードの出る自転車が、どうかしたのでございますか。――さては」

瞬間、影山の眼鏡の奥の眸《ひとみ》が、鋭く知的な輝きを放った。「先日起こった立川《たちかわ》の事件、あの事件の捜査が難航しているとか――？」

影山は宝生家に仕える表向き忠実な執事だが、その一方で犯罪捜査において特異な能力を発揮する男でもある。それが麗子にとっては有難くもあり、癪《しゃく》にさわる点でもあった。

「まあ、難航しているといえば、確かに難航しているけれど」

曖昧《あいまい》に頷いた麗子は、しかし、すぐさま顔の前で両手を振った。「だけど、勘違いしないで。犯人はほぼ判っているの。解決は時間の問題だわ。ただ、ちょっとだけ辻《つじ》褄《つま》の合わないところがあるというだけのことで……」

「はあ。辻褄の合わない点、といいますと？」

覗《のぞ》き込むような影山の視線に抗《あらが》えず、麗子は事件の核心に触れる問いを口にした。

「仮に、脚力のある誰かが、このいちばん速い自転車に乗って全力で走ったとして――」

「はあ――走ったとして?」

「片道五キロの道のりを十五分で往復できると思う?」

「五キロを十五分で往復!?」

影山は軽く首を傾《かし》げただけで、瞬時にその質問の本質を理解した。「すなわち時速四十キロでございますね。ふむ、ロードレースの最高峰、『ツール・ド・フランス』の平均時速がそれぐらいだと聞いたことはございますが、一般人ではなかなか出せない速度かと思われます。もっともプロの競輪選手ならば、あるいは可能かもしれませんが」

影山の鋭い指摘に、麗子は早くも舌を巻く。やはり、今回の事件も、この男の推理に頼るしかないか。そう観念した麗子は、事件の詳細を影山に話しはじめた――

2

立川市で女性の変死体発見。その第一報を受けて、宝生麗子が現場に向かったのは、

梅雨入り間近の六月初旬の平日のことだった。死体が発見されたのは立川市砂川町の住宅街の一角。五日市《いつかいち》街道から路地をひとつ入ったところに建つ一軒家だった。

麗子は、黒のパンツスーツに黒縁のダテ眼鏡、長い髪を後ろで束ねた仕事モードのファッションで現場に到着。すると屋敷の門前に、午前の光を燦々《さんさん》と浴びながら銀色に輝くメタリック塗装のジャガーを発見。麗子は思わず回れ右して早めのランチに出かけたい――そんな衝動に駆られたが、これも仕事と割り切って、嫌々ながら屋敷の門をくぐる。

門柱に掲げられた分厚い表札には、『佐々山《ささやま》』という名字が古風な金文字で書かれていた。

正面に建つ二階建ては古びた日本家屋。重厚な瓦《かわら》ぶきの屋根や間口の広い玄関には風格があった。麗子は制服巡査に案内されながら、屋敷の中へ。

板張りの廊下を進んだ先に、広めの食堂があった。黒光りする板の間に食卓と椅子が置かれている。壁際には背の低い戸棚と、小型の薄型テレビ。横文字で『ダイニング』と呼ぶより、漢字二文字で『食堂』と呼ぶほうがしっくりくる、そんな懐かしさのある空間だった。

だが、そんな食堂の中ほどに、違和感を覚えずにはいられない奇妙な光景。

「な、なんなのよ、これは……」麗子はそれを目にした瞬間、思わず息を呑《の》む。

食堂に置かれた長方形の食卓、そこには四脚の椅子のほかに、もうひとつ椅子がある。それはファミレスなどでよく見かける子供用の椅子だった。脚立《きゃたつ》に似た台座の上に小さな座面と小さな背もたれがついている。背の低い幼児が大人と同じテーブルで食事をするための椅子である。しかし、いまその椅子には――

ひとりの老婦人が座っていた。いや、座らされているというべきか。

狭い椅子に窮屈そうに腰を下ろした年配の女性。上は青いカーディガン、下はこげ茶のズボン。正直パッとしない服装に身を包んだ老婦人。その身体は微動だにしない。小柄な彼女は、子供用の椅子にきっちり身体を納めた状態で、すでに冷たくなっているのだった。

「な、なぜ、被害者にこんな真似《まね》を……」

老婦人の死体を眺めながら、麗子は声を震わせる。彼女の脳裏《のうり》には《死者への冒《ぼう》瀆《とく》》という、ありがちな言葉が浮かんでいた。もちろん、死体を子供用の椅子に座らせるという行為が、そんな単純な言葉で説明できるとは麗子も思っていないのだが、しかし――

「これはまさに、死者への冒瀆だよ。そう思わないかい、宝生君！」

と、そのときまさしく、ありがちな言葉ですべてを説明しようとする人物が食堂に姿を現した。いうまでもなく風祭《かざまつり》警部、その人である。国立署が誇る若きエリート捜査官。その実態は、《燃費の良さを犠牲にしても恰好の良さを追求する》でお馴染《なじ》みの有名自動車メーカー『風祭モータース』創業家の御曹司《おんぞうし》。カネで警部の肩書きを買ったとまで噂される彼こそは、麗子の直属の上司であり、彼女にとっての過剰なストレスの元凶である。

「あ、警部、おはようございます」麗子はダテ眼鏡を指先で押し上げながら、まずは上司に挨拶《あいさつ》代わりの質問を投げる。「いま、死者への冒瀆とおっしゃいましたか」

「ああ、そうさ。だってそうだろう。死後に子供用の椅子に座らされて、その姿を大勢の捜査員に晒《さら》され写真まで撮られる。死者にとって、これ以上の屈辱はあるまい」

そういう風祭警部は、これから結婚式ですか、と聞きたくなるほどの鮮やかな白いスーツ姿。その場違いなファッションも、死者に対する冒瀆の一種では？　そんな皮肉を胸のうちで呟きながら、麗子はいちおう部下らしく警部の説に賛同する。

「確かに、警部のおっしゃるとおりかもしれません。では、この殺人は怨恨《えんこん》によるものだと？」

「いや、怨恨と決め付けるのは、まだ早い。捜査に予断は禁物だよ、宝生君」

チッチッチ、と麗子の顔の前で人差し指を振って見せる風祭警部。キザを通り越して、もはや滑稽《こっけい》とも思える彼の仕草に——おまえは往年の宍戸錠《ししどじょう》か！　と心の中で激しくツッコミを入れる麗子。

もちろん、警部は麗子の心理など一ミリも読めないので、顔色ひとつ変えることはない。彼は心の底から自分を恰好いいと勘違いできる、そんな人間である。

そんな風祭警部の指揮のもと、麗子たちは本格的な捜査を開始した。

被害者の身許《みもと》は、この家に住む佐々山澄子《すみこ》と確認された。澄子は年金暮らしの七十二歳。夫とはすでに死別して、この屋敷にひとり暮らしだった。死体の首筋にロープで絞め付けられたような痕跡《こんせき》があることから、澄子は絞殺されたものと思われた。食堂も他の部屋も、いずれも荒らされた形跡はなく、被害者の財布の中身にも手はつけられていなかった。

「どうやら、単なる物盗《ものと》りの犯行ではないらしいな。——さては怨恨か」

「………」さっき、わたしがそういいました。そしたら警部は、予断は禁物だって、そういったはずですよね。忘れちゃったんですか？　麗子は冷ややかな視線で上司を睨む。すると風祭警部は、麗子が浴びせる視線の冷たさを肌で感じたように、ぶるっと身震いしながら、

「い、いや、怨恨か否《いな》かはともかく、まずは第一発見者に話を聞いてみるとしよう」

麗子と風祭警部は別室に移動して、事件の第一発見者と対面した。

佐々山澄子の死体を発見したのは、丸山美鈴《まるやまみすず》という若い女性だった。丸山美鈴は平日の午前中に佐々山家に通っては、澄子に代わって家事をおこなう、いわゆる通いの家政婦である。今朝も彼女は普段どおりにこの家を訪れ、玄関のチャイムを鳴らしたのだという。

「――ところが、今日に限って返事がありません。外出中かと思い、携帯で奥様を呼んでみましたが、電話も繋《つな》がりません。胸騒ぎを覚えたわたしは、勝手口に回りました。勝手口の鍵は開いていました。わたしは扉を開けて、中を覗き込みました。台所には異状がありません。ですが、そのとき台所の隣にある食堂の様子が、僅《わず》かに視界に映りました。わたしは思わず悲鳴をあげました。子供用の椅子に座る奥様の姿が、目に入ったからです」

「すぐに死んでいると判りましたか」風祭警部が聞く。

「死んでいるかどうかは、正確には判りません。でも、明らかに奇妙な光景だったので、異常事態であることは確信しました。わたしはすぐに食堂に駆け込み、奥様の様子を間近で眺めました。奥様が亡くなっているのを知ったのは、そのときです」

「なるほど。それですぐさま一一〇番通報されたというわけですね」風祭警部はひとつ大きく頷くと話題を転じた。「ところで、澄子さんの普段の暮らしぶりは、いかがでしたか。家政婦を雇うぐらいですから、年金生活者にしては裕福だったものと想像するのですが」

「ええ、おっしゃるとおりです。亡くなったご主人は不動産関係の商売をされていて、なかなかの資産家だったようです。その遺産を引き継いだ奥様は、死ぬまでお金には困らない、そんな暮らしぶりに見えました」

「ふむ。確かに、死ぬまでお金には困らないまま亡くなってしまった――」と、警部は少しブラックな物言い。「ちなみに澄子さんは、あなたの目から見て、どういった方でした？」

警部の問いに、丸山美鈴は沈痛な面持《おもも》ちを浮かべ、両手を胸に押し当てた。

「奥様はそれはそれはお優しい方で、誰からも愛される人柄でした。近所の方たちからも慕われておいでで、家政婦であるわたしに対しても、とても良くしてくださいました」

「なるほど、立派な方だったのですね」警部はしんみりと頷くと、彼女の肩に優しく手を置き、その耳元に向かって悪魔の囁《ささや》き。「――で、実際のところは、どうだったのですか？」

するとと、丸山美鈴はまるで魔法の呪文《じゅもん》を聞いたかのように、その態度を一変させた。

「はい。奥様はそれはそれは性根《しょうね》が悪く、誰からも疎《うと》まれておいででした。近所の人からは相手にされず、家政婦であるわたしを奴隷のようにこき使う毎日。金があるのをいいことに、誰彼構わず威張り散らして、おまけにケチで意地悪で強情で、しかも見栄っ張り！　自慢話と他人の悪口が三度の飯より大好物！　借りた本は返さないくせ、貸した金は百円だって返させる！　あーあ、まったくお金持ちって人種は……」

「やめろ――ッ！　それ以上、なにもいうな――ッ！」

風祭警部はいきなり耳をふさぐと、ギュッと目を瞑《つぶ》って大絶叫。

「？」麗子は首を傾げ、荒い息を吐く上司に尋ねた。「どうかしましたか、警部？」

「い、いや、なんだか自分のことをいわれている気がして、妙に腹が立って……」

なるほど確かに、丸山美鈴の過激な発言は、警部にも半分程度当てはまるものだった。とはいえ、べつに家政婦が警部のことを、性根の悪い御曹司と見抜いたわけでもあるまいから、これは単なる偶然に違いない。ともかく、心理的ダメージを受けた風祭警部に成り代わって、今度は麗子自身が家政婦への質問を続けた。

「被害者の人柄はだいたい判りました。だとすると、そんな彼女を恨んだり、憎んだりしていた人も、彼女の周囲にきっといたはず。その点、誰か心当たりは？」

「奥様を殺したいと願っていた人ですか。いえいえ、そんな恐ろしいことを考えていた人が、奥様の身近なところにいたなんて、わたしには想像もつきません……」

「そうですか。みなさん、いい人ばかりだったんですね」麗子は深々と頷き、先ほど警部がやったのと同じように、家政婦の肩に手を置いた。「――で、実際のところは？」

「はい。実はひとりだけ、心当たりが。平沢健二《ひらさわけんじ》という男です。彼は奥様の甥《おい》っ子で、子供を残さなかった奥様にとっては、唯一の近親者でした」

「唯一の近親者⁉ ということは、ひょっとして澄子さんが亡くなった場合、彼女の遺産は、その平沢健二のもとに？」

「ええ、そうなるはずです。正確にいうと、奥様は甥っ子の平沢健二には、さほど愛情を抱いていたわけではありませんが、平沢のひとり娘の美奈《みな》ちゃんには、ぞっこんでした。奥様にとっては、孫に近い存在だったのでしょう。だから、奥様は自分の財産を平沢健二に譲ることについては異存がなかったようです。確か、遺言状も書かれていたはずです」

「そういうことですか」麗子は腕を組み、そしてハタと気がついた。「じゃあ、あの死体が座らされていた子供用の椅子は、本来は美奈ちゃんが座るための椅子？」

「そうです。平沢健二は奥さんの江里子《えりこ》さんと娘の美奈ちゃんを連れて、ときどきこの家に遊びにきていました。そんなとき、美奈ちゃんの座る椅子が、あの子供用の椅子でした」

「おいおい、怪しいな」とダメージから復活した風祭警部が横から口を挟む。「その平沢健二という男、怪しい匂いがプンプンするぞ。——ちなみに聞きますが、その平沢という男の、最近の生活ぶりはいかがですか。金に困っているというようなことは？　そもそも、その怪しい彼は、普段なにをしている男ですか」

「いまは無職です。だから、彼がお金に困っているということは、充分考えられます」

無職、という言葉を聞いて、警部と麗子は思わず顔を見合わせた。妻と娘がいながら夫が無職とは、どういう状況なのか。麗子は素朴な疑問を丸山美鈴にぶつけた。

「職を失う前は、なにをしていたんですか、その平沢健二という人は？」

すると、丸山美鈴は麗子たちが思いもよらない職業を口にした。

「実は彼、競輪選手だったんです。いまはもう、引退してますけどね」

3

「あの家政婦が語ったとおり、平沢健二はかつてプロの競輪選手だった」

五日市街道を走行中の覆面パトカーの車内。軽快にハンドルを操る風祭警部は助手席の麗子に対して、得意げに語った。「実力はトップクラスとまではいかないものの、平沢はそこそこの人気と高額の収入を得ていたようだ。だが、四年ほど前に平沢は落車事故によって腰を痛めてしまい、それをきっかけに成績が低迷。結局、以前の輝きを取り戻せないまま、二年前に現役を引退。以後は定職についていない――以上、ここ三十年ほど立川競輪場に通う事情通からの情報だ」

「いろんな情報源をお持ちなんですねー、警部」と麗子は心から感心する。

「まあね」警部は御満悦の表情を浮かべながら、「そうそう、情報といえば、もうひとつとっておきの情報があるんだ」

「なんですか？」

「実は国立に最近オープンした店で、本場さながらのイタリアンを出すところがあってね。今度ぜひ、君を連れていってあげたいと……」

「あ、警部、どうやら、このへんみたいですよ」

麗子は上司の誘いの言葉を遮《さえぎ》るように、前方を指差す。

警部は小さく舌打ちしながら、車を停《と》めた。

被害者の自宅がある立川市砂川町から、五日市街道を東へ五キロ。そこは国分寺市《こくぶんじ》北町と呼ばれ、真新しい住宅と古くから残る畑が混在する地域である。その一角に容疑者、平沢健二の自宅はあった。白い壁の二階建てと芝生の美しい庭。外観だけ見ればそれなりに裕福な暮らしぶりに見える平沢邸であるが、内情が火の車だろうことは想像に難《かた》くない。

麗子と風祭警部は車を降りて、平沢邸の玄関の呼び鈴を鳴らした。姿を現したのは、身長体重とも平均的な日本人の体格を遥かに上回る、ジャージ姿の三十男。平沢健二に間違いなかった。警部が警察手帳を示しながら、来訪の意を伝えると、平沢はドキリとしたように細い目を見開いた。

「――叔母が殺されたですって⁉　本当ですか、刑事さん」

平沢の反応に若干の芝居臭さを感じたのは、気のせいだろうか。麗子は疑惑の目で、容疑者を眺める。平沢健二はそんな麗子と風祭警部を自宅のリビングへと案内した。

「妻は幼稚園まで娘を迎えに出ていましてね。すみませんが、これで勘弁してください」

平沢は刑事たちの前に、ペットボトルのお茶を出し、麗子たちの向かいのソファに腰を沈めた。

「ところで、わたしに聞きたいことというのは、いったいなんですか」

「なに、ありがちな質問ばかりですよ。お時間は取らせません」

風祭警部は手帳を繰りながら質問をおこなった。

「澄子さんとはどんな関係？」「澄子さんの人柄は？」「澄子さんの様子に変わった点は？」「ところで現役時代の年収は？」「車券を的中させる必勝法は？」——などなど。

確かに、いずれもありがちな質問ではある。

そんな警部に対して、平沢は当たり障りのない答えを澱《よど》みなく語る。その様子は、まるで質問されることを事前に察知していたかのようだった。ただし、現役時代の年収については、「秘密」と口を閉ざし、必勝法については、「ありません」と、彼は断言した。

やがてリビングに漂う弛緩《しかん》した雰囲気。平沢の顔面に浮かぶ余裕の表情。すると風祭警部は、ここが勝負どころ、とばかりに厳しく平沢を睨みつけ、ズバリと尋ねた。

「ところで平沢さん、昨夜《さくや》の午後九時ごろは、どこでなにをしていましたか」

昨夜の午後九時というのは、検視の結果導き出された被害者の死亡推定時刻だ。正確には午後九時を中心とした前後一時間程度に佐々山澄子は殺害されたものと推定される。

要するに、警部の質問の意図は、容疑者のアリバイ調べにある。平沢もそれを即座に感じ取ったようだ。彼の顔面からは余裕の色が消え、憮然《ぶぜん》とした表情が浮かび上がった。

「刑事さん、まさか、この僕が叔母を殺したと疑っているんですか。だったら見当違いもいいとこですよ。僕は叔母を殺してなんかいない」

「ほう。では、昨夜のアリバイがあるのですね」

挑発するような警部の態度は、部下の麗子から見ても、ぶん殴ってやりたいほど憎々しい。容疑者なら、なおさらそう願うだろう。平沢はこみ上げる怒りを堪《こら》えるように、ぐっと拳《こぶし》を握りしめ、警部の問いにこう答えた。

「ええ、アリバイならありますとも。昨夜は我が家にお客さんがきていましたから」

「――う」警部は一瞬息を呑み、そして平静を装う。「ほう、お客というと、どんな？」

「学生時代からの友人で、福田《ふくだ》と松中《まつなか》という男二人です。僕が家に誘ったんです。彼らは午後七時に僕の家を訪れました。それからしばらく雑談して、妻の手料理を食べ、それから酒を飲み——結局、彼らが帰っていったのは午後十一時ぐらいだったはずです」

「ほう、そうでしたか。では、七時から十一時まで、その二人とずっと一緒に？」

「ええ、もちろん。僕と妻の江里子は彼らとずっと一緒に過ごしましたよ」

そういった直後、平沢はふと思い出したように、こう付け加えた。「ああ、だけど、短い時間なら席を外しましたよ。ほんの十五分程度ですがね」

「十五分⁉　それはなんの時間ですか」

殺人の時間ですか、といわんばかりの警部。だが、平沢は平然と答えを口にした。

「なに、煙草を吸うためですよ。福田と松中は、二人とも煙草を吸いませんし、妻の前で煙草を吸わないという僕自身のルールもあります。だから、僕はひとりでリビングを出て、二階のベランダで二本ほど吸ってから、またリビングへと戻っていったんです」

「その間が、およそ十五分というわけですね。ちなみに、それは何時ごろですか」

「そうですねえ。あれは確か、食事を終えて、これから飲みに入ろうとするタイミングだったから……だいたい九時ごろだったでしょうか」

「九時ごろ！」それは被害者の死亡推定時刻とピッタリ一致する時刻である。風祭警部はソファの上で身を乗り出した。「昨夜の九時ごろに十五分間、あなたはお客さんたちの前からいなくなった。それは間違いありませんね」

「ええ、間違いありません。しかし刑事さん、まさか、たった十五分間で、僕が叔母を殺しにいって、また戻ってきた——なんていうんじゃないでしょうね。無理ですよ。立川市砂川町にある叔母の家と、国分寺市北町にある僕の家とは、五キロも離れている。往復なら十キロの距離ですよ」

「し、しかし十キロを十五分ということは、すなわち時速……時速……」警部は額に汗を滲《にじ》ませながら、呻《うめ》くようにいった。「と、とにかく、全然不可能ということはないはずだ！」

「あの、警部」隣に座る麗子はゴホンと軽く咳払《せきばら》いして、「時速四十キロですよ」と計算の苦手な上司に耳打ち。警部は、そうか、と表情を輝かせて、再び容疑者に向かった。

「時速四十キロで十五分走れば、二つの家を往復できる。車を使えば犯行は可能です」

「それはそうかもしれませんが、生憎《あいにく》と僕は車を運転できません。免許証自体、持っていないんですよ。嘘と思われるかもしれませんが、本当の話です。僕は自転車で競輪場のバンクを猛スピードで走るのは平気ですが、車で一般道を走るのは恐《こわ》くて仕方がない。だって、人を撥《は》ねたらどうするんですか」

「どうするんですかと、いわれても……本当に持っていないのですか、運転免許証？」

「ええ。僕だけじゃなくて、実は妻も免許証を持っていません。ですから、庭にも自家用車なんか停めてなかったでしょ。元からないんですよ、うちに車なんか」

車も免許証もない。平沢はそう主張しているわけだ。だから時速四十キロで、現場と自宅を往復するなんて無理。平沢はそう主張しているわけだ。


車がないなら、どこかから調達する手段はあるはずだ。それに、そもそも彼は元競輪選手ではないか……

「時速四十キロぐらいなら、自転車でも出せそうですけど」

麗子が思わず口にした言葉に、平沢はムッとしたように口をへの字に曲げた。

「簡単におっしゃいますがね、時速四十キロといえば、一流のロードレーサーが出す速度ですよ。僕は競輪選手であって、ロードレースの専門家じゃありません。そんな速度で十キロも走るような訓練は受けていません。判りますか、女の刑事さん？　要するに、競輪選手っていうのは短距離走者で、ロードレーサーは長距離走者なんです。それに——」

平沢は自分の腹部を自らの手で触りながら、自嘲《じちょう》気味に微笑《ほほえ》んだ。

「現役を退いて二年も経《た》てば、身体も当然衰えます。現役バリバリのころならいざ知らず、いまの僕が十キロの区間を時速四十キロで走破するなんてことは、絶対不可能ですよ」

そういうものなんですか、と自転車に疎い麗子は沈黙。代わって警部が質問する。

「自転車には、いまはもうまったく乗らないのですか」

「乗らないわけじゃありません。単なる趣味としては、ときどき乗ることもあります」

「では、自転車はお持ちなんですね」

ならば、とばかりに風祭警部はソファを立った。「見せていただけますか、あなたの自転車を」

ええ、構いませんとも——平沢健二は、二人の刑事を案内しながらリビングを出た。

自転車というものは家の軒先や物置の脇などに停めてあるもの、という先入観が麗子の頭にはあった。だが、自転車にもいろいろあるようだ。平沢健二は刑事たちを一階のとある一室へと案内した。フローリングの洒落《しゃれ》た空間は、彼のプライベートルームらしい。棚には数々のトロフィーが並び、自転車関連の書籍が本棚を埋め尽くしている。

そんな部屋の壁際に、一台の自転車が停めてある。いや、展示されている、というべきか。ピカピカに磨き抜かれたその自転車は、優れた工芸品か美術品のように麗子の目には映った。

「ほう、見事なロードバイクですね」

警部はその車体を嘗《な》め回すように眺めながら、「わたしが乗っているのと、よく似ている。ということは、一台で百二十万円ぐらいですか」

「い、いえ、そこまで馬鹿高いものではありません」警部の口にした突拍子もない金額に平沢は啞然《あぜん》としながら、「それでもまあ、僕のも三十万ほどしますが」

「いやいや、三十万なら立派なものですよ」

「…………」なんですか警部？　いまのは、さりげない自慢話？　自分の自転車が百二十万円だということを吹聴《ふいちょう》したいだけ？　麗子は警部の図々しさに舌を巻く。

警部はそんな麗子の前でしゃがみこむと、自転車の各パーツを丹念に観察した。

「どうですか、刑事さん。なにかおかしな点でも見つかりましたか」

挑発的な平沢に対して、警部はすっくと立ち上がり、にこやかな笑みでこう答えた。

「いいえ、なにもありませんね。タイヤの溝に詰まった泥や砂、ペダルの汚れやハンドルの指紋さえも、ひとつ残らず綺麗に拭《ぬぐ》われています。実に行き届いた整備ですね」

《証拠隠滅》という単語が、いまにも警部の口から飛び出してきそうだった。

「は、はは」平沢は警部の皮肉に乾いた笑いで答えた。「そうでしょうとも。こう見えても元プロですからね。自転車の整備には、こだわりがあるんですよ。――さあ、もういいでしょう、刑事さん。そろそろ妻と娘が戻ってくる時間なんですけどね」

遠回しに「帰ってくれ」と通告する平沢。二人の刑事は渋々と玄関へ向かった。風祭警部が平沢に向かって丁寧《ていねい》に辞去の言葉を述べる。

「どうも、お邪魔しました。ですが、近々またきますので、そのときはよろしく」

「そうですか。ぜひまた、いらっしゃってください」

言葉とは裏腹に、もう二度とくるな、という強い意思が彼の言葉に滲んでいた。

だが、平沢邸の玄関を出た、ちょうどそのとき、二人の刑事は派手めの化粧を施した女性と鉢合わせした。女性は右手にスーパーのレジ袋を持ち、左手には幼稚園の制服を着た可愛らしい女の子を連れていた。

化粧の濃い女性は、平沢健二の妻の江里子、幼稚園児のほうが娘の美奈に違いなかった。

「やあ、これはこれは」風祭警部は得意のスマイルを目の前の女性に向けた。「奥様ですね。ご不在中にお邪魔しておりました。いま幼稚園からお帰りですか。大変ですね、毎日の送り迎えは。ちなみに、お嬢ちゃんはお幾つ？　ほう、五歳ですか。幼稚園は、どちら？」

「え、あの、うちは『かもめ幼稚園』で……立川市のほうなんですが……」

曖昧に答えながら、江里子は目線で夫に尋ねる。——誰なの、このキザっぽい男は？

江里子の無言の問いかけは、正確に夫である健二に届いたらしい。平沢健二は警部と麗子を示しながら、「この方たちは、国立署の刑事さんたちだ」と説明した。それから健二は、佐々山澄子が何者かによって殺害された旨を、簡潔に江里子に伝えた。

江里子は「えッ、本当なの！」と驚きの声を発したが、やはり健二のときと同様に、その反応には若干の芝居臭さが漂っていた。これはもはや気のせいではない、と麗子は感じはじめていた。

おそらくこの夫婦にとって、佐々山澄子の死は真の驚きではないのだ。

「刑事さんたちの質問には、僕のほうからすべて答え終えたところでね。いま、お帰りになるところだったんだ。ちょうどいい。門までお見送りしてあげて」

「はい。では、刑事さん、どうぞこちらへ」

平沢夫婦は息の合ったコンビネーションで、警部と麗子を追い出しに掛かる。

仕方なく麗子は、「失礼いたします」と江里子に向かって別れの挨拶。一方、風祭警部は黄色い帽子を被《かぶ》った美奈の頭を撫《な》でながら、「じゃあ、またね、お嬢ちゃん」と、作り笑いを浮かべる。

するると美奈は、白いスーツの警部に向かって小さな手を振りながら、いかにも五歳児らしい嘘のない言葉を口にした。

「――バイバイ、白いお洋服着た、変なおじちゃん！」

4

「あの年頃の女の子の目から見ると、僕はおじちゃんに見えるのかな？」

不満を呟きながら覆面パトカーの運転席に乗り込んだ風祭警部は、すぐさまバックミラーで自慢の笑顔をチェック。「ふむ、どう見ても、素敵なお兄さんにしか見えないが……あの子、目が悪いのか？」

「さあ、どうなんでしょうね」

いや、目が悪いどころか、むしろ優れた眼力だと麗子は感服する。出会った瞬間に警部のことを変人と見抜くなんて、さすが五歳の女の子。彼女のような利発な子は将来、見てくれだけの金持ちの毒牙《どくが》に掛からずに済むことだろう。

だが、それはともかく――

「平沢健二の主張するアリバイの裏を取る必要がありますね、警部」

「もちろんだとも。彼の主張するアリバイには作為《さくい》の匂いがプンプンする。福田、松中という二人の友人も、なんだか怪しい。まるでアリバイを証明してもらうために、犯人側があらかじめ証人を用意していたかのようだ」

そんな疑惑を口にしながら、警部は覆面パトカーを次の目的地へと走らせた。

刑事たちはその日の夕刻までに、福田と松中のもとを順次訪れ、彼らからの証言を得た。

二人の証言は平沢健二の語った証言と、ほぼ一致するものだった。彼らは昨夜の午後七時から十一時までの四時間ほどを、健二と一緒に過ごした。ただし、健二は午後九時ごろに、煙草を吸うために彼らの前から姿を消した。その間、二人は健二の妻である江里子と談笑していた。健二は十五分ほどして、再び彼らの前に戻ってきた。健二が二人の前からまとまった時間、席を外したのは、この十五分間だけである——と、ここまでは二人の証言は平沢健二の話した内容と寸分《すんぶん》違わない。だが、福田と松中の証言には、平沢健二が語らなかった内容も含まれていた。彼らは異口同音に、こんな内容のことを口にしたのだった。

「喫煙から戻った健二は、なぜか息を弾ませていました。額には汗も浮かんでいました。しかも、そのことを悟られまいとするかのように、彼は平静を装っているように見えました」

この情報を得て、麗子と警部が色めき立ったのはいうまでもない。証言者たちから話を聞き終えた刑事たちは、再びパトカーに乗り込む。風祭警部は嬉々《きき》とした表情を浮かべながら車をスタートさせると、さっそく助手席の麗子に聞いてきた。

「喫煙から戻った健二が、なぜ息を弾ませていたか。その理由が判るかい、宝生君?」

「…………」まあ、判りますけど、どうせご自分でおっしゃりたいんでしょ、警部。

「判らないなら、教えてあげよう」警部は麗子の想像したとおり、得意げにその答えを口にした。「健二はその十五分の間、のんびり煙草をふかしていたのではない。彼はその間、必死で自転車を漕《こ》いでいたのだよ。もちろん佐々山澄子を殺害するためにだ!」

いかにも風祭警部らしい、ごくごく普通の推理だ。際立った部分は特にないが、かといって異論を挟む気にもならない。ならば、次に自分たちが取るべき行動は、五日市街道沿いでの聞き込みといったところか。そんなふうに麗子が思考を巡らせていると――

「次に我々が取るべき行動は、五日市街道沿いでの聞き込みだ」

と警部もそっくり同じことを口にした。「昨夜の九時ごろ、平沢健二は五日市街道をロードバイクで往復した。その姿を目撃した人物が必ずいるに違いない。――よし、いくぞ、宝生君！」

目指すは五日市街道だ。宣言するように叫ぶと、風祭警部はアクセルを強く踏み込む。二人の刑事を乗せた車は、尻を振りながら猛スピードで走りはじめた。

その日の夜、五日市街道の舗道には、必死で聞き込みに当たる二人の刑事の姿があった。

もちろん、麗子と風祭警部である。彼らは、帰宅途中のサラリーマンや学生などに片っ端から声を掛けては、飽きるほどに同じ質問を繰り返した。

「昨夜、この道をロードバイクで疾走する怪しい人物を見なかったか？」

だが、聞き込みの成果は芳《かんば》しくなかった。警察手帳を示して話しかける刑事たちに対して、帰宅を急ぐ人々は露骨に迷惑そうな顔をするばかり。ならばとばかり、風祭警部が警察という立場を隠して、「――ああ、ちょっとそこの、お嬢さん」

いきなり暗がりから声を掛けると、相手の若い女性はなにをどう勘違いしたのか、「おまわりさーん」と猛ダッシュで駆け出していった。どうやら警察を呼びにいったらしい。

警部はショックで顔面を朱に染めながら、「し、失敬な、この僕が警察だ！」と地団太を踏む。「国立署が誇る期待のエリートであるこの僕が、変質者に見えるとでもいうのか！」

「いえ、そういうわけでは……」

変質者というより、ヤクザ者に見られた可能性が高いと麗子は思う。警部の着るような白いスーツ姿は、ヤクザ映画においては鉄砲玉に刺されて死んでいく若頭《わかがしら》のファッションである。もちろん、上司に向かってそんなこと、いえるわけもないが。

「あ、そんなことより警部、見てください」麗子は話題を変えるように前方を指差す。

夜の街道沿いに煌々《こうこう》と明かりを放つ一軒のコンビニがあった。地図上でいうなら国分寺市のはずれ、あと少し街道を西に進めば立川市に入るというあたりだ。そのコンビニの薄暗い駐車場の片隅に、三人の男たちが缶ビール片手にしゃがみこんでいた。

ひとりは黒いタンクトップ、ひとりは髑髏《どくろ》のプリントされたTシャツ、最後のひとりは薄汚れたジージャンを肩に羽織っている。見たところ、学生かフリーターといった雰囲気の三人組である。

国分寺のみならず日本中のコンビニで見られる、ありがちな光景。だが、この手の暇を持て余した若者は、仲間と缶ビールさえあれば、なにもない駐車場で一時間でも二時間でも平気で時間を潰《つぶ》すことができる、という特殊技能を持っている。その分、道行く人を目にする機会も多いから有益な証言が期待できる、というわけだ。

警部も麗子のいわんとするところを瞬時に理解したらしい。さっそく駐車場へと足を踏み入れ、しゃがんだ三人組に声を掛ける。

「ああ、君たち、悪いがちょっと話を聞かせてもらえるかな?」

「はぁ!?」三人組のリーダー格と思《おぼ》しき黒いタンクトップの男が、不審そうな眸で警部を見上げた。「なんだよ。なんか用でもあんのか、白い服着た、変なおじさん」

「!」若者の発言は警部の逆鱗《げきりん》に触れたらしい。突然、警部は胸のポケットから警察手帳を取り出すと、それを相手の顔面数センチのところにかざし、爬虫類《はちゅうるい》のような笑みを浮かべた。「おい君、もういっぺん、いってもらえるかな。え、誰が、おじさんだって? 五歳児の発言なら許しもするが、君たちが相手なら、この僕は一ミリも容赦しないよ」

ああ、警部、やっぱり美奈ちゃんのアノ発言を引きずっていたんですね——麗子は胸のうちでそっと呟きながら、冷たく響く声で上司を諫《いさ》めた。

「やめてください警部。一般市民相手に凄《すご》むのは、みっともないですよ」

「そうか。それもそうだな」警部は余裕たっぷりに警察手帳を仕舞いながら、「ん――ところで宝生君、いま君、なんといったかな?」

「なにって――『一般市民相手に凄むのは、みっともないですよ』と」

「いやいや、その前だよ、その前」

「その前!?」麗子は彼の発言の意図を完璧に理解した。「『やめてください警部』と」

そう、それそれ、と頷きながら、風祭警部はニンマリ微笑んで三人組を見下ろした。どうやら、彼は自分の正式な肩書きを目の前の三人に知らしめたかっただけのようだ。

実際、その効果はテキメン。三人組はそれまでの態度を豹変《ひょうへん》させ、いっせいに立ち上がった。

「け、警部!?」「ホントに警部さん!?」「この変なおじ……この素敵なお兄さんが!?」

いや、それは褒《ほ》めすぎだろ。麗子は彼らの調子の良さに呆《あき》れる。

一方、風祭警部は満足そうに頷いて、それからやっと本題に入った。本題とは、聞き込み調査のことである。

「ひょっとして君たち、昨夜《ゆうべ》もいまぐらいの時間に、この場所にいたりしなかったかな?」

三人の男たちは、三羽並んだ土鳩《どばと》のように首を縦に振った。

狙《ねら》いどおりの反応に警部は小さく「ビンゴ!」と叫んだ。「よし、それなら好都合だ。では聞くが、昨夜、この街道を自転車で走っている怪しい男を見かけなかったかい?」

「はぁ、自転車なら何台も通っていたぜ――いえ、通っていましたよ、警部さん」

黒いタンクトップの男が慌てて訂正すると、警部は、それでいい、というように頷いた。

「我々が捜しているのは、舗道をタラタラ走っているママチャリなどではない。自転車マニアが乗り回すようなロードバイクだ。おそらくは自動車と同じか、それ以上の速度で車道をぶっ飛ばしていたはずなんだが、どうだろう? 君たちの記憶にないかな」

警部の言葉を耳にした瞬間、三人の表情にいっせいに変化が表れた。

「ああ、そういえば」「見たな、ロードバイク」「うん、凄いスピードで走ってった」

「それだ」警部は恰好をつけて指を鳴らした。「その自転車、どちらの方角に走っていった?」

すると髑髏のTシャツを着た男が、代表するように指を一本、東の方角に向けた。

「そのロードバイクはコッチのほうから走ってきて――」といって青年はその指先を、今度は西へと向けながら、「アッチのほうにすっ飛んでいきやがった」

東から西――ということは国分寺から立川方面。すなわち容疑者の家のほうから、被害者の家のほうに向かって、その自転車は猛スピードで走っていった、ということだ。

「自転車に乗っていたのは、どんな人だった？」

「さあ、そういわれてもヘルメット被っていたし、一瞬のことだから顔までは判らなかった。身体はデカかったな。太ももなんか、凄《すげ》え太くてさ。ありゃプロだな、絶対。着ているものも、プロのレーサーが着るような、身体に張り付くような薄いジャージに、ハーフパンツだった。間違いねえ――いえ、間違いありませんよ、警部さん」

「妙な気を使わなくていいから、聞かれたことに正確に答えたまえ」警部は三人組の顔を順繰りに眺めながら、重大な問いを発した。「君たちがそのロードバイクを見かけたのは、昨夜の何時ごろのことかな？」

三人は互いの顔を寄せ合いながら、しばし密談。そして彼らは自信ありげに答えた。

「ちょうどいまごろだ」「午後九時ごろだ」「うん、確かにそうだった」

「なるほど、そうか」警部は重々しく頷き、くるりと麗子のほうに向き直ると、「聞いたかい、宝生君」と、抑えきれない笑みを漏らした。「間違いない。彼らの目撃した自転車こそが、平沢健二のロードバイクだ。やはり、彼は昨夜の九時に佐々山澄子の家に向かっていた。自宅のベランダで煙草を吸っていたなんて話は、真っ赤な嘘だったわけだ」

なるほど、確かにそのようだ。だが、時間的な猶予は十五分しかない。殺人その他に費やされる時間を考慮すれば、実際に移動に使える時間は十五分よりもさらに短くなる。そんな短時間に、平沢邸と佐々山邸との間を本当に往復できるものなのだろうか。若干の疑問を抱きながら、麗子は三人の男たちに自ら尋ねてみた。

「あなたたちの前をロードバイクが通ったのは、その一回きり？　それとも……」

すると、三人の中でいちばん小柄なジージャンの青年が、おずおずと片手を挙げた。

「いや、俺もう一回見たぜ。反対車線を走っていくロードバイクの姿を。最初見たときと同じような猛スピードだったから、たぶん同じ奴だ。ただし、今度はさっきとは逆向きに、アッチのほうからコッチのほうに走っていきやがった」

そういってジージャンの彼は、今度は西から東へと指を動かした。つまり立川から国分寺方面だ。ということは、彼が目撃したロードバイクは、佐々山邸から平沢邸へと引き返していく平沢健二の姿と考えられる。麗子はジージャンの彼に尋ねた。

「それは、最初にロードバイクを見たときから、何分ぐらい後のことかしら？」

「そうだな。最初に見たときから五分ぐらい後のことだったと思う」

「なに、五分！」声を裏返らせて聞き返したのは、風祭警部だ。「たった五分で平沢健二は戻ってきたというのか。そんな馬鹿な。なにかの間違いじゃないのか」

驚きを隠しきれない警部に対して、三人の男たちは当然のように首を傾げる。

「平沢？」「健二？」「誰だ、そいつ？」

ああ、警部、駄目じゃないですか。容疑者の名前を漏らしちゃ……

「う——いや、誰だっていい！　君らには関係ないから！」

警部は大慌てで三人組を一喝して、自らの失言を誤魔化《ごまか》す素振り。それから、彼はぶつぶつと独り言を呟きながら、自らの思考を民間人の前に垂れ流した。

「だが、変だ……このコンビニは平沢邸から一キロ程度。ここから佐々山邸まで、あと四キロはあると見ていい。往復なら八キロだ……往復十キロを十五分ならば時速四十キロ。それでも相当困難だが、往復八キロを五分となると……時速……時速……」

警部は額に汗を浮かべながら、呻くようにいった。「と、とにかく、もの凄く困難だ！」

麗子はゴホンと咳払いをして小声で彼に囁く。

「九十六キロです、警部。時速九十六キロ」

すなわち時速百キロ弱。それほどのスピードでなければ、この国分寺にあるコンビニと立川にある佐々山邸を五分間で往復することは不可能だ。それはもはや自転車では絶対に出すことのできない速度である。

平沢健二はどのようにして、佐々山澄子殺害を成し遂げたというのだろうか――

5

――麗子はいったん話を区切ると、盗み見るように横目で影山の姿を観察した。

数多くの自転車が並ぶガレージの中。タキシード姿の執事は、手ごろなマウンテンバイクのサドルに腰を預けた状態で、腕を組んでじっとしていた。俯《うつむ》いた彼の横顔は、さながら思索《しさく》に耽《ふけ》る哲学者のよう。いかにも麗子の語る事件の概要に真剣に耳を傾けている、そんな様子である。と麗子が思った、ちょうどそのとき――

影山の真っ直《す》ぐ伸びた膝が、突然「カクン」と折れ曲がる。同時に、サドルに乗せた彼の臀部《でんぶ》が「ズルッ」と滑る。影山は両脚を踏ん張るような形で、慌てて体勢を立て直した。

「ん?」麗子は一瞬、状況が摑《つか》めずに沈黙。それから目の前の執事に対して疑惑の視線を向けた。「影山、あんた、いま居眠りしてたわよね。いいえ、誤魔化そうったって駄目よ」

「いえ、とんでもない。わたくしが」

「居眠り!?　わたくしが」

それは心外、とばかりに影山は大きく左右に首を振った。「いいえ、とんでもない。わたくし、寝ながらお嬢様の話を聞くほど器用ではございません」

「器用も不器用も関係ない！」麗子はピシャリと言い放つ。「いま寝てたじゃない。正直に認めなさい。往生際《おうじょうぎわ》が悪いわね！」

腰に手を当て追及する麗子に対し、影山は眼鏡を指で押し上げながら必死の言い訳。

「いいえ、寝てはおりません。ただ、お嬢様のお話があまりに退屈だったために、わたくしの集中力が一瞬途切れた、それだけのことでございます」

「なにが『それだけのこと』よ！　退屈で悪かったわね――って」麗子は思わず真顔で聞き返す。「退屈って、どこが？　こんな奇妙な話がどこにあるっていうのよ。計算上、平沢健二は時速百キロの自転車に乗って殺人を犯したのよ。まさに奇跡的だわ」

「ふむ。それでお嬢様はいちばん速い自転車をお探しになっていたのでございますね」

「まあ、そういうことなんだけど……」

頼りなく答える麗子に、影山はニヤリと微笑む。「お嬢様、それは無駄骨でございました」

「な！」思わず麗子は怒りに目を吊《つ》り上げた。「無駄骨とはなによ、無駄骨とは！」

だが、影山は涼しい顔で麗子に質問を投げる。「ところで、お嬢様、平沢健二と江里子の夫婦が車を持たず、なおかつ運転もできなかった、というのは間違いないのでございますね」

「ええ、その点はどうやら間違いないわ。誰かに車を借りたとか、こっそり運転の練習をしていたとか、そういった形跡もまったくないみたいよ」

「まさかとは思いますが、二つの家の間をタクシーで往復したなどという可能性も、ないと考えて良いのでございますね」

「もちろん、その点はタクシー会社にも確認済みよ。だいいち、殺人現場に堂々とタクシーで乗りつける殺人犯なんて、いると思う？ 平沢健二はそんな間抜けな男じゃないわ。彼はもっと狡猾《こうかつ》なアリバイトリックを用いて、佐々山澄子を死に至らしめたのよ。わたしや風祭警部が思いもよらないやり方で、彼は一見不可能に思える殺人を成し遂げたんだわ」

拳を振るって力説する麗子を前に影山は、「なるほど、そういうことでございますか」と、ひとつ大きく頷いた。そして彼は、やれやれ、というようにゆっくり首を振ると、麗子に対して哀れむような視線を向けた。「――失礼ながらお嬢様」

「ん――なによ？」キョトンとした顔で問い返す麗子。

そんな彼女に、いきなり執事影山の辛辣《しんらつ》な言葉が浴びせられた。

「どーでもいいアリバイ崩しに血道《ちみち》を上げる警部も警部ですが、それにお付き合いするお嬢様も風祭警部とどっこいどっこいでございますね」

広い自転車専用ガレージの中に、影山の声が響く。彼の発した暴言は、山のこだまのように麗子の耳の中でいつまでも繰り返し響き渡った。どっこいどっこいどっこいどっこい……

「……どっこいどっこい⁉」麗子は嫌な残響を振り払うように首を左右に振り、両手で耳を押さえて叫んだ。「な、なんですって！　こ、このあたしが風祭警部とどっこいどっこいのアホですって！　じょ、冗談じゃないわ、だ、誰が、アホよ、誰が！」

「お嬢様、わたくし『アホ』とは、ひと言もいっておりませんが……」

「いってないとしても、もはやいったも同然だっつーの！　風祭警部と同じレベルってことは、必然的にそういう意味になるんだっつーの！　そうでしょーが、影山！」

「え、ええ……まあ、確かに似たような意味でございます、はい」

麗子のあまりの剣幕に、影山もかしこまって頷くしかない。結果的に、最大の侮辱を受けたのは風祭警部だったかもしれないが、そんなことは麗子の知ったことではない。彼女はただ彼の暴言の真意を知りたい一心で、目の前の執事ににじり寄った。

「どういうことよ、『どーでもいいアリバイ崩し』って。平沢健二のアリバイを崩すことの、なにが『どーでもいい』なのよ。いちばん大事なことじゃないの。そうでしょ？」

だが、聞かれた影山は眼鏡の縁に手をやりながら、「残念ながら、それは大事な点ではございません」と、キッパリ首を振った。

麗子は納得いかないまま口をへの字にする。

「あなたのいってること、サッパリ意味が判らないわ」

「では、わたくしからお嬢様にお尋ねいたしますが、お嬢様は犯行のあった夜、平沢健二が実際に時速百キロ弱の速度で自転車を漕いだと、本気でそうお考えでございますか」

「――え⁉」真顔で問われて、麗子は思わず口ごもる。「い、いや、そりゃまあ、さすがにそんなことはあり得ないとは思うけれど……」

「そうでしょうとも。それを聞いて安心いたしました」影山はホッと胸を撫で下ろす。

「うーん、安心されても困るのよねぇ」

自分はどれほど、この男に見くびられているのだろうか。そう思って麗子は思わず憮然となる。

「じゃあ、今回の事件、影山はどう考えるっていうのよ。平沢健二は間違いなく自宅と被害者の家を往復したはず。だけど自転車での移動では、どう頑張っても間に合わない。かといって、自家用車やタクシーを利用したとも考えられない。とすると、他にどんな移動手段があるっていうの？」

麗子の問いに、影山は真面目な顔で答えた。「——もちろん自転車でございます」

「だからぁ、ロードバイクでそんなスピードは出せないって……」

「いえ、ロードバイクではございません」影山は麗子の言葉を遮るようにいうと、彼女の前に指を一本掲げた。「平沢家にはもう一台、特殊な自転車があったものと思われます」

「も、もう一台の特殊な自転車——なによ、それ？　ロードバイクよりも速いの？」

麗子は大いなる興味を掻《か》き立てられながら、影山に話の続きを促す。影山はガレージの中央に立ち、麗子に向かって悠然と自らの推理を語りはじめた。

「よくよくお考えくださいませ、お嬢様。平沢家には幼稚園に通う美奈ちゃんがいます。その美奈ちゃんが通う『かもめ幼稚園』は、立川市にあるとのことでしたね」

「ええ、江里子が玄関先でそういっていたわ」

「一方、例の三人組を尋問したコンビニは国分寺市のはずれにあり、平沢家から一キロほど離れています。幼稚園はそこからさらに西へいった立川市内にあるのですから、平沢家からはさらに遠い。ということは、平沢家から幼稚園まではゆうに一キロ以上は離れていると見てよろしい。そうでございますね、お嬢様」

「そ、そうね。確かにそうだと思うけど――ねえ、これ、なんの話？」

「自転車の話でございます」影山は平然と話を続けた。「平沢家と幼稚園の間は一キロ以上。それほどの距離があるとなると、母親が毎日徒歩で子供を送り迎えするのは困難でございましょう。このような場合、母親は子供を送り迎えするための自転車を所有するのが一般的かと思われます」

「それはそうかもしれないけれど――え、待って、影山！　平沢家にあるもう一台の自転車って、まさか」

「はい、そのまさかでございます」影山は真剣な口調でいった。「お嬢様や風祭警部は、健二のロードバイクのほうに気を取られるあまり、お気付きにならなかったのでございましょう、江里子が所有するママチャリの存在に」

「…………」思いがけない影山の言葉に、さすがの麗子も絶句した。

ママチャリ――それは主に家庭の主婦たちが、買い物などの日常的な外出の際に用いる、安価でデザイン性の低い自転車の俗称である。実際にはママではない、独身女性やサラリーマンや学生、あるいは地方在住のヤンキーたちも好んで乗り回す万人向けの乗り物だ。

「ママチャリですって」麗子は思わず叫んだ。「な、なにいってんのよ、影山。ロードバイクよりも速く走れるママチャリなんて、そんなのあるわけないじゃないの！」

「はい。確かに、そのような高性能のママチャリは、この世にございません」

影山は真面目くさった顔で頷く。「しかしながら、江里子のママチャリにはロードバイクにはない、特殊な機能が備わっていたものと思われます。今回の事件で、犯人はそれを活用したのでございましょう」

「特殊な機能？　なによ、江里子の自転車はターボエンジンでも搭載していたの？」

「大変愉快な発想ではございますが、全然違います」影山は麗子の発言をバッサリ切り捨て、自分の推理を口にした。「江里子のママチャリは幼稚園児を乗せるためのもの。ならば、そのママチャリには自転車用のチャイルドシートが備わっていたはずでございます」

「自転車用のチャイルドシート……」いわれて麗子もピンときた。「そういえば、街でよく見かけるわね。子供用の小さな座席が、後ろの荷台に固定してある自転車を」

「はい。まさしく、それのことでございます」

影山は我が意を得たりとばかりに、深く頷いた。「ところで、お嬢様、被害者の佐々山澄子は小柄な老婦人だったとのこと。ならば、その彼女を殺害した後、犯人がその死体を自転車のチャイルドシートに乗せて運ぶということは、不可能なことでございましょうか」

麗子は自転車のチャイルドシートに座る老婦人の姿を思い描く。さほど苦労することなく、麗子はその光景をごく自然にイメージすることができた。

「不可能ではないと思うわ。自転車用のチャイルドシートには背もたれがあるし、子供の身体を固定するベルトもある。小柄な女性の死体を乗せて運ぶには、むしろうってつけかも……え⁉　でも、それって、どういうことなの？　佐々山澄子が殺害されたのは、彼女の自宅ではなく平沢の家だってこと？　彼女は平沢邸で殺害された後、自転車のチャイルドシートに乗せられて、佐々山邸まで運ばれたっていうの？」

「さようでございます」執事は落ち着き払った声で頷いた。

「そ、それは何時ごろの話？」

「殺人がおこなわれたのは、死亡推定時刻のとおり、午後九時ごろのことでしょう。ですが、ママチャリで死体が運ばれたのは、それよりもっと後のこと。おそらくは街に人通りが絶えた深夜のことかと思われます」

「だとすると、例の三人組の証言は、どうなるのよ？　事件の夜の九時ごろ、五日市街道を爆走していたロードバイクを彼らは目撃した。あれはいったい、なんだったの？」

「ああ、お嬢様！」執事は残念そうに首をゆるゆると振った。「そのロードバイクに跨《また》がっていたのは確かに平沢健二だったのでございましょう。ですが、それはいわば《目くらまし》に過ぎません。ですから、彼の自転車が何キロを何分で走ろうが、事件の本質とはなんの関係もありません。そのようなアリバイ崩しに気を取られているから、お嬢様は風祭警部とどっこいどっこいだと、わたくしはそのように申し上げているのでございます――」

　まだいうか！　麗子はムッとなったが、結局なにもいい返すことはできなかった。

「――今回の佐々山澄子殺害事件は平沢夫妻の犯行だったものと思われます。夫の平沢健二が主犯、妻の江里子が従犯といったところでしょうか。動機はいうまでもなく遺産狙い。競輪選手を引退後、定職に就くことのできない健二は、叔母である佐々山澄子を殺害することで、一攫千金《いっかくせんきん》を目論《もくろ》んだのでございます」

　自転車が並ぶガレージの中央にて、影山は静かな口調で事件の概要を説明した。

「事件のあった夜、平沢邸には福田、松中という二人の客人が招かれておりました。これは、平沢健二が自分のアリバイを証明してもらうために用意した人物に他なりません。その点は、風祭警部が睨んだとおりでございます。ただし、平沢健二が考えた犯罪計画は、ロードバイクで五日市街道をぶっ飛ばして、佐々山澄子を殺害後、再び全速力で自宅に引き返す、というような綱渡りみたいなものではありません」

「犯行は平沢邸の内部で密《ひそ》かにおこなわれていたのね。客人に気付かれないように」

「さようでございます。あの夜、平沢夫妻は自宅に佐々山澄子を呼んでいたのでしょう。無理矢理、拉致《らち》していたのかもしれません。いずれにしても犯行のあった時刻、被害者は平沢邸にいたのです。わざわざ立川まで殺しに出掛ける必要はありません。午後九時ごろ、平沢健二は喫煙を理由に客人の前から一時的に姿を消します。そして江里子が客人の相手をしている間に、健二は平沢邸の一室で佐々山澄子を殺害いたします。そして、邸内にあらかじめ運び込んでいた江里子のママチャリのチャイルドシートに、その死体を乗せたものと思われます――この意味、お判りになりますか、お嬢様？」

「死後硬直ね」麗子は即答した。

なにしろ、彼女もいちおう現職刑事なので、ある程度の知識はあるのだ。「殺人を犯した後、死体を佐々山邸に運び込むのは数時間後の深夜になる。だけど、死体の硬直は夏場なら死亡から三、四時間もすれば現れはじめるわ。そうなってからだと、硬直した死体をチャイルドシートに座らせることは困難になる。だから、殺した直後に平沢健二はその作業をおこなった。元競輪選手で体格のある彼なら、小柄な老婦人の死体をチャイルドシートに座らせることも、ひとりでやれたでしょうね」

「さすが、お嬢様。完璧なお答えでございます」

と、執事は歯の浮くような褒め言葉。お世辞を真に受けた麗子は、上機嫌で話を進める。

「その作業を終えた直後に、平沢健二は敢《あ》えてロードバイクで五日市街道をひとっ走りしたっていうわけね。影山のいう、《目くらまし》のためだけに」

「さようでございます。平沢健二は猛スピードで自転車を走らせて、あたかも殺人現場に向かっているような素振りを見せながら、その実、彼は佐々山邸には向かわず、適当なところで引き返していたのでございます。実際のところ、彼がどれほどの脚力を持とうが往復十キロの道のりを十五分で往復して、なおかつ殺人まで成し遂げる、というような超人的な犯行はそもそも不可能。その不可能な犯行が、あたかも実際におこなわれたかのように見せかけることこそが、犯人の目的だったのでございます。

事実、風祭警部は平沢健二の特異な行動に目がくらんでしまい、この事件がロードバイクを用いた犯罪であると決め付けてしまいました。その結果、江里子のママチャリの存在は、一顧《いっこ》だにされなかったのでございます」

麗子自身、江里子のママチャリについて、その存在すら気づくことができなかった。なるほど、これでは警部と同じレベルと揶揄《やゆ》されるのも無理はない、と麗子は渋々納得する。

「——で、ママチャリに乗せた死体の運搬は、こっそり深夜におこなわれたのね」

「はい。チャイルドシートの死体は、青いカーディガンにこげ茶のズボン、そして頭には子供用のヘルメットが被せられていたものと思われます。小柄な老婦人の死体は、さすがに幼稚園児には見えなかったでしょうが、大柄な小学生程度には見えたはず。少なくとも、チャイルドシートに老婦人の死体を乗せて運搬中とは、道行く誰もが考えもしなかったことでしょう。ママチャリを運転したのは、やはり体力のある平沢健二だと思われます。もちろん、猛スピードで自転車を漕ぐ必要はありません。彼はただ、ゆっくりと確実に死体を佐々山邸まで運べば良かったのでございます。おそらく彼はリスクを最小限にするため、もっとも交通量の少ない午前三時ごろを選んで、死体運搬をおこなったことでしょう」

「確かに、その可能性が高いわね――ん⁉」

　そのとき麗子は、ふとあることに気がついた。「ちょっと待って。午前三時といえば、午後九時の殺人からもう六時間ほどが経過しているわ。だとすれば、チャイルドシートに乗せられた死体は、かなり死後硬直が進んでいたはずよね――あ、そっか」

　そのとき麗子の中で、いままで保留になっていたひとつの疑問が、いきなり氷解した。

「判ったわ！　それで食堂にあった佐々山澄子の死体は、子供用の椅子に座らされていたのね」

「お察しのとおりでございます、お嬢様」

　正解――と告げるように影山は麗子に微笑みを向けた。「佐々山澄子の死体は、自転車のチャイルドシートに座らされた状態で硬直が進みました。その死体は、不自然に縮こまったような恰好で硬くなっていたことでしょう。それをそのまま床の上や、普通の椅子の上に置いたのでは、いかにも不自然に見えてしまう。結局、子供用の椅子に座らせるのが、もっとも収まりが良かった。それで平沢健二は、そのようにしたのでございましょう」

「つまり、自転車のチャイルドシートから、食堂にある子供用の椅子へ――犯人の行動にはちゃんと筋が通っていた。《死者への冒瀆》というような曖昧な行動ではなかったのね」

「はい。すべては犯人側の利益のためにおこなわれたことでございました」

そういって影山は恭しく一礼すると、ひと通りの推理を終えたのだった。

もちろん、影山の推理がすべて正解であるという保証はない。だが、それを確かめる手段はある。最後に、影山はその点を指摘した。

「大切なことは、目撃者を捜すことでございます。いままでお嬢様と風祭警部は、午後九時にロードバイクを目撃した人物を捜すことに、精力を傾けていたご様子。ですが、それでは埒《らち》が明きません。本来捜すべきは、犯行のあった夜、それも深夜に怪しいママチャリを目撃した人物なのでございます」

「そういうことになるわね。でも、見つかるかしら」

「なに、いかに交通量の少ない時間帯といえども、人通りはゼロではございません。午前様のサラリーマン、夜ふかしの大学生、深夜の散歩を日課とするミステリ作家、などなど捜すべき対象は大勢おります。その中には、必ずや深夜のママチャリを目撃した人物がいるはず。それを見つけることが事件解決の突破口になるのではございませんか」

「そうね。確かに、あなたのいうとおりだわ」

麗子は力強く頷くと、「こうしちゃいられないわね」と小さく呟いた。

人の記憶はひと晩経てば、その分だけ曖昧になる。それに今日この夜の通行人に、明日また会えるとは限らない。目撃者捜しは、時間との勝負なのだ。この夜を無駄にしてはならない。

麗子はガレージの出入口に向かいながら、宣言するようにいった。

「影山、これから五日市街道へいくわよ」

「え、これからでございますか――まさか、自転車で？」

「んなわけないでしょ！」麗子はピシャリと言い放つ。「自転車はもういいから、タイヤが四つある車を用意してちょうだい。今夜中に目撃者を捜し出してやるわ。あ――もちろん、影山も協力してくれるわよねえ？か弱いお嬢様を、ひとり深夜の街道に立たせるような真似は、しないわよねえ？だって、あなたはわたしの忠実な執事なんだから」

麗子はガレージの出入口で足を止めると、試すような目で影山を見やる。そんな麗子の視線の先で、彼女の忠実な執事は、無表情なまま恭しく一礼した。

「はい。もちろん、お供させていただきます、お嬢様」

そして影山は、まるで急な残業を命じられたバイト君のような顔で、「はぁ」と小さく溜め息を吐《つ》くのだった。

第五話 彼女は何を奪われたのでございますか

1

立川《たちかわ》駅の北口。開放感のあるペデストリアン・デッキを伊勢丹方向に歩くと、そこに一軒の喫茶店がある。セルフ方式のその店は、うなぎの寝床のように細長い形状。おまけに、ほぼ全面ガラス張り。なので、店内の様子はデッキを歩く通行人から丸見えである。細長いカウンター席に横一列に並び、飲み物を啜《すす》りながらお喋《しゃべ》りに興じるお客たち。その姿は、まるで電線の上で一列に並んでさえずるスズメたちのように見えなくもない。

もっとも、いまは七月。長かった梅雨も明け、真夏の日差しが尖《とが》った槍《やり》のように降り注ぐ季節。ガラス越しに見えるお客たちは、みな冷たいドリンクをストローで飲んでいる。

「スズメっていうより、水飲み鳥の群れね」

そんなふうに呟《つぶや》く彼女の名前は、水野《みずの》みどり——ではなくて、水野理沙《りさ》という。立川市の隣、国立《くにたち》市に暮らす花も恥らう女子大生。よんどころない事情があって、日曜日の昼間に立川を訪れた彼女は、いくつかの用事を済ませ、すでに疲労困憊《こんぱい》の状態にあった。そんな彼女に追い討ちを掛けるように、容赦なく照りつける直射日光。結局、暑さと渇きに完敗を喫《きっ》した彼女は、ガラスの向こうに並ぶ水飲み鳥の一群に加わることに決めた。

喫茶店の扉を押し開け、店内へ。冷房の効いた空間は別世界のように快適だ。

レジカウンターでアイス珈琲《コーヒー》を受け取った理沙は、空いている席を探して細長い店内をキョロキョロと見渡す。するとカウンター席に座る、眼鏡を掛けた女性と偶然目が合った。

長い黒髪に白いカチューシャ。マキシ丈の白いワンピース。赤いベルトがスリムなウエストラインを強調している。胸には銀のペンダント。足元は赤いパンプスだ。清楚《せいそ》な佇《たたず》まいには独特の気品のようなものが漂う。

「…………」理沙は見憶《みおぼ》えのあるその女性に、ゆっくり歩み寄った。「なんだ、やっぱり木戸《きど》先輩じゃないですか。こんなところで会うなんて珍しいですねえ」

「あら、水野さん」女性はフレームレスの眼鏡に軽く指を当てながら、上目遣いに理沙を見詰めた。「ホントに奇遇ね。今日はどうしたの？　立川でお買い物？」

「わ、正解です。なんで判ったんですか！」理沙は心底、驚きの声をあげた。

「なんでって……だってほら、買い物袋がひとつ、二つ、三つ……」

「あ、そっか」理沙の両手にはショップの買い物袋が合計四つ、ぶら下がっていた。

要するに、彼女が炎天下の立川を疲労困憊の状態になるまでさまよい歩いた《よんどころない事情》とは、今週末から始まった夏物一掃大バーゲンセールに他ならないのだった。

「だってだって、夏物が最大六十パーセントオフですよ、先輩！　まだまだ夏はこれからだっていうのに、もう半額以下なんですよ！　あ——隣、座っていいですか？」

先輩が「ええ、もちろん」と答えたときには、理沙はもうその椅子に腰を下ろしていた。

先輩と呼ばれた女性は、やれやれというように苦笑いしながら、目の前のアイスティーを啜った。彼女の名前は木戸静香《しずか》。水野理沙と同じ大学の同じ学部に通う女子大生。しかも理沙と同じ映画研究会に所属する一年先輩だ。

白い肌と綺麗《きれい》な黒髪を持つ美女。眼鏡の奥の大きな眸《ひとみ》は知性を湛《たた》え、小さな鼻と控えめな唇は、おとなしそうな印象を与える。明るい午後の校庭よりも、夕暮れどきの図書室が相応《ふさわ》しい。そんな儚《はかな》げな雰囲気を醸し出す彼女は、ついつい儚げじゃない雰囲気を醸し出してしまう理沙にとって、憧《あこが》れの的だった。無理もない。人間、自分と違う魅力を湛えた存在に憧れるものだ。もっとも、この思いは理沙の一方的な感情。

木戸静香が理沙に対して憧れを抱いているか否《いな》かは、定かではない。というか、たぶん一ミリも憧れてはいないと思うが……

「先輩は、今日はなんの用事ですか？　あ、ひょっとして杉原《すぎはら》先輩と待ち合わせとか」

杉原先輩というのは、やはり同じ映画研究会の一員、杉原俊樹《としき》のことである。彼と木戸静香とはサークル公認の仲なのだ。だが静香はアッサリと首を左右に振った。

「杉原君⁉　ううん、違う違う。そんなのじゃないって」

杉原先輩、大事な彼女に《そんなの》って呼ばれちゃってますよ、いいんですか⁉

理沙は、ここにはいない杉原俊樹に成り代わって、静香を問い詰めた。

「じゃあ、なんの用事です？　やっぱり買い物ですか。六十パーセントオフですか」

「えーっと、そうじゃないんだけれど、なんていったらいいのかしら……」

戸惑《とまど》いがちに眼鏡に指を掛ける静香。そして彼女は再び上目遣いに理沙を見詰める。

瞬間、理沙はぐっときた。それは、静香がいままで理沙に対して一度も見せたことがない、媚《こ》びるような視線だった。レンズの向こうの眸は、濡《ぬ》れたような輝きを帯びているように見えた。こんな目でジッと見詰められたりしたら、大抵の男はイチコロ。いや、いちおう女の理沙でさえも、妖《あや》しい眸の魅力に抗《あらが》いきれず、「お姉さま～」とその膨らんだ胸に飛び込んでいきたくなる。

そんなわたしは欲求不満かしら、と理沙は自分の邪《よこしま》な願望にいささか不安を覚えた。いくら普段、男性に縁がないからといって、同性の先輩に惹《ひ》かれるなんて。しかし最近とみに美しさを増したと評判の木戸先輩、いや、静香お姉さまにこの孤独を癒していただけるのなら、禁断の関係もそれはそれで悪くはないかも……むしろ現時点では理想かも……

と、勝手に妄想をたくましくする理沙をよそに、静香は左の手首に巻いた腕時計に一瞬視線を走らせると、「——じゃあ、わたしはこのへんで」

ピンクのバッグを手にしながらふらりと席を立つ静香。いきなり妄想を打ち切られた理沙は慌てて顔を上げた。

「え⁉ お姉さま……じゃない木戸先輩、もういっちゃうんですか」

「ええ、ごめんなさい。それじゃあ、また今度、映研の部室で会いましょ」

そういって、憧れの先輩木戸静香は軽く右手を振ると、その手を飲み干したアイスティーのグラスへと伸ばす。だが、グラスを摑《つか》もうとしたはずの彼女の右手は、なぜか虚しく空気を摑んだ。二度目のアクションでようやくグラスを摑んだ彼女は、照れくさそうな微笑《ほほえ》みを浮かべる。そして彼女は「じゃあね」と踵《きびす》を返し、カウンター席を離れていった。

理沙は「はあ」と小さく溜め息《たいき》を吐《つ》くと、目の前のアイス珈琲をストローで掻《か》き回した。

――結局、先輩がなんの用事で立川にきているのか、聞きそびれちゃったな。

落胆する理沙の背後で、そのとき突然、ドスンと激しく床を叩《たた》く音。理沙は慌てて振り返る。すると彼女の目の前に広がる意外な光景――

喫茶店の通路の上で、憧れの先輩があられもない恰好《かっこう》でバッタリと倒れていた。

「…………」なにやってるんですか、先輩？

だが、面と向かって尋ねるわけにもいかない。むしろ、ここは武士の情け（？）とばかりに、理沙は見なかったフリ。カウンター席に並んだ大勢のお客たちも、ほぼ全員が同じ行動を取った。奇妙に静まり返る店内。そんな中、おもむろに立ち上がった木戸静香は、落としたバッグを慌てて拾い直すと、ふらつく足取りで扉を開けて店を出ていった。

理沙はガラス越しに見える外の景色へと視線を移した。

「――ん!?」いきなり飛び込んできた奇妙な光景に、思わず理沙は目を奪われた。

ガラスの向こうには、赤いサマードレスに身を包んだ美貌《びぼう》の女性の姿。ピンヒールの靴を履いた彼女は、見事な足さばきで人ごみの真ん中を堂々と進む。そんな彼女の後には両手に山のような荷物を抱えたダークスーツの男。そんな二人の姿は、さながら大富豪の御令嬢と、その買い物に駆り出された執事のよう。

だが理沙は即座に首を振った。

「まさかね。この立川にお嬢様はいても、執事なんているわけないもんね」

——そんなことより、先輩は？

理沙はあらためてデッキの人ごみに静香の姿を探す。

ようやく見つけた木戸静香の姿はすっかり遠くなっていた。ペデストリアン・デッキの向こうに、小さく見える先輩の背中。その足取りは、先ほどの赤いドレスの美女とは対照的に、どこか弱々しく頼りないように見えた——

2

国立市青柳で若い女性の変死体が発見されたのは、月曜日の午前中のことだった。

前日、夏物一掃大バーゲンセールでケタ違いの買い物をしでかした宝生麗子《ほうしょうれいこ》は、とにかく買ってしまったものは使うしかないと割り切り、さっそく新調したばかりの夏物のパンツスーツを身に纏《まと》い、颯爽《さっそう》と現場に姿を現した。最高の素材と熟練の技術、そして絶妙に地味なデザインの黒いスーツは、むくつけき男性捜査員の群れに見事に溶け込むはずだ。

　そこは甲州街道沿いのマンション建築現場だった。四方をトタン板で囲った敷地内に、鉄パイプの足場が組まれている。四階建ての建物はすでに完成間近といった雰囲気だ。

　麗子は黄色いテープの前で立ち止まると、黒縁のダテ眼鏡を指先で押し上げながら、キョロキョロと周囲を見回した。

「よかった。警部はまだきていないみたい」

　――いっそこのまま、こなきゃいいのに！

　と、心の中で本音を呟く麗子。するとその傍《そば》から、聞き憶えのある爆音が周囲の空気を震わせた。燦々《さんさん》と降り注ぐ太陽を反射しながら、こちらへ向かって驀進《ばくしん》するシルバーメタリックのジャガー。それは耳が馬鹿になるようなブレーキ音を響かせながら、麗子の目の前に「――ぎゅん！」と尻を振って急停車した。ドアを開けて現れたのは、もちろん風祭《かざまつり》警部だ。普通の人間ならば、いまこの瞬間、道路交通法違反で逮捕されているに違いない。だが、残念ながら乱暴運転の警部に手錠を掛ける勇敢な捜査員は、ここにはいなかった。

「やあ、待たせたね、お嬢さん」

「………」いいえ、誰も待っていませんから。麗子は心の中でボソリと呟く。

風祭警部は有名ではあるが一流ではない自動車メーカー『風祭モータース』の創業家の御曹司《おんぞうし》。カネとコネで警部の肩書きを手に入れたと噂される、エリート捜査官である。

「それにしても」麗子は目の前の警部の装いを、嘆息《たんそく》しながら見詰めた。警部は普段にも増して真っ白なスーツ姿だった。見ているだけで、目がチカチカする。「あのー、どうなさったのですか警部、その真新しいスーツは？」

「ああ、さすが宝生君。よく気付いたね」

警部は白い襟を指でなぞりながら、「実は昨日、夏物一掃大バーゲンセールでケタ違いの買い物をしてしまったのだよ。なにせ、僕のカードはプラチナカードだから」と、本日一発目の自慢話を披露した。

「ああ、そういうことですか……」

でも、そんな警部の買い物よりも、昨日のわたしの買い物のほうが、さらにケタがひとつ違っていたと思いますよ。なにしろ、わたしのカードは最上級のブラックですから！

と、妙なところで警部に対抗意識を燃やす麗子は、天下にその名を轟《とどろ》かす大財閥『宝生グループ』の総帥《そうすい》、宝生清太郎《せいたろう》のひとり娘。もっとも風祭警部という反面教師に学んできた麗子は、職場で家柄を誇示するような真似《まね》は謹《つつし》んできた。国立署の人間で、麗子の素性を知る人物は数名だけだ。もちろん、いちばん気がついていないのは風祭警部である。

そんな二人は黄色いテープをくぐって、さっそく現場に足を踏み入れた。

若い女性の変死体は、建築中の建物の傍の地面に、無造作に放置されていた。麗子はダテ眼鏡の奥から鋭い視線を投げて、その死体の様子を丹念に観察した。

女性は白いワンピースを身に纏っていた。歳《とし》のころは二十歳《はたち》前後だろうか。長く美しい黒髪が茶色い地面に扇のように広がっている。白い首筋にはアクセサリーの類《たぐい》はなく、その代わり紐状《ひもじょう》のもので絞められたような痕跡《こんせき》が見て取れた。それ以外に目立つ外傷はない。

「被害者は首を絞められている。間違いなく殺人だな。犯人は男。動機は痴情の縺《もつ》れってところか……」

「………」恐ろしいほどの偏見である。被害者が若い女性だからといって、犯人が男とは限らない。「決め付けすぎですよ、警部。それより、この死体、少し変じゃありませんか？」

「ああ、判っているさ」

警部は腕組みしたまま、顎《あご》の先で死体の足元を示した。「被害者は靴を履いていないようだ。死体の傍に脱げた靴が転がっている様子もない。これは、どういうことなのか。この美しい女性が、最初から裸足《はだし》だったわけでもあるまいに」

「ええ。それに、靴だけではないと思いますよ」

「――というと？」

「例えば、ベルトがありません。最初からなかったと見ることもできますが、おそらくそうではないでしょう。このデザインのワンピースなら、ウエストをベルトで締めるほうが一般的です。そのほうが、全体のシルエットが綺麗になりますから」

「なるほど。確かに、腰のあたりが妙に間が抜けた感じに見える。犯人は被害者の靴を奪う一方で、腰からベルトを奪ったというのか。うーむ、いったいどういう趣味なんだ？」

「………」なぜ趣味だと思うのですか、警部。麗子はハアと小さく息を吐く。「それだけじゃありませんよ、警部。被害者の顔を見てください。鼻の両側に僅《わず》かな窪《くぼ》みが見て取れます。長年、眼鏡を着用してきた人が、よくこんなふうになりますよね」

「ということは、犯人は被害者の靴とベルトと眼鏡を奪っていった……？」

「それに首周りも若干寂しいような気がします。犯人は被害者の首からペンダントやネックレスを奪ったのかもしれません。それに髪を飾るカチューシャやシュシュの類もありません。腕時計もしていなければ、指輪もしていません。被害者は、最初からこれらのものをいっさい身につけていなかったのでしょうか。そんなはずはないと思うんですけど」

「つまり、この年齢の女性としては、物を持たな過ぎってわけだ。――どれどれ」

風祭警部は死体の傍にしゃがみこむと、被害者の衣服を撫《な》で回すようにしながら、所持品をチェックした。だが、結果は想像したとおりだった。警部は落胆の溜め息を吐く。

「この被害者、なにも持っていないな。財布も免許証も携帯電話も、なにもない。あるのは、ポケットの中のハンカチだけだ。ふむ、どうやら間違いない。犯人は被害者の身につけたものを、片っ端から持ち去っていったらしい」

「いったい、なんのためでしょうか」麗子はうっかり真顔で風祭警部に質問。

するとと警部はここぞとばかりにニヤリとした。「ふふん、判らないのかい、宝生君」

「いや、たぶんカム――」

「判らないなら、教えてあげよう！　これはカムフラージュだよ、宝生君」

「…………」

ですよね。ええ、わたしも、きっとそうだろうと思っていましたよ、警部。

「犯人は被害者の死体から、なにかを奪い取る必要があった。きっと大事な何かだ。ひょっとすると、その大事な何かを奪うために、犯人はこの女性を殺害したのかもしれない。とにかく、犯人はこの女性を殺害した。だが、その死体から、目的とする一個のものだけを奪ったのでは、かえって犯人の行為が目立ってしまう。だから犯人は目的の物とは別に、特に必要のない物もまとめて死体から奪い取っていったのだ。

——どうだい、宝生君、僕の推理は！」

「…………」どうだいっていわれても、それ、わたしの推理と同じですから！

麗子は不満を抱きつつ、警部に尋ねた。

「で、要するに、なんなんですか、その犯人にとって大事な何かというのは。靴、ベルト、眼鏡、ペンダント、それとも指輪？」

「それが判れば苦労はしないさ」警部は難しい問題は後回しとばかりに明言を避けた。

「そうそう、ところで苦労といえば、もうひとつ苦労させられそうな難題がある」

「ええ、判ってます。被害者の身許《みもと》ですね」

「そうだ。なにしろ、この被害者、持ち物らしい持ち物は、このハンカチひとつだけ。これだけ手掛かりが少なくては、被害者の身許にたどり着くのも、容易じゃない……ん⁉」

警部は手にした被害者のハンカチに顔を寄せて、その布地をしげしげと眺めた。

「どうかしましたか、警部？」

「見たまえ、宝生君！」警部は戦利品を誇示するかのように、手にしたハンカチを麗子の眼前に広げた。「このハンカチは普通のハンカチではない。ほら、ここに学校のエンブレムのようなものが刺繍《ししゅう》されているだろう。いったい、これはなんだと思う？」

「本当だ。確かに刺繍がありますね。警部はこれがなにか、ご存じなんですか？」

「もちろんだとも。これはね、学校のエンブレムだよ」

そのまんまじゃん！　だったら聞くなよ！　麗子は拍子抜けのあまり、目の前の上司に対して殺意すら覚えた。もちろん、警部はそんな部下の気持ちなど知る由《よし》もない。

「このエンブレムはね、お金持ちの御子息、御令嬢が通うことで有名な私立カトレア大学のエンブレムだ。おそらくはカトレア大の学内でしか手に入らないグッズなのだろう」

「では、それを持っている被害者はカトレア大学の学生、もしくは卒業生？」

「うむ。その可能性が高いね」

深々と頷《うなず》いた風祭警部は、捜査を次の段階へと進めるべく、このように提案した。

「どうやら僕らはカトレア大学を訪れる必要がありそうだ。そう思わないか、宝生君？」

3

「――私立カトレア大学は名前からも判るとおり、元々は女子大でね。数年前に男女共学になったんだが、いまでも学生の大半は女子が占めている。なんと女子大生率が九割だ」

カトレア大学へと向かうパトカーの車内。風祭警部は軽快にハンドルを操りながら、大学にまつわるミニ情報を麗子に伝えた。それにしても《出生率》や《体脂肪率》ならよく耳にするが、《女子大生率》という言葉を聞いたのは、麗子は生まれて初めてである。

「お詳しいんですね」助手席の麗子が皮肉っぽくいうと、

「まあね。自慢じゃないが、僕は女子大に関しては結構詳しいよ」

と、警部は本当に自慢にならないことを平然と口にする。麗子は、こんなうぬぼれ狼を《九割が女子》の集団に放《はな》って大丈夫かしら、といささか不安になった。

間もなく麗子たちのパトカーは、カトレア大学に到着。駐車場に車を停《と》めると、さっそく二人は大学の事務室を訪れた。自らの職業を明かし、こちらの用件を伝えると、応対した女性事務員は明らかな戸惑いの色を覗《のぞ》かせた。

「うちの学生が事件の被害者かもしれないから、学生の写真を見せろとおっしゃるんですか。しかし学生の写真は個人情報ですので、そう簡単にお見せするわけにはは……」

「なるほど。では仕方がない。死体の顔写真を学生たちに見せて、『この女性に心当たりは？』と聞いて回るしかないようだ。それでいいんですね？　本当にいいんですね！」

警部が妙な脅し文句を口にすると、女性事務員は「それだけは勘弁を」と態度を翻《ひるがえ》し、二人の前に四冊の冊子を差し出した。表紙には『私立カトレア大学・入学記念アルバム』の文字。ページを開くと学生の顔写真が学部ごとにずらりと並んでいる。

「これは学生が入学時に撮影した写真を収録した入学記念アルバムです。過去四年分がありますから、これで在校生の大半の顔が判ると思いますよ」

「やあ、これは助かります」

警部は礼をいって、さっそく麗子とともにアルバムを開く。

それからしばらくは地道な作業が続いた。死体の写真とアルバムの写真を突き合わせて、似てるとか似てないとか、美人だとかイマイチだとか、そんな極めて《地道な作業》の末に、二人はようやく一枚の顔写真にたどり着いた。

黒髪ロングの女子だ。教頭先生みたいな野暮ったい眼鏡を掛けているが、よく見ると目鼻立ちは整っている。いわゆる《眼鏡を外すと、いきなり美人》のタイプである。

「おお、見たまえ、宝生君！　これぞまさしく死体の女性と瓜《うり》二つだ。うむ、間違いない。どう見ても同一人物だ。よーし、さっそくこの学生に話を聞いてみようじゃないか」

「えーっと、死体の写真と同一人物なら、話を聞くのは無理ですが……」

「ん!?　それもそうか。――では、この学生の関係者に話を聞いてみるとしよう」

警部はアルバムの写真を指先で叩く。麗子は写真の下に記された名前を読んだ。

木戸静香。入学年度から計算すると、現在三年生の文学部の生徒らしい――

大学の中で学生の関係者といえば、まずは先生だろう。というわけで麗子と風祭警部は、文学部の研究室を訪れた。木戸静香のゼミの指導教授に会うためである。

今西《いまにし》というその男性教授は、ヨレヨレのワイシャツ姿にボサボサの髪が印象的な五十代だった。専門は近代日本文学だそうだが、刑事たちは漱石や鷗外について話を聞きたいわけではない。警部は身許不明の死体写真を教授の前に差し出して、単刀直入に尋ねた。

「この女性が、あなたのゼミの学生、木戸静香さんかどうか、ご確認いただけますか」

今西教授は受け取った写真を一瞥《いちべつ》するなり、目を剝《む》いて驚きを露にした。

「信じられん……確かにこれは木戸さんに間違いない。なぜ彼女はこんなことに？」

「彼女は昨夜の午後九時前後に、何者かに首を絞められて殺害されたのです。死体が発見されたのはマンション建設中の工事現場ですが、実際の犯行現場は別の場所でしょうね」

「木戸さんが殺された……いったい誰がそんな酷《ひど》いことを？」

「さあ、誰がどのような目的で彼女を殺害したのか。それを現在、我々が捜査中というわけです。まずは、死体の身許が判って一歩前進といったところですが。――ところで、この木戸静香さんという学生は、どんな印象の女性でしたか」

「どんなといわれても、プライベートは判らないよ。勉強はできる子だった。ゼミの中ではおとなしく発言も少なかったが、読書家だったことは話をしていて、よく判った」

「彼女の交友関係は？　例えば、特定の男性と付き合っていたとか」

「さあ、よく知らないな。そういったことは、彼女の友人のほうが詳しいだろう。彼女は映画研究会に所属していたようだから、その仲間たちに聞いてみたらどうかね」

「ご意見、感謝いたします、といって警部は早々に研究室を出た。麗子も後に続く。

二人はその足ですぐさま映画研究会の部室を目指した。サークルの部室は、すべて部室棟と呼ばれる独立した建物の中にあるらしい。さっそく部室棟に足を踏み入れる刑事たち。建物の中は学生たちの無駄に明るい声が響きわたり、いかにも華やいだ雰囲気である。

行き交う学生の大半はやはり女子だ。おそらくは人を見る目のない女子なのだろう。それが証拠に、彼女たちの多くは、風祭警部の端正なマスクに魅力を感じているようだった。中には、「——きゃあ！」とあからさまに悲鳴をあげる女子もいる。その度、警部の横顔には隠しようのない歓喜の色が浮かぶのだった。

「なに、ニヤニヤ喜んでるんですか、警部」

彼女たちは警部の本質を理解していない！　麗子は心の中で思わずそう叫ぶ。

そんな中、ひとりの男子が麗子のもとに駆け寄ると、なにをどう勘違いしたのか、

「ねえ、君、見かけない娘だけれど、なにかサークル入ってる？　俺たちのサークルに入らない？　俺たち、昭和プロレス研究会っていうんだけど――」

と、いきなり熱烈な勧誘。驚いた麗子は、「悪いけど興味ないの」と丁重に誘いを断りながら、密《ひそ》かに拳《こぶし》を握りガッツポーズ。――やった、あたし女子大生に見られてる！　さすが麗子ちゃん、まだ若い！

「なに、ニヤニヤ喜んでるんだい、宝生君？」

「………」

いいえ、なんでもありませんから。ていうか、べつに喜んでないですから……

そうこうするうちに、ようやく二人は映画研究会のプレートを掲げた一室にたどり着いた。麗子が扉をノックすると、中から「どうぞ」と女性の声。麗子は扉を開けた。

正面の壁にはＦ・トリュフォー監督『大人は判ってくれない』の有名なポスター。壁際には映画雑誌のぎっしり詰まった本棚。そして部屋の中央には三人の学生がいた。女子が二人に男子がひとり。女子大生率は六十六パーセントちょっとだ。

麗子たちは国立署の刑事であることを明かし、木戸静香が何者かの手で殺害されたという事実を、学生たちに淡々と伝えた。だが彼らは刑事たちの言葉にリアリティを感じなかったようだ。三人の学生は、仲間の死の報《しら》せを受けても、どこかポカンとしている様子に見えた。それはそれでむしろ刑事たちにとっては都合がいい。風祭警部は、すぐさま質問に移った。

「木戸静香さんの交友関係を調べているんだ。彼女と特に親しかった者を知らないかな？」

「いちばん親しかったのは、僕ですね」と唯一の男子学生が右手を挙げた。「文学部三年の杉原俊樹。静香とは中学時代からの腐れ縁です。――彼女、本当に死んだんですか」

「ああ、残念ながらね。――では、君に聞こう。木戸さんの身に、最近なにか変わったことはなかったかい？　誰かに恨まれていたとか、トラブルに巻き込まれていた様子は？」

「さあ、静香と最後に会ったのは、先週の金曜日ですが、べつに変わった様子はありませんでしたね。もともと、他人の恨みを買うような娘じゃないし――ねえ、部長」

映画研究会の部長は、短い茶髪が活発な印象を与える女子学生だった。

「西田《にしだ》真弓《まゆみ》、経済学部四年」と名乗ってから、木戸静香の印象について語った。彼女は、

「確かに、木戸さんは真面目でおとなしいタイプだった。誰かとトラブルを起こすような人ではなかったわね。映画でいうならヌーベルバーグ以前の古典的フランス映画

かしら」

本人はうまいことをいったつもりのようだが、彼女の比喩《ひゆ》を理解できる映画的素養は麗子にはなかった。おそらく風祭警部も同様だったはずだが、しかし彼はその比喩を完璧に理解したといわんばかりに、「なるほどなるほど」と二度にわたって頷いた。

「――要するに、上品な女性だったわけだ、木戸静香さんという女性は」

「ええ、そうです」と西田真弓は警部に向かって頷いた。「だけど新学期になって、彼女、少し変わったみたいでした。ハッキリどこがとはいえないけれど、彼女、最近綺麗になったような気がします。誰か好きな人ができたのかもしれません」

「ええー、そんなぁ、嘘でしょー」杉原俊樹が抗議するように声をあげる。

「あのー、そういえば、昨日のことなんですが……」

と、いままで沈黙を守ってきたもうひとりの女子学生が、いきなり口を開いた。一同の視線がいっせいに小柄な彼女に集まる。

風祭警部が尋ねた。「――君は？」

「水野理沙。文学部二年です。実は昨日の昼、あたし立川の駅前で木戸先輩に偶然会ったんです。だけど、そのときの先輩の様子が、なんだか変で……」

「なに、昨日の昼に会った⁉　お、おい、君、そのときの様子を詳しく話してくれ」

　警部に促される形で、水野理沙は昨日の立川駅前の喫茶店での出来事を語った。刑事たちは、彼女の話を注意深く聞いた。話を聞く限りでは、確かに喫茶店での木戸静香の振る舞いには、幾つか奇妙な部分があるようだった。大人の女性は、なにもない喫茶店の通路で、いきなり転んだりしない。木戸静香は、なにをそんなに慌てていたというのか。

　首を傾《かし》げる麗子をよそに、警部の関心は別のところにあるようだった。

「確認だが、昨日の木戸さんの装いは、髪にカチューシャ、顔に眼鏡、首にペンダント、左手に腕時計、腰にベルト、そして足元はパンプス。おまけに、ピンクのバッグを持っていた。——これで間違いないんだね」

「ええ、確かに、そういった感じでしたけど、それがなにか？」

　水野理沙の問いに、麗子が答えた。「実はね、被害者の死体は、そういった物をいっさい身につけていなかったのよ。いまいったような装飾品や小物類は、犯人の手ですべて奪われていたの。水野さんは、犯人の目的に心当たりがあるかしら？」

　麗子の問い掛けに水野理沙は沈黙した。カムフラージュ、という考えも彼女の頭には浮かんでいないらしい。おそらくは、なにをどう考えていいのか、判らないのだ。

　水野理沙の強張《こわば》った思考を解きほぐすように、麗子は彼女に優しい微笑みを向けた。

「なんでもいいのよ。気がついたことがあったら、なんでもいってみて」

「なんでもいいといわれても……あ、そういえば！」

水野理沙がパチンと両手を叩くと、麗子も釣られて前のめりになる。

「なになに⁉　なにか思い出したの⁉」

「はい。あのとき、喫茶店の前を赤いドレスの女性が歩いていて、その後ろを黒い服を着た執事みたいな人が荷物抱えて追いかけていきました。これって、ひょっとして事件と関係――」

「関係ないわ。それはただの通行人だから」麗子は不自然なほどキッパリと断言した。

「……そ、そーですか」気《け》おされるように水野理沙は黙り込む。

奇妙な沈黙が一同に舞い降りる中、風祭警部が「ゴホン」と小さく咳払《せきばら》いした。

「話を元に戻そう。我々が知りたいのは、木戸静香さんの交友関係だ。ここにいる人間以外で、他に誰か木戸さんと関係の深かった人物に心当たりは？」

「それは、この大学の人間じゃなくてもいいんですよね」

部長の西田真弓が人差し指を立てていった。「だったら、ひとりだけ心当たりが。――寺島浩次《てらしまこうじ》さんという人です」

「ほう、その寺島さんというのは、どういう人なのかな？」

「この映画研究会の元部長だった人です。この春に卒業して、いまは銀行に勤めています」

木戸静香は寺島浩次に密かに思いを寄せていたはず、と西田真弓は確信を持った口調で刑事たちに訴えた。

「なぜ、そう思うの？」

真顔で尋ねる麗子に対して、西田真弓はひと言、「女の勘です」と答えた。

4

麗子と風祭警部が寺島浩次と対面したのは、翌日の火曜日のこと。場所は国立が誇るメインストリート、大学通りに面したカフェである。控えめな一般人なら遠慮したくなるようなオープンテラスのど真ん中に、麗子と風祭警部は堂々と座り、寺島の到着を待った。

銀行員の寺島とは、昼休み時間を利用して、ここで会う約束が取り付けてある。お互い初対面だが、こちらのことは「オープンテラスに座る白いスーツの男と、黒いスーツの美人」と伝えてあるので、間違いが起こる可能性は限りなくゼロに近かった。

すると、約束の時刻に遅れること数分。ひとりの青年が刑事たちのテーブルに歩み寄ってきた。

「お待たせしてすみません。国立署の方ですね？」

そういって丁寧《ていねい》にお辞儀をする寺島浩次は、真夏だというのに紺色のスーツ姿。いかにもお堅い銀行マンらしく、しっかりネクタイまで締めていた。背は高いほうで、身体つきはがっちりしている。日焼けした精悍《せいかん》な顔立ち。髪の毛は短く刈られている。にこやかに微笑みを浮かべると、不自然なほど真っ白な歯が唇の端から覗いた。

席に着き、アイス珈琲を注文した彼は、あらためて刑事たちの前で自ら名乗った。

「寺島浩次といいます。亡くなった木戸静香さんのことで、聞きたいことがあるそうですね。わたしも彼女の死には大変ショックを受けているところです。わたしにできることならなんでも協力します。なんなりと聞いてください」

百点満点の対応を見せる寺島の姿を眺めながら、麗子はふと、この男が真犯人ではないのか、と根拠もなくそう思った。このような捻《ね》じ曲がった考え方をするようになったのは、風祭警部の影響か、それとも執事影山《かげやま》のせいなのか。いずれにしても、麗子の目には寺島浩次という男は、油断のならない人物として映った。

麗子はダテ眼鏡を押し上げ、疑惑の視線を目の前に座る寺島に注いだ。こんなふうに刑事から睨《にら》まれると、大抵の人物はやましいことがなくても思わず目を逸《そ》らすものだ。しかし寺島という男はよほど神経が図太いのか、逆に麗子の目をジッと正面から見詰め返してきた。目を逸らしたら負け、と麗子も意地になって睨み返すが、向こうもけっして視線を外そうとはしない。結局、二人のにらめっこは、注文のアイス珈琲が届くまで続いた。

麗子はますます、寺島という人物に対して警戒心を強めた。

緊張感の漂う中、まずは風祭警部が質問の口火を切った。

「寺島さんは、亡くなった木戸静香さんとは親しかったそうですね」

「さあ、親しかったといえるかどうか。大学時代の映画研究会の先輩後輩の間柄ですが」

「おや、そうですか。二人はお付き合いされていると伺《うかが》ったのですが」

「付き合っていたというほどでは――。まあ、卒業してからも何度か二人で会う機会はありましたけれどね。例えば休日に一緒に映画を観にいくようなことは、ときどきありました」

「ほう。独身の男女が休日に映画。多くの人は、それをデートと呼ぶのではありませんか」

風祭警部が独自の見解を披露する。寺島浩次は渋々とその考えに従った。

「まあ、そう思われるのでしたら、べつに否定はしませんが」

そういえば、一昨日の昼に水野理沙が木戸静香と偶然会ったのは、立川駅前の喫茶店。その店の近くには、立川市と周辺住民にとって馴染み深い複合型映画館がある。喫茶店を慌てて出ていった木戸静香は、その足で寺島浩次との待ち合わせ場所に急いだのではないか。

警部も同様の可能性を考えたのだろう、遠回しに質問を投げる。

「最近、木戸静香さんとお会いになったのは、いつごろですか」

「半月ほど前に二人で会ったのが、最後だったと思います。やはり二人で映画を」

「一昨日の日曜日には会っていないのですね」ズバリ警部が聞くと、

「会っていません」寺島はキッパリと否定した。

「念のため伺いますが、日曜の夜はどこでなにを？」

「ひょっとしてアリバイ調べですか、刑事さん。でも、わたしは独身のひとり暮らしですから、休日の夜は大抵、家にひとりでいることが多い。ええ、日曜の夜もそうでした。だから、アリバイと呼べるものはないですね。だからといって、疑われるのは心外ですが」

「いえいえ、けっして疑っているわけでは」

といって、警部は強い疑惑の視線を目の前の男に注いだ。「ところで、被害者の身体からは、靴やベルト、眼鏡やペンダント、それにカチューシャといった様々な小物類が持ち去られていました。犯人はなぜ、こんな真似をしたんでしょうね。寺島さんは、その点、なにか思いつくことはありませんか」

「さあ。よく判りませんが、小物類の中になにか特別な意味を持つ品物があったということじゃないですか。例えば特別に値の張るものがあった、とか、特別に珍しいものがあったとか。そうだ、ひょっとしたら犯人が贈ったプレゼントの品を彼女が身につけていたのかも。その品物を死体に残して立ち去れば、警察の疑いの目が、その贈り主に向くかもしれない。それを懸念した犯人は、その品物を死体から奪い去ろうとする。だけど、そのお目当ての品物だけを持ち去ったのでは、かえって目立ってしまうから、無関係な他の小物類もみんな持ち去っていった。そういうことは、充分あり得るのではないでしょうか」

「なるほど、犯人が被害者に贈ったプレゼントですか。ふむ、やはり考えることは誰しも同じですね。我々もまさしくその可能性を考えていたところですよ」

と、警部は澄ました顔で、寺島の見解にタダ乗りした。見込みがあるアイデアならば、それが部下のものだろうが容疑者のものだろうが、貪欲《どんよく》に自分のものとしてしまう。そんな風祭警部は、優秀ではないけれど、最強の捜査官なのかもしれない。

やがて、ひと通りの質問を終えた風祭警部は、隣に座る麗子に顔を向けた。

「宝生君、君のほうから、なにか聞いておきたいことはないかい？」

麗子は良い機会だと思い、胸にわだかまる疑念を寺島にぶつけてみることにした。

「あの、つかぬことを聞くようですが、わたしの顔になにか付いていますか。先ほどからわたしの顔を、やけにジッと見ているようですが、なにか気になる点でも？」

すると、寺島は酷くドギマギした様子で、麗子の顔から慌てて目を逸らした。

「い、いや、べつに。ただ、綺麗な目をしている、と思っただけで……すみません」

呟くように答えると、寺島は申し訳なさそうに黙って俯《うつむ》くのだった。

5

その日の夜のこと。国立市の某所にドーンと佇む宝生邸、その無駄に広々としたリビングにて。

宝生麗子は、ディナーを終えた後のなんでもないひと時を、ワイングラス片手に優雅に過ごしていた。ソファの上でくつろぐ麗子は、昼間の黒い服装とはうって変わったピンクのワンピース。頭の後ろで束ねていた髪の毛も、いまはお嬢様っぽく下ろしてある。

そんな麗子はグラスの赤ワインをひと口飲んで、何気なくリビングを見渡す。すると、麗子の視界の隅に、見慣れない物体がいきなり飛び込んできた。それは小学生ならすっぽり納まってしまいそうなほどの巨大な壺《つぼ》。表面には伊万里だか有田だかの、青い文様が描かれている。麗子はソファから立ち上がり、その見知らぬ壺へと歩み寄りながら、傍らの執事に尋ねた。

「ねえ、影山、どうしたのよ、この変な壺。誰かに貰ったの？」

タキシード姿の影山は麗子の言葉を聞くなり、「ああ、お嬢様……」と、いかにも残念そうな表情で首を左右に振った。

「やはり、お忘れになられているのでございますね」

影山の意味深な言葉に、麗子は背中にヒヤリと冷たいものを感じた。

「……ま、まさか」

「その、『まさか』でございます。お嬢様は一昨日の日曜、立川にてケタ外れのお買い物をなさいました。その際、アンティークショップで黒檀《こくたん》のテーブルをお買い求めになられましたね」

「ええ、それは確かに憶えているけれど」

「その支払いを済ませる直前、お嬢様は偶然目に入った巨大な壺を指差して、『これも一緒に』と、即決でご購入なさったのでございます。まるでコンビニのレジ横に置いてあるイチゴ大福をついで買いするかのような気軽な感じで。――ご記憶、ありませんか」

「う、嘘……」麗子は頭を抱えた。「全然、憶えてない……本当に、わたしが買ったの？」

買い物は麗子の趣味だが、特に買い物熱が高まった際には、自分でもどこでなにを買ったのか、記憶していないことがある。普段はそうなる前に、傍らに控える影山が《異常買い物注意報》を発令して、麗子の買い物熱を冷ましてくれるのだが、あの日は彼の注意報も効果がなかったらしい。麗子は自らの行為に恐怖した。

「我ながら信じられないわ。だいいち、こんなセンスのない壺、いったいどこに飾るのよ」

「それは、わたくしが聞きたいところでございます。実際のところ、お嬢様はなにが気に入って、お買い求めになられたのでございますか。このようなセンスのない壺を

「……」

「こら影山、『センスのない壺』とはなによ！」

「はあ、お嬢様がご自分でそうおっしゃったのでは？」

「わたしはいいのよ。でも、あんたがいっちゃ駄目でしょ！」

麗子は複雑な心情を覗かせながら、あらためてその壺を眺めた。

「ふん、よく見れば、なかなか綺麗な壺じゃない。この釉薬《うわぐすり》の光沢の具合なんか、なかなかいい仕事してるわ。将来、値打ちが出るかもしれない。——影山、割らないように大事に飾っておきなさい。あなたの寝室か、どこかに」

「承知いたしました。では、お嬢様の目に触れない、どこか遠くの場所に」

「そうね。そうしてちょうだい」麗子は嫌な記憶を払い除《の》けようとするかのように、壺から顔を背けた。「そういえば、あの日、立川駅前でわたしたちが買い物している姿を、カトレア大学の女子大生が見ていたんだって。警部の前で、わたしの正体をバラされるんじゃないかって、ハラハラしたわ。結局、気づかれずに済んだけど」

「カトレア大学……」そう呟く影山の眸が、銀縁眼鏡の奥でキラリと輝いた。「確か、その大学の女子学生が首を絞められて殺害されたのでは？　そのようなニュースを昼のワイドショーで見たような気がいたしますが」

「そう、その事件よ」この男、また今日もワイドショー見てたのね。呆《あき》れながらも、内心、影山の力を借りたいと願う麗子は、彼の気を惹くように声に真剣さを滲《にじ》ませる。「それが、とても奇妙な事件なの。被害者は身につけていた様々なものを犯人の手で奪い取られている。おかげで、犯人が本当のところ何を奪いたかったのか、それが判らなくなっているの。彼女は何を奪われたのかしら……」

もったいぶるように話の途中で言葉を止めて、麗子は執事を見やる。すると影山は自分の胸に手を押し当て、いかにも執事らしい控えめな態度で、麗子に申し出た。

「お嬢様、よろしければ、事件について詳しくお話しいただけますか。そうすれば、この影山も、少しはお嬢様のお役に立てるものと存じますが」

「判ったわ。話してあげるから、よく聞きなさい」

執事に特別な施しを与えるかのように、麗子は事件の詳細を語りはじめた。

それから、しばらくの時間が経過して——

麗子の話を聞き終えた影山は、小さく息を吐くと、おもむろに口を開いた。

「風祭警部が見抜いたとおり、確かに犯人の奇妙な行動は、カムフラージュなのでございましょう。犯人は被害者の身につけた小物類をすべて奪い取ることによって、本来の目的物を判りにくくしたのでございます」

「やっぱりね。で、影山は、どう思うの？　犯人が本当に奪い取りたかったものは、いったい何？　靴、ベルト、眼鏡、カチューシャ、腕時計、それとも……」

「いいえ、そういったものではございません。もっと別のものでございます」

「別のものって、なによ？　まさか、犯人が被害者から奪ったのは『命』――とか、いうんじゃないでしょうね。悪いけど、そんなお洒落《しゃれ》な解答は、わたし期待してないわよ」

「いいえ、そのようなくだらない解答は、わたくし思いつきもいたしませんでした」

くだらないとは、なによ！　思わず憮然《ぶぜん》とする麗子をよそに、影山は話を続ける。

「被害者が奪われたものは、もっと具体的な物。その正体はお嬢様のお話しになられた内容から、すでに歴然としておりますが――失礼ながら、お嬢様」

影山は麗子の顔を覗き込むようにして、いきなり彼女に言い放った。

「この程度の謎で頭を悩ませておいでとは、お嬢様は本当に役立たずでございますね」

「！」空手家が瓦《かわら》十枚を叩き割るような衝撃音が、突然リビングに響き渡る。

――ガシャーン！

ふと気が付くと、麗子の目の前で、買ったばかりの巨大な壺が、無残に砕け散っていた。影山の暴言を聞かされた麗子が、怒りのあまり拳で叩き割ったのだ。それでも腹の虫が収まらない麗子は、執事に向かって指を一本突き出し、可能な限りの大声で叫んだ。

「役立たずとはなによぉッ、これでもときどきは役に立ってるっつーの！」

「例えば、どのようなときでございますか」

「真顔で聞くんじゃないっつーの、馬鹿ぁ――ッ」

殴るものがない麗子は、砕けた壺の破片を足で蹴っとばし、その怒りを表現する。

「いいわ、影山。そこまでいうのなら、聞かせてもらおうじゃないの。犯人が奪っていった物の正体を。さあ、いってごらんなさい。あなたの目には歴然としているんでしょ」

「まあまあ、お嬢様。そう感情的にならず、冷静にお考えくださいませ」

「だから、なにをどう考えろっていうのよ」

「お嬢様のお話の中で、もっとも注目すべき点は、やはり事件当日の昼、水野理沙が木戸静香と遭遇した、喫茶店でのエピソードでございましょう」

「喫茶店での木戸静香の様子が変だったたっていう話ね。確かに、気になる話だけれど、なにか特別な意味があるのかしら？」

「ございます、重大な意味が」

影山は静かに頷いて、続けた。「喫茶店での木戸静香の奇妙な振る舞いといえば、特に去り際の場面に顕著《けんちょ》です。この場面において、彼女は目の前の空のグラスを摑み損ね、何もない通路で転びました。店を出る足取りも、ふらつき気味でどこか頼りなかった様子。これらのことは、あるひとつの事実を示しているものと思われます。お判りになりますか、お嬢様?」

「木戸静香は、ハッキリ前が見えていなかった。――そういうことなんじゃないの?」

「おや」影山は意外そうに目を瞬《しばたた》かせた。「気づいていらっしゃったのですね、お嬢様」

「馬鹿にしないでね。それぐらい判るわよ。普通に考えれば、そうとしか考えられないもの。でも問題なのは、その先でしょ。確かに木戸静香はかなりの近眼だったらしいけれど、喫茶店の場面においては、彼女の目はちゃんと見えていたはずよ。だって、彼女は普段どおりに眼鏡を掛けていたんだから。目がよく見えていなかった、なんておかしいわ」

「さあ、そこが考えどころでございます。彼女は確かに眼鏡を掛けておりました。ですが、それは本当に普段どおりだったのでございましょうか?」

「あ、そうか」

麗子はポンと手を打った。「木戸静香は普段とは違う眼鏡――レンズの度が合わない眼鏡を掛けていた。だから彼女は前がよく見えなかった。そういう可能性は考えられるわね。ああ、でも駄目よ、影山。眼鏡を掛けた木戸静香の姿を水野理沙は間近で見ているのよ。木戸静香の眼鏡が普段から愛用しているフレームレスの眼鏡だったことは、彼女の話から明らかだわ。だいいち、普段の眼鏡と違う、度の合わない眼鏡なんて、そんなものをわざわざ掛ける意味がないじゃない」

「おっしゃるとおり、喫茶店で木戸静香が掛けていたフレームレスの眼鏡は、普段から彼女が愛用していたものでございましょう。レンズの度も合っていたはず。にもかかわらず、それを掛けた木戸静香の視力は、普段どおりではなかった。――これは、どういうことだと思われますか」

「…………」麗子は無言のまま首を左右に振るしかなかった。

影山は自らの問いに答えることなく、自説をさらに別の方向へと進めた。

「ところで、水野理沙の証言した喫茶店のエピソードの中には、もうひとつ木戸静香の特徴的な振る舞いが語られておりました」

「特徴的な振る舞い？　何のことかしら？」

「水野理沙を見詰める木戸静香の視線が、やけに上目遣いであった、ということ。しかも、その眸が若干潤んでいたかのように見えた、ということ。これらのことは、いったいなにを意味しているのでございましょうか」

「そうねえ」麗子は顎に手を当て考えた。

《眸を潤ませながらの上目遣い》といえば、それは恋する女の子が好きな男の子のハートを一瞬でモノにするための高度なテクニックだ。麗子も恋に恋する少女時代、高い位置に固定した鏡に向かって、何度も《上手な上目遣い》の特訓をおこなったことがある。だが、女子大生が後輩の女子を上目遣いで見詰めて、果たしてどのような効果があるのか、それは麗子にも疑問である。

「うーん、よく判らないわ。影山は、どう思うの？」

「一般に《眸を潤ませながらの上目遣い》といえば、ズバリ女性が男性に媚《こび》を売るための安っぽいテクニックでございます。お嬢様のような高貴な方には、無縁かと思いますが」

「そ、そうね。た、確かにわたしが上目遣いで男性に媚を売ることは、あり得ないわ」

「そうでございましょうとも。お嬢様がそのような軽薄な振る舞いをなさったと知れば、きっと旦那様が嘆き悲しむに違いございません」

影山は唇の端にニヤリとした笑みを覗かせながら、「話を戻しますが、同じ大学の先輩である木戸静香が後輩の水野理沙に上目遣いで媚を売る必要はございません。それに、木戸静香は眼鏡を掛けているのですから、なおさらでございます」

「ん⁉　眼鏡がどうしたっていうのよ。上目遣いと関係ないじゃない」

「いいえ。大いに関係がございます。お嬢様はお仕事中に眼鏡を掛けていらっしゃいますが、あれはダテ眼鏡。だから、ピンとこないのも無理はございません。しかし、木戸静香の眼鏡は近視を矯正するための眼鏡でございます。これを掛けて上目遣いで相手を見れば、どうなるか。彼女の視線は眼鏡のフレームを外れた上の部分に注がれます。これですと、レンズ越しに相手を見ることはできません」

影山は上体を折り曲げながら、自らの銀縁眼鏡のフレームに指を当てた。それから彼は眼鏡を少し下にずらすようにしながら、上目遣いに麗子を見詰めた。確かに、彼の視線は眼鏡のフレームの外を通って、麗子に注がれている。

「これでは、レンズの意味がありません。当然、視力も矯正されません。近視は近視のままでございます。いま、わたくしの目に、お嬢様の姿はぼんやりとしか映っておりません」

「そうでしょうね。ええ、よく判《わか》るわ」

「にもかかわらず、木戸静香は敢《あ》えて、そのような形で後輩の顔を見詰めていた。なぜ、木戸静香はわざわざ見えにくい形で、相手を見ようとするのでございましょう。しかも、その一方で、彼女はよく見えるはずの眼鏡を掛けた状態にありながら、まるで前が見えていないかのようにグラスを掴み損ね、通路で転び、ふらつく足取りで立ち去っていったのでございます。お判りでございますか、この意味が?」

「いいえ、さっぱり判らないわ。どういうことなの? 木戸静香の眼鏡に、なにか異状があったってことかしら?」

「いいえ、眼鏡に異状はございません。それは彼女の普段から愛用する眼鏡でございます」

「だったら、なぜ――」

「簡単でございます」そういって影山は意外な言葉を口にした。「問題の喫茶店の場面において、木戸静香はコンタクトレンズを装着していたのでございます。だからこそ、彼女の目には見えにくいはずのものがよく見え、その一方で、よく見えるはずのものが見えづらくなっていた。そのように思われます」

「え、なになに!? 意味が判んないわ。コンタクトレンズですって!? 嘘でしょ。だって、木戸静香は眼鏡を掛けていたのよ。それに、彼女の死体の両目からは、コンタクトレンズなんか発見されなかったはず――あ、そっか!」

事ここに至って、ようやく麗子は目から鱗《うろこ》が落ちた――いや、目からコンタクトレンズが落ちた気分というべきか――ともかく、真実に目を見開かれた思いがした。

呆気《あっけ》に取られる麗子の様子を眺めながら、影山はゆったりとした口調で、ひとつの真相を口にした。

「お判りになられましたね、お嬢様。木戸静香の死体から犯人が本当に奪い去りたかったもの。それは靴やベルトや眼鏡ではありません。それは彼女の目の中にあった二枚のコンタクトレンズだったのでございます」

麗子はソファに腰を落ち着けると、「――つまり」といって、目の前の執事に確認した。

「例の喫茶店の場面、木戸静香は両目にコンタクトレンズを装着した状態で、さらにその上に愛用の眼鏡を掛けながら水野理沙と会話を交わしていた。そういうことなのね、影山」

「おっしゃるとおりでございます。コンタクトと眼鏡、二種類のレンズを装着した彼女には、周囲の光景が酷く歪《ゆが》んで見えていたことでしょう。だから彼女は目の前のグラスを摑み損ね、通路で転倒し、ふらつく足取りで早々に立ち去ったのでございます」

「水野理沙の顔を上目遣いで見たのは、そっちのほうが見やすいからね。眼鏡のレンズを通さずに見るほうが、コンタクトをした彼女にとって相手を見やすかった」

「はい。ちなみに、彼女の眸が潤んでいたのは、二重になったレンズのせいで眸に負担が掛かっていたから。そのように考えれば、説明がつきます」

確かに影山のいうとおり、木戸静香がコンタクトレンズを装着していたと考えれば、彼女のいくつかの不自然な振る舞いには、説明がつく。間違いない。犯行当日、水野理沙が喫茶店で出会った木戸静香は、コンタクトレンズを装着していたのだ。だとすれば、彼女がそのコンタクトレンズの上に、さらに眼鏡を掛けた理由は、麗子にも漠然と見当がつく。

「木戸静香はコンタクトレンズをしている姿を――つまり普段とは印象の違う自分の姿を知り合いに見られたくなかったのね。だけど、彼女は喫茶店で運悪く、後輩の水野理沙と遭遇してしまう。そこで、彼女は愛用の眼鏡をバッグから取り出し、それを掛けて普段の自分を装った。目の前の景色が多少歪んで見えたとしても、コンタクトレンズを使っていることを悟られるよりはマシ。彼女はそう判断したってことね」

「おっしゃるとおりでございます。そこまで判れば、あとは簡単でございましょう。木戸静香は、なぜ普段は用いないコンタクトレンズを装着して立川駅前にいたのか。

そして、なぜそのことを後輩に対して秘密にしようと懸命になったのか」

「男ね」麗子は確信を持って断言した。「映画研究会の人たちの話によれば、木戸静香という女性は、まあまあ美人でありながら、どこか保守的で地味な印象の女の子だったみたい。眼鏡はそんな彼女の、いわば象徴みたいなアイテム。だけど、そんな彼女も好きな男と会うときには、愛用の眼鏡を外し、コンタクトレンズを装着していたのね。日曜日の立川駅前にいた彼女は、まさに好きな男と待ち合わせる直前だった。そうに違いないわ」

「まあ、お嬢様ほどの確信は持てませんが、わたくしも同じ意見でございます。若い女性が普段は使わないコンタクトレンズをして密《ひそ》かに会う相手といえば、真っ先に浮かぶのは恋人でございましょう。ならば、普段は眼鏡を愛用している女性が、コンタクトレンズを装着した状態で殺されていれば、それを警察はどう判断するか——」

「女性は恋人と会っていて殺害された。警察はそう考えるわね。殺人の容疑は、真っ先に被害者の恋人に向けられる」

「おそらくは、この犯人もそのことを恐れたのでございましょう。だから、犯人は死体からコンタクトレンズを奪い取った。被害者は裸眼になります。捜査が始まれば、すぐに警察は被害者が眼鏡の愛用者であることを知るでしょう。当然のように警察はこう考えます。犯人は被害者の眼鏡を奪っていったのだ、と。逆に、コンタクトレンズを奪っていった、という真実からは遠ざかります。それこそが、犯人の狙いだったものと思われます」

「なるほどね。さらに犯人は靴やベルトやバッグなど無関係な物まで、被害者の身体から持ち去った。あれは、警察の注目が被害者の目許《めもと》に集中することを避けるための行為。要するに、カムフラージュということで間違いないのね」

「はい、間違いございません。事実、警察は犯人が被害者の何を奪いたかったのか、首を捻《ひね》るばかりでした。犯人のカムフラージュは、それなりに功を奏したのでございます」

「でも、そんな面倒なことをするより、犯人はコンタクトレンズを奪い取った後で、死体に眼鏡を掛けてやれば良かったんじゃないの？ 被害者の眼鏡は、きっとバッグの中に入っていたはずよ。木戸静香が喫茶店で掛けていた、お洒落な眼鏡が」

「おっしゃるとおりでございます。しかし、この犯人にはその発想が浮かばなかった。おそらく、この犯人は眼鏡もコンタクトも用いたことがない、優秀な視力の持ち主なのでございましょう。ですから、コンタクトレンズを用いる人間が、念のためにバッグの中に眼鏡を持ち歩く、というありがちな可能性に思い至らなかった。そのため、犯人はバッグの中にある眼鏡に気がつかなかったものと思われます」

「なるほどね。つまり、犯人は木戸静香の恋人であり、おそらく目は悪くない——」

その条件にズバリ当てはまる人物の名前が、麗子の頭に瞬時に思い浮かんだ。

「犯人は寺島浩次ね。彼は密かに木戸静香と付き合っていた。たぶん目もいいわ」

「映画研究会の杉原俊樹のことは、お考えにならなくてもよろしいのですか」

「あの男の子!? いいえ、彼は違うわ。彼は眼鏡を掛けた木戸静香とサークルの部室で何度も顔を合わせていたはず。だったら、木戸静香が杉原俊樹とデートするときに、わざわざコンタクトレンズにする意味はない。水野理沙に対しても、『これから杉原君とデートなの』って、彼女はそうハッキリいえたはずよ。だって二人はサークル公認の仲だったんだもの。よって、杉原俊樹は犯人ではない。犯人と被害者との関係は、もっと秘められたものだったはず。寺島浩次こそが、犯人の条件に相応しいわ。影山も、そう思うでしょ」

一方的に同意を求めてくる麗子に対して、影山は慎重な態度で口を開いた。

「はあ、確かにわたくしも寺島浩次が有力な容疑者であることは否定いたしません。ですが、正直に申し上げるならば、今回の事件において、わたくしが確信を持って推理できることは二つのみ。犯人が被害者のコンタクトレンズを奪い去ったことと、犯人が被害者の交際相手であろうという、この二つだけでございます。その犯人が寺島浩次である可能性は確かに高い。ですが、杉原俊樹である可能性がゼロかといえば、そうともいえないでしょう。あるいは、いまだ捜査線上に浮かんでいない別の交際相手がいないとも限りません」

「えー、そんなこといってたら、永久に犯人なんか捕まらないわよ。木戸静香を殺した真犯人は、たぶん寺島浩次ってことで、間違いないような気がするわ！」

「お嬢様、《たぶん〜な気がする》程度の確証しかないのでしたら、たぶん犯人は逮捕できないような気がいたしますよ」

「わ、判ってるわよ。嫌味な言い方しないでくれる！」

麗子はソファの上で腕組みしながら、しばし目を瞑《つぶ》って考える。寺島浩次が真犯人であることを示す動かぬ証拠はないか。あるいは彼の証言に、決定的な矛盾点などはなかったか。そんなことを考える麗子の脳裏に、そのとき天啓《てんけい》のようにひとつの閃《ひらめ》きがあった。

麗子は目を開くと、何かを企《たくら》むようなニンマリとした笑みを執事に向けた。

「ひとつ、いいことを思いついたわ。彼が犯人かどうか、彼自身に喋らせればいいのよ」

「なるほど。寺島浩次を国立署の取調室に無理矢理連れ込んで、拷問《ごうもん》まがいの乱暴な取調べをおこない、強制的な自白に追い込むというやり方ですね。しかし、お嬢様、そのようなやり方は冤罪《えんざい》のもとでございますよ。なにかと、批判が多いのではないかと……」

「誰がやるかっつーの、そんな馬鹿な真似！」

麗子が一喝すると、執事は胸を撫で下ろすようにホッと息を吐いた。「それを聞いて、安心いたしました。では、お嬢様は、どのようになさるおつもりでございますか」

「大したことじゃないわ。彼にちょっとした質問をするだけ。話は一分で済むはずよ」

そういって麗子はリビングの時計に視線を走らせる。時計の針はすでに午後十一時を回っていた。麗子はソファから立ち上がり、伸びをしながら小さなあくびをひとつ。

そして傍らの執事にいった。

「今日はもう遅いから、続きは明日の朝にしましょ。そのときは影山も一緒にいらっしゃい。わたしが事件を解決するわ。もう二度と、『役立たず』なんて呼ばせないんだから！」

「それは楽しみでございます。では、謎解きは朝食のあとで――」

「ええ、今回はそういうことね！」

頷いた麗子は影山に向かって意味深な微笑み。そして、麗子は明日が待ちきれないとばかりに、弾むような足取りでリビングを出ていった。

6

そんなわけで、翌朝八時を過ぎたころ。宝生邸で朝食を済ませた麗子は、影山の運転するリムジンで、国立某所のとある住宅街に現れた。最重要容疑者、寺島浩次の住むマンションは、目の前の狭い路地を入った、すぐそこだ。助手席に座る麗子は、黒いパンツスーツに黒いダテ眼鏡という宝生刑事の装い。問題のマンションの三階の外廊下に目を凝らしながら、

「真面目な銀行員なら、そろそろ出社の時刻だと思うけれど」

呟く麗子に、運転席の影山が、「では、お嬢様、これをお持ちください」といって、二つのアイテムを差し出した。それらをまじまじと眺めながら、麗子は小首を傾げる。

「ペンダントと補聴器？」そうとしか思えない。「ペンダントだけいただいておくわ」

「違います、お嬢様。よくご覧ください。このペンダントは高性能集音マイク。雫《しずく》形のペンダント・トップが周囲の音を拾います。補聴器のように見えるのは高性能レシ

ーバー。耳に掛けてお使いください。わたくしの声がお嬢様の耳に直接届きます」

「へえ、これを使えば、わたしと影山で内緒話ができるってことね」麗子は雫形のペンダント・トップをしげしげと眺め回した挙句、「必要ないけど、貰っとくわッ！」とマイクに向かって大声で叫ぶ。運転席の影山が耳を押さえながら、確実に十センチ飛び上がった。

「ふ、普通にお喋りください、お嬢様。小さなお声でも充分届きますので……」

「本当に高性能なのねー」麗子は感心しながら、嬉しそうにペンダントを首に掛ける。するとそのとき三階の廊下で扉の開く気配。続いて、ひとりの男が廊下に姿を現した。

「寺島よ！」麗子は声に緊張を滲ませると、助手席のドアを開けた。「――いってくる」

「お気をつけて」という影山の声に送られて、麗子はリムジンを飛び出した。目の前の狭い路地に入ると、その先にマンションの共同玄関がある。麗子は駆け足で玄関の前に到着。高性能レシーバーを左耳に装着しながら、容疑者の登場を待った。

やがて玄関の自動ドアが開く。出てきたのは、スーツ姿にビジネスバッグを提げた若い男。寺島浩次だ。彼は目の前に佇む黒いパンツスーツの女性を見て、一瞬ギョッとした表情。そして、すぐさま取り繕うような愛想笑いを、麗子に向けた。

「や、やあ、昨日の刑事さんじゃありませんか。どうしたんです、こんな朝早くから」

「いえ、特になにかあったわけではありません。ちょっとお聞きしたいことがありまして」

「へえ、刑事さんが、わたしに？　どんなことでしょうか」

麗子は寺島浩次との間合いを詰めるように、彼に歩み寄りながら口を開いた。

「昨日、お話を伺った際、あなたがわたしの顔をやけにジッと見詰めていたことが、どうも気になったんです。それで、そのことについて、あらためてお話を――」

「ああ、あれですか。正直にいうと、あれは刑事さんが驚くほど美人だったから、見惚《みと》れていただけですよ。昨日は男の刑事さんが傍にいたから、いえませんでしたがね」

「え!?　そうだったんですか。いや、そんな、美人だなんて……うふふ」

美人といわれて機嫌を良くする麗子に、耳のレシーバーから影山の声が警告を発した。

『お嬢様、喜んでいる場合ではございません。相手の心にもないお世辞に惑わされていては、墓穴を掘りますよ』

判ってるわよ！　麗子は小声で呟いて――ん、心にもないお世辞!?　と首を捻る。

だが、いまは影山の言葉遣いに文句をいっている場合ではない。麗子は気を引き締めた。

「確かに、わたしは国立署でいちばんの美人刑事かもしれません。が、本当に、わたしを見詰めていた理由はそれだけですか、寺島さん」

「な、なにがいいたいんですか、刑事さん」

「昨日のあなたは、わたしの顔というよりも、わたしの目許、特にこの黒縁眼鏡をジッと見ていたような気がします。そこで、わたしはふと思ったんです。ひょっとして、わたしの眼鏡は殺された木戸静香さんの眼鏡と、よく似ていたんじゃありませんか。だから、あなたはわたしの眼鏡についつい目を奪われてしまった。違いますか？」

「違いますよ。なんで、わたしが刑事さんの眼鏡に目を奪われたりするんですか。わたしが女性の目許をジッと見つめてしまうのは、一種の癖みたいなものです。目の綺麗な女性が好きなんですよ。それだけのことです。べつに眼鏡を見ていたんじゃない」

「あら、眼鏡の女性はお嫌いですか」

「え⁉　いや、べつに好きとか嫌いとか、特にありません。だいいち、刑事さんの眼鏡は木戸さんの眼鏡と全然似ていません。彼女の眼鏡は、刑事さんがしているような洒落た眼鏡じゃなかった。まるで教頭先生がするような野暮ったい眼鏡でしたから
――」

声で、遠くの相棒に密かに尋ねた。「――どうよ、影山？」

「！」その瞬間、心の中で麗子は快哉《かいさい》を叫ぶ。そして彼女は誰にも聞こえない小さな声で、遠くの相棒に密かに尋ねた。「――どうよ、影山？」

『感服いたしました、お嬢様。いまこの瞬間、彼はその罪を認めたも同然でございます』

レシーバーから届く執事の賞賛の声。麗子は思わずニンマリとした笑みを浮かべる。

「教頭先生みたいな野暮ったい眼鏡って、本当ですか？　半月前に会ったときも？」

「そりゃ、もちろん――」答えかけた寺島の顔に狼狽《ろうばい》の色が浮かんだ。「ち――違うのか？」

「ええ、違います」麗子は悠然と頷いた。「あなたのいう野暮ったい眼鏡は、あなたがこの春に大学を卒業したころに、木戸さんが掛けていた眼鏡ですね。でも、あなたと付き合うようになって少しお洒落になった木戸さんは、最近はフレームレスの洒落た眼鏡を愛用していました。寺島さん、あなたなぜ彼女の眼鏡が替わっていることに、気がつかなかったんですか？　彼女とは、卒業後もときどき映画など観る仲だったのでしょう？」

「な、なぜって……それは……」

「それは、あなたと会うとき、木戸さんがいつもの眼鏡をしていなかったから。綺麗な目の女性が好きなあなたは、きっと眼鏡ナシの女の子のほうが好みなんでしょうね。

だから木戸さんはあなたの好みに合わせて、あなたと会うときだけはコンタクトレンズを使用していた。その結果、あなたは彼女が普段掛けている眼鏡が、最近少しお洒落なものに替わったことに気づかなかった。違いますか、寺島さん？」

「………」寺島は愕然《がくぜん》としたまま、言葉もない。

「寺島さん、あなたは日曜日の夜、木戸静香さんを殺害しましたね。動機は判りません。別れ話がこじれたとか、単なる痴話喧嘩《ちわげんか》が殺人に発展したとか、それなりの事情はあったのでしょう。とにかく、あなたは木戸さんを殺してしまい、その死体を国立の建築現場に捨てた。そしてその際、あなたは被害者の両目からコンタクトレンズを奪い去った。コンタクトレンズを残せば、被害者の交際相手である自分に容疑が向けられると、そう考えたから。――どうですか、寺島さん、これがわたしの推理です！」

『お嬢様、それはわたくしの推理でございます』

推理泥棒を告発する執事の言葉を、麗子はバッサリと切って捨てた。「うるさいわね、細かいこといわないの！　どうせ推理に著作権とか、ないんでしょ！」

思わずペンダントに向かって叫ぶ麗子。そんな彼女に向かって、いきなり目の前の男が、「ええい、畜生！」と捨て身の体当たり。数メートルも弾き飛ばされた麗子は、地面に尻餅《しりもち》をつく。その隙に乗じて、寺島浩次は脱兎《だっと》のごとく路地を駆け出した。麗子は体勢を立て直し、ペンダントに向かって大声をあげる。「影山！　寺島がそっちに逃げたわよ！」

『はあ――わたくしに、どうしろと？』

「どうでもいいから、なんとかしなさいよ！」

我ながら無茶な命令だと思いながら、麗子は逃げる寺島の背中を追った。だが、両者の距離は詰まらない。自棄《やけ》になった殺人犯を、このまま取り逃がしたなら、果たしてどんな処罰が待っていることだろう。それは宝生財閥の力で揉み消せる種類のものだろうか。

暗澹《あんたん》たる気持ちの麗子の前を、寺島の背中が遠ざかる。だが、その背中が狭い路地から、飛び出そうとする寸前！　突如現れたリムジンが、全長七メートルの車体でもって、その狭い路地を完璧に塞《ふさ》いだ。いきなり通せんぼにあった寺島は、全力疾走の勢いのまま、リムジンの側面に――ドスン！　目を覆いたくなるほどの激しさで衝突した。

哀れ、殺人犯寺島浩次は大の字になって地面に倒れ、その短い逃走劇を終えた。

麗子の耳元で影山の落ち着いた声が響く。『いかがでございましたか、お嬢様』

麗子はペンダントに向かって賞賛の声を送った。「いい働きよ、影山。見事だったわ」

『お役に立てて光栄でございます』

影山の声を耳元で聞きながら、麗子は真犯人のもとへゆっくりと歩み寄っていった。

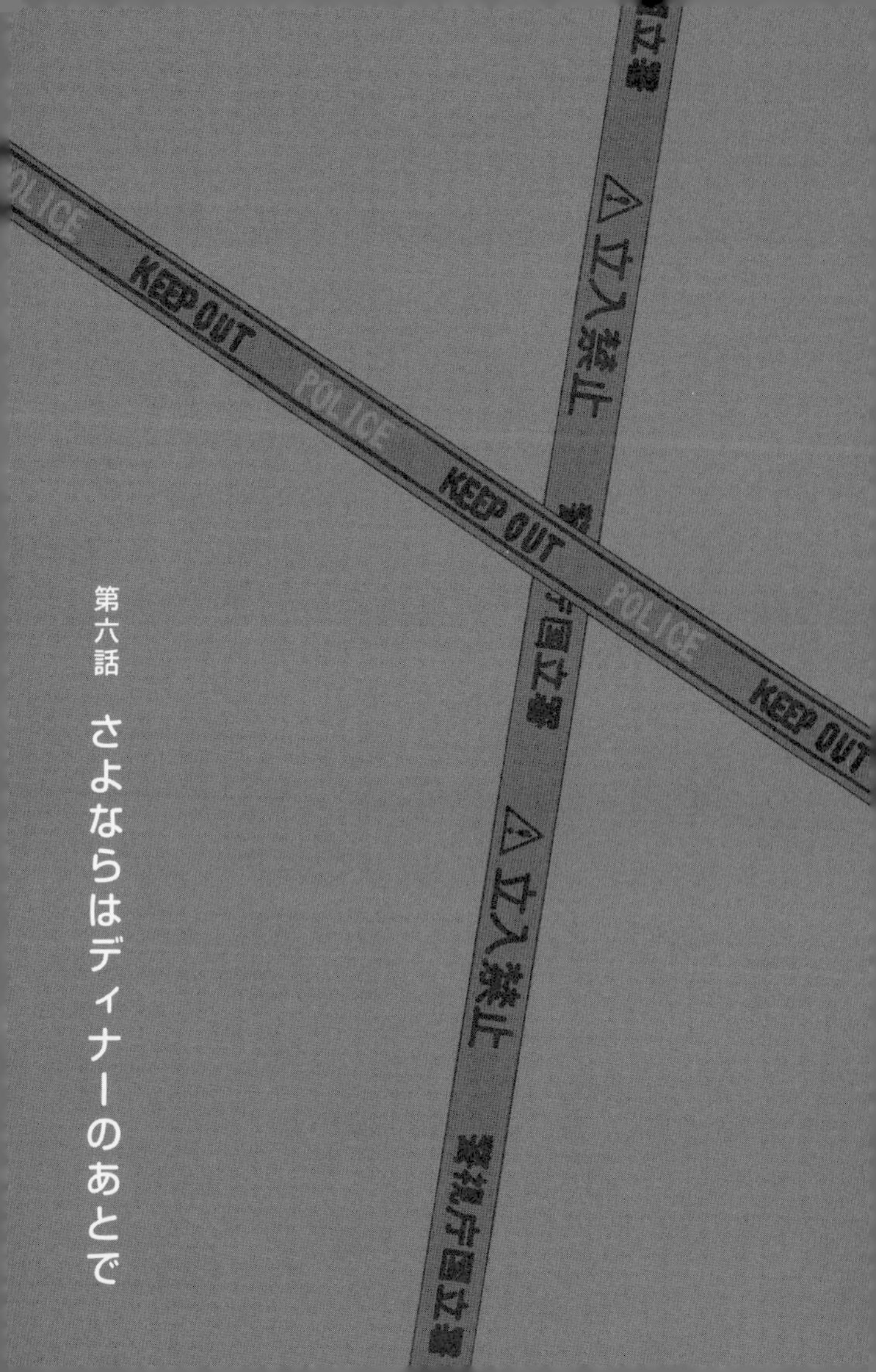

第六話　さよならはディナーのあとで

1

国立市《くにたち》西一丁目のとある邸宅にて、殺人と思われる事件が発生——

そんな第一報が国立署にもたらされたのは、八月下旬の土曜の昼下がりのことだ。そのとき宝生麗子《ほうしょうれいこ》は国立署の取調室にて二名のチンピラを相手に傷害事件の取調べ中。だが、殺人と聞いては黙っていられない。麗子は目の前の事件を放り投げるように取調室を飛び出した。チンピラたちには悪いが、競輪場での殴り合いといった低いレベルの傷害事件よりも、殺人事件のほうが断然優先順位が高いのだ。

麗子はさっそく他の捜査員とともにパトカーで現場に向かった。

黒いパンツスーツに黒縁のダテ眼鏡、長い髪を頭の後ろで束ねた地味な装い。一見、普通の駆け出し刑事にしか見えない麗子だが、その実態は世界に名を轟《とどろ》かせる巨大複合企業『宝生グループ』の総帥《そうすい》、宝生清太郎《せいたろう》のひとり娘である。そんな麗子が現場に到着してみると、すでにそこは警官とパトカーで大混雑だった。

パトカーの隊列の中に銀色のジャガーが停車中だ。そのことを横目でしっかり確認しながら、麗子は屋敷の門をくぐる。門柱には『清川《きよかわ》』という表札が掛かっている。

門を入ると、宝生邸とは比べ物にならないが、まあまあ広い庭があり、その向こうには、これまた宝生邸とは比べ物にならないが、そこそこ立派な二階建ての屋敷が建っていた。

麗子の感覚からすると、ごくごく普通の民家に見える。だが、麗子は自分がケタ違いのお嬢様であり、その感覚が世間一般の物差しとズレていることを、すでに認識している。おそらく一般的な物差しで測れば、清川邸は充分豪邸と呼べる建物なのだろう。そう麗子は自分の判断を修正する。このようなバランス感覚は、麗子が公務員として働くことで次第に身に付いたものだ。

と、そのとき彼女の背後から忍び寄る邪悪な気配。

ハッと背筋を伸ばす麗子に対して、「やあ、いまご到着かい、お嬢さん」

聞き慣れた声が、聞き慣れた台詞《せりふ》を口にした。振り向かなくても判るけど、振り向かないわけにはいかない立場なので、仕方なく麗子は振り向いた。

目の前に立つのは案の定、風祭《かざまつり》警部だ。三十代の若さにして警部の肩書きを持つ彼こそは、国立署が誇るエリート捜査官である。その実態は、《低性能・高価格・高燃費》でお馴染《なじ》み『風祭モータース』の創業家の御曹司《おんぞうし》。麗子の《苦手な上司ランキング》第一位を大差で独走中の男である。

そんな風祭警部は、いつもどおり純白のスーツ姿。端正な横顔には、これまたいつもどおり二枚目風のスマイルを浮かべている。麗子は思わず溜《た》め息《いき》だ。

「遅くなりました、警部。――にしても、警部はいつも変わりませんね」

「変わらないだって!? おいおい、そんなことはないよ、宝生君。例えば、ほら、この僕のスーツ、普段と同じに見えるだろ」

「ええ、見飽きた――いえ、見慣れた白いスーツですが」

「ところがそうじゃない。実はこのスーツ、この夏の暑さに備えて新調したやつでね。素材は南米産の貴重な麻の繊維。縫製は英国王室御用達《ごようたし》の職人によるものだ。軽くて通気性に優れ、動きやすく破れにくい。まさに刑事のために作られたスーツといっても過言ではない。――もっともその分、お値段は若干高めだがね」

「あー、そうですか」

その成金趣味丸出しの自慢話が、全然変わらないといっているのだ！

麗子は叫び出したい衝動をぐっと堪《こら》え、事件の話題に移る。「ところで、被害者は？」

「こっちだ、宝生君。ほら、このごくごく普通の民家で死体が発見されてね……」

「普通の民家じゃありませんよ、警部！ 豪邸ですよ、豪邸！」

実に不思議なことではあるが、風祭警部は麗子よりも遥かに長い公務員生活を経験しながら、いまだに世間一般と自分とのギャップを認識していないのだった。

　麗子は風祭警部の後に続くように、清川邸の玄関を入った。すると目の前の廊下の上に、ひとりの男性が仰向けに倒れている。茶色いポロシャツに灰色のズボン。歳《とし》のころは五十代か。ロマンスグレーの髪をオールバックに固めた紳士だ。その後頭部に、ぱっくり開いた赤い傷口が見える。流れ落ちた血液は、板張りの廊下の上に見知らぬ赤い地図を描いていた。後頭部の傷以外に、目立った外傷は見当たらない。

　死体を観察する麗子たちに向かい、若い制服巡査が緊張の面持《おもも》ちで説明を加える。

「殺されたのは清川隆文《たかふみ》氏。この家のご主人であります。清川家は国立周辺に何軒ものアパートを所有する資産家でして、つまり隆文氏はアパート経営者というわけであります」

「ほう、アパート経営とは優雅だな。もっとも、僕も中央線沿線に数軒のマンションを持っているけどね」

　と警部は自らの優雅な情報を垂れ流す。それから彼は、死体の傍らに転がる一本の棒に視線を落とした。「後頭部の傷が致命傷だとすると、凶器はやはりこれだな」

　警部は手袋をした手で、その棒状の物体を床板の上から拾い上げた。それは木刀だった。全国の有名スポーツ用品店、もしくは観光地の土産物屋《みやげものや》で簡単に手に入りそうな代物《しろもの》だ。

「先端に血のりが付着していますね」麗子は赤く染まった先端部分に顔を寄せながら、首を傾《かし》げた。「この木刀は清川家のもの？　それとも犯人が持ち込んだものでしょうか？」

「おそらく――」と横から再び巡査が口を挟む。「その木刀は隆文氏のものであります。隆文氏は剣道の心得があり、庭先で木刀を振っている姿を毎日のように見かけました」

ならば、清川隆文は自らの木刀によって自らの頭を打ち据えられて、絶命したということになる。果たして彼の身になにが起こったのか。麗子には事件の輪郭《りんかく》さえ見えてこない。

そんな彼女の傍らでは白いスーツのあの男が、「なるほどなるほど……だんだん判ってきたぞ……」と、もっともらしく眉間《みけん》に皺《しわ》を寄せるので、麗子はたちまち不安になった。――この男、ひょっとして、いや、絶対なにも判っていない！

だが、風祭警部は部下からの冷たい視線に動揺する男ではない。彼は手にした木刀を捜査員のひとりに手渡して、「鑑識に回すように」と、もっともらしく指示を飛ばす。

「まあ、凶器に指紋を残す間抜けな犯人なんて、いまどき滅多にいないだろうが――

ん!?」

そのとき、警部の視線が廊下に面した一枚の扉にピタリと止まった。見た目はありふれた合板の扉。だが廊下に面した扉の中で、その扉だけが僅《わず》かに薄く開いている。

「この部屋、なにかあるのか——？」

風祭警部はさほど期待もしていない様子で、無造作にドアノブを引く。たちまち彼の表情に福引の一等をまぐれで引き当てたような歓喜の色が広がった。そして彼はこぞとばかりに胸を張って、調子のいいひと言。「見たまえ、宝生君、やはり僕の思ったとおりだ！」

「………………」いやいや、《思ったとおり》じゃなく《思いがけない》ですよね、警部！

だが偶然か必然かはさておき、警部がなにを発見したのか、その点には麗子も興味がある。麗子は警部の背後から扉の向こうを覗《のぞ》き見た。

なるほど、そこに広がる光景は、非常に重要な意味合いを含むものだった。

そこは明らかに女性の部屋だった。若い女性ではなく、どちらかといえば中年かそれ以上の年齢に達した女性が過ごす部屋だ。大きなクローゼット、クラシックな鏡台とスツール、木目調のパソコンデスク。その傍らには三段のチェスト。壁際の本棚にも女性誌が目立つ。それだけならば特に興味を引かれることもないのだが——

「荒らされてますね、この部屋」

「うむ、何者かが物色《ぶっしょく》した形跡がある」

クローゼットの扉は開け放たれ、中の洋服がハンガーごと床に落ちている。三段のチェストは下の二段が開けっ放しだ。鏡台にある化粧品を仕舞う小さな引き出しさえ半開き。本棚の本も何冊かは、床の上に乱雑に放り出されていた。明らかに、その部屋は何者かの手で引っ掻《か》き回された後だった。

「ということは、ひょっとして、こっちの部屋も……」

そういって、風祭警部は荒らされた部屋のすぐ隣の部屋の前に立った。ドアノブを勢い良く引くと、警部の口からまたしても「やはり、思ったとおりだ」の声が漏れた。

こちらの部屋は男性の書斎だ。窓際に置かれた重厚なデスク。大きな戸棚や本棚、書類を仕舞うレターケースなどが目に付く。だが、この書斎の引き出しも開け放たれ、本棚は荒らされていた。レターケースの中に仕舞われた書類のいくつかは、床に散乱している。

「ふむ、物盗《ものと》りの仕業《しわざ》というわけか」

警部の呟《つぶや》きに呼応するように、制服の巡査が「――はッ！」と顔を上げた。

「ん!? どうしたんだ。君、なにか心当たりでもあるのか？」

「はい、警部。実はこの近所で、ここ一ヶ月の間に立て続けに三件の窃盗《せっとう》事件が起こっているのであります。三つの事件は、いずれも空き巣狙《ねら》いでして、犯人はピッキングの技術を用いて、家の玄関の鍵を開けて建物に侵入。部屋中を片っ端から荒らし回り、現金や貴金属、預金通帳やカード類を奪って逃走しているのであります」

「ふふん、そういうことか」警部は悠然と頷《うなず》いた。「空き巣狙いの泥棒が、犯行現場を家人に見つかり、急遽《きゅうきょ》殺人に及ぶ。そういうシナリオは充分に考えられる。そうだろ、宝生君」

「はい。それは確かに、充分な可能性が……」

「いいやッ、まだだ！　まだ決め付けるのは早い。即断は避けるべきだよ、宝生君」

「………」おまえが同意を求めたんだろーが！

麗子はギリギリと歯軋《はぎし》りしながら、わがままな上司を恨めしげに見詰める。

すると警部は、再び巡査に尋ねた。「ところで、清川家には隆文氏のほかに、誰が暮らしていたのかな？　奥さんは何人くらいいたんだろうか？」

「もちろん、ひとりであります」と巡査は真面目くさって答える。「奥さんの名は君《きみ》江《え》さん。夫婦の間には成人した娘さんが二人、長女の智美《ともみ》さんと次女の聡美《さとみ》さんであります。それとあと、居候《いそうろう》といいましょうか、隆文氏の親戚にあたる四十代の女性がおりまして、名前を新島喜和子《にいじまきわこ》さんといいます。なんでも、夫と離婚して住む家をなくした彼女に、見かねた隆文氏が手を差し伸べたのだとか。——ともかく隆文氏を含め、都合五人がこの家に暮らしております。ちなみに死体を発見したのは、次女の聡美さんであります」

よし判った、と深く頷いた警部は、麗子に向かって片目を瞑《つぶ》りながらいった。

「ならば、その聡美という娘に話を聞いてみるとしようじゃないか」

2

いったん屋敷を出た麗子たちは、庭の木陰で日差しを避《よ》けながら第一発見者と対面した。

清川聡美は私立カトレア大学に通う二十歳《はたち》の女子大生。ピンクのTシャツから覗く細い腕。チェックのミニスカートから伸びる長い脚。いずれもこんがり日に焼けていることから察するに、この夏、二回以上は海に泳ぎに出掛けたに違いない——と、これはあくまでも麗子の勝手な想像であるが、そう大きく外れてはいないように思われた。

「ショックを受けているところ申し訳ないが、死体発見に至る経緯を……」

そのとき、警部の言葉の語尾を掻き消すように、中央線の電車が爆音を響かせ走り抜けた。清川邸は敷地の傍《そば》を線路が通っているため、騒音には悩まされそうな立地である。

聡美は小さく洟《はな》を啜《すす》って、おもむろに口を開いた。

「わたしは買いたいお洋服があって、今日は朝から吉祥寺へと出掛けていたんです。ええ、わたしひとりでです。買い物を済ませたわたしは、昼食をとり、しばらく街をぶらついてから国立へと戻りました。家に着いたのは、午後二時半ごろだったと思います。わたしは玄関の鍵を開けようとして、おやッ、と思いました。玄関の鍵がすでに開いていたからです」

「ふむ、鍵が開いていることが、なぜおかしいと……」

再び、警部の言葉を邪魔するように電車が通り過ぎる。

「偶然ですが、今日は家族みんなの用事が重なってしまって、昼間、家には誰もいないはずなんです。わたしがいちばん先に帰宅する予定でした。だから、ちょっと意外な気がしたんです。もちろん、『誰かが予定より早く帰宅したんだな』と思っただけで、わたしは普通に玄関を開けて中に入りましたけど」

「そのとき中の様子は、どうだったのかな？　すぐに異変に……ちッ、またか！」

三度通り過ぎる電車の音に警部は舌打ち。聡美は音が止《や》むのを待って、質問に答えた。

「ええ、玄関から一歩足を踏み入れた瞬間に異変に気づきました。廊下に父が倒れていたのです。もちろん、すぐに父だと判りました。我が家には男性は父しかいませんから、他は考えられません。もっとも、最初は父が急病かなにかで倒れているのだろうと、そう思ったんです。けれど駆け寄ってみると、父の頭から血が……身体を触ってみて、父がすでに冷たくなっていることを知りました……」

衝撃がぶり返したのか、聡美はビクリと身体を震わせた。

そんな彼女に今度は麗子が尋ねる。「あなたのお父さんは、今日はどちらに出掛けて、何時に帰宅する予定だったのかしら」

「父はゴルフが趣味なので、今日はゴルフの練習場へ。帰宅は夕方になる予定でした」

「そう。じゃあ、予定よりずいぶん早く戻ったということね。お父さんが予定を切り上げて、早々に家へと戻る理由に心当たりは？」

この質問に聡美は「いえ、なにも……」と首を振るばかりだった。

麗子は質問を変えた。「ところで、一一〇番に通報したのも、あなたなのね？」

「はい。倒れた父の傍らには、血の付いた木刀が転がっていました。わたしはそれを見て、これは誰かに殺されたに違いないと思いました。それで、迷わず警察に通報したんです」

「あの木刀は、この家に普段からあるものに間違いないかしら？」

「ええ、あれは間違いなく父の木刀です。庭で素振りをするために、父はあの木刀を玄関の傘立ての中に挿《さ》していました。泥棒に入られた際の、防犯用の意味もあったようですが」

「なるほど。——ところで、廊下に面した扉のひとつが僅かに開いていたことには、気がついたかしら。あれは女性の部屋のようだったけれど」

「ええ、あれは母が趣味や読書などに使う部屋です。その部屋が、なにか？」

「実は、泥棒に荒らされた形跡が見られるの。隣の書斎も同様に」

麗子の言葉を聞いた瞬間、聡美の表情に驚きの色が広がった。

「そ、それはひょっとして、最近この近所を荒らし回っている泥棒の仕業では!?　じゃあ、父はその泥棒に殺されたのですか」

「いや、まだ断定はできないけれど——。そうですよね、風祭警部？」

「ああ、そうだな」と警部は頷き、それから憮然《ぶぜん》とした顔で麗子に耳打ちした。「どうでもいいけど、なぜ僕の質問のときだけ、やたらと電車が通るんだ？　君が質問するときは全然通らないのに。これって、中央線の嫌がらせか？」

「違いますよ、偶然ですよ、偶然」

麗子は不満げな上司を宥《なだ》め、それから聡美に尋ねた。「ところで、外出しているご家族との連絡は付いたのかしら。清川家にはあなたのほかに、姉や母親、それと居候——いや、同居する親戚がいると聞いているけれど」

「ええ、先ほど携帯で連絡を取りました。間もなく、全員帰宅するはずですが……」

聡美は心配そうな顔で門の向こう側へと視線を送る。すると、タイミング良く門前に一台のタクシーが停車した。後部席のドアを開けて飛び出してきたのは、いまどき珍しい和服姿の中年女性だ。聡美がホッとした様子で、刑事たちに叫ぶ。

「あ、戻りました！　あれが母です」

和服姿の女性は、被害者の妻、君江だった。手には小さなバッグを提《さ》げている。するとそこへ、反対方向からやってきた、もう一台のタクシーが急停車する。後部座席から現れたのは赤いタンクトップにデニムのショートパンツを穿《は》いた若い女性だ。

「あ、姉さんも戻ってきました！」

赤いタンクトップの女性は、被害者の長女、智美だった。

君江と智美の母娘は、相前後して門前に張られた黄色いテープをくぐると、すぐさま聡美のもとへと駆けつけた。二人は興奮を露《あらわ》にしながら、

「どういうこと、聡美。あの人が死んだって本当なの？」

「嘘でしょ。お父さんが死んだなんて信じられないわ！」

と、聡美に詰め寄る。しかし聡美は無言のまま、うなだれるばかりだった。

そのとき、またしても黄色いテープをくぐって現れる女性の姿があった。女性は自転車を押していた。ベージュの半袖ブラウスに濃紺のデニム姿。ふくよかなボディを誇る、色白の女性だ。ハンドルを握る両腕が、むっちりとして艶《なま》めかしい。年齢は四十代と思われた。

「聡美ちゃん、なにがあったの！　隆文さんが死んだって、どういうこと！」

叫びながら彼女もまた、聡美のもとに一直線に駆け寄った。彼女の手から離れた自転車は、ばったりと庭に倒れ、カラカラと虚しく車輪を回転させた。

どうやら、この色白の四十女こそは清川家の居候、新島喜和子らしい。ということは、死んだ隆文を除き、清川家の全員がこれでようやく揃《そろ》ったことになる。

この瞬間を待ちわびた、といわんばかりに風祭警部は、四人の女性の前に進み出た。そして、警部は「ゴホン」と芝居がかった咳払《せきばら》いをして、重々しく口を開く。

「えー、清川隆文氏が亡くなりました。何者かに殺害されたのです。お気持ちはお察しいたしますが、みなさんどうか我々警察の捜査にご協……ちッ！」

舌打ちする警部をよそに、中央線の電車がまた通り過ぎていった――

3

麗子と風祭警部は、妻の君江に隆文の死体を確認してもらい、それから彼女を例の荒らされた女性の部屋へと誘った。部屋に足を踏み入れるなり、君江の顔に動揺の色が滲《にじ》む。

「ここは、奥さんのお部屋ですね？」

警部の質問に君江は「はい」と頷き、物色の痕跡《こんせき》が残るクローゼットに歩み寄る。

「誰がこんな真似《まね》を？　まさか、近所で話題になっている例の泥棒が……」

だが警部は君江の質問には答えることなく、一方的に自分の問いを発した。

「いかがですか、奥さん。あなたの目から見て、なにかなくなっているものなど、お気づきになりますか。大事なものや金目のものが奪われた様子はありませんか？」

「金目のもの？　いいえ、それはありませんわ」君江は引き出しや戸棚の中を確認することもなく、即答した。「だって、金目のものなど最初からありませんもの」

「清川家は見た目ほど裕福ではなかった、内情は火の車だった、という意味ですか？」

「失敬なこと、いわないでくださいい、刑事さん！　この部屋に金目のものなど、置いていなかったという意味ですわ。現金はいっさい置きませんし、貴金属やアクセサリーも、本当に大事なものは二階の部屋の金庫に仕舞ってあります。——まさか、そちらも荒らされているとか？」

「いいえ、どうやら賊《ぞく》が荒らしまわった部屋は、この部屋と隣の書斎だけのようです。ちなみに、隆文氏が書斎に金目のものを置いていた、なんてことは？」

「さあ。夫の書斎のことは正確には判りかねますが、泥棒が欲しがるようなものは、あまり置いていなかったはずですわ」

「そうですか。しかし、なにも泥棒は現金や貴金属ばかり狙っているわけではありませんよ。個人情報や秘密文書を求めて他人の家に忍び込む輩《やから》も珍しくはない」

警部はパソコンデスクの隣に置かれた三段のチェストに歩み寄り、「例えば、このいちばん上の引き出しなど、いかがですか」といって、その引き出しに手を掛け、手前に引いた。だがガツンという音がしただけで、引き出しは開かない。警部は怪訝《けげん》そうに首を傾げた。「鍵が掛かっていますね、この引き出し」

「ええ。でも、その引き出しに特別、重要なものが入っているわけではありません。日記や手帳や手紙の類《たぐい》ですわ。どれも個人的なものです」

「お見せいただくわけには？」

「はあ？」君江は敵意を孕《はら》んだ目で警部を冷たく見据える。「なぜですの？　事件解決のために、必要だとでも？」

「え、ええ……事件解決のためにぜひ」恐る恐る警部がお願いすると、

「そうですか。ならば仕方がありませんわね」君江は渋々ながら頷いた。

それから彼女は手にしたバッグの中から小さな鍵を取り出すと、それで問題の引き出しを開けた。中には君江が説明したとおりのものが、綺麗《きれい》に整頓された状態で収まっていた。日記や手帳といったものを麗子たちの前に示しながら、君江は無愛想な顔で、「——いかがです、刑事さん？　納得していただけましたか」と怒ったように問いかける。

さすがの風祭警部も他人の日記の中身を見せろとまではいえない。彼は「結構です」と短くいうと、いったん君江をその場から解放した。

君江が部屋を立ち去るのを待って、風祭警部が「ふう」と大袈裟《おおげさ》な溜め息を吐《つ》いた。

「あの奥さん、美人だけど、なんだか恐《こわ》いな。僕のことを凄い目で睨《にら》みつけていたぞ」

「確かに性格のきつそうな人ですね。隆文氏との夫婦仲はどうだったんでしょうか」

「なるほど。いちおう確認する必要がありそうだ。もっとも、あの奥さんの様子じゃ、夫婦の関係は氷のように冷え切っていたんじゃないかと、そう僕は睨んでいるがね」

「警部、独断と偏見が過ぎますよ……」

そんな会話を交わしながら、麗子と風祭警部は君江の部屋を出ていった。


やがて検視がおこなわれ、清川隆文の死体が監察医の手で入念に調べられた。その所見によれば、隆文の死亡推定時刻は午後一時から二時までの一時間。死因は後頭部への強い打撃による頭蓋骨陥没《ずがいこつかんぼつ》と脳内出血で、ほぼ即死だったものと推定された。凶器は死体の傍に転がっていた木刀であるということも確認された。

それらの情報をもとに、麗子と風祭警部は清川家の人々を屋敷のリビングに集めた。悲嘆と緊張が漲《みなぎ》る空間。その中央に進み出た警部は一同の視線を一身に浴びながら、

「お集まりいただきましたのは、他でもありません。みなさんに、質問したいことがございます。少々お時間をいただきますが、どうかご了承を」

「何を聞く必要があるのですか」君江が警部に不満をぶつける。「犯人は泥棒なのでしょう!?　だったら、ボヤボヤしていないで、早くその泥棒を捕まえてくださいな」

臆《おく》せず警部に詰め寄る君江。その姿は麗子の目から見ても、やはりちょっと恐い。「まあまあ、そう慌てずに、奥さん」警部はタジタジとなりながら続けた。「確かに現場の状況は、泥棒による居直り強盗の様相を示しています。が、泥棒の犯行に見せかけた殺人、と見ることも不可能ではない。そこで念のために、みなさまにお尋ねしたいのですが――」

警部は一同の顔を順繰りに眺めながら、「今日の午後一時から二時までの間の一時間、みなさんはどこでなにをしていたのか、それをお聞かせいただきたい」

警部が質問を発した瞬間、リビングに集まった一同の間に微《かす》かな動揺が広がった。静まり返る一同の中から、長女の智美が一歩前に足を踏み出す。清川智美は妹の聡美より四つ歳上の二十四歳。有名保険会社の国立支店で働くＯＬだという。長くて艶のある黒髪が魅力的だ。赤いタンクトップから覗く腕は、妹ほどではないが、うっすらと日焼けしている。そんな智美は警部に対して、毅然《きぜん》と抗議するようにいった。

「ひょっとして、これはアリバイ調べですか、刑事さん」

「はい、まさしくこれはアリバイ調べですよ、智美さん」

警部は堂々と胸を張り、開き直るかのように聞き返した。「――それがなにか?」

「え!?」警部の思いがけない逆質問に、智美は答えることができなかった。「い、いいえ、なんでもありません。どうぞ続けてください、刑事さん……」

風祭警部は、それでよろしい、というように頷くと、まずは君江に身体を向けた。

「では、奥さん、いかがですか？　午後一時から二時までの間ですが」

水を向けられた君江は、しばし考え込み、やがて諦《あきら》めたように首を左右に振った。

「その時間帯なら、わたくしは新宿の雑踏の中におりました。近々結婚する知り合いのために、お祝いの品を見にいったのです。でも、いくつかのお店をひとりで見て歩くばかりでしたから、アリバイの証人になってくださる方は、きっとおりませんわ」

「ほう、それは残念」警部は無表情にいうと、「では、智美さんはいかがです？」

聞かれて智美は迷いのない口調でスラスラと、こう答えた。

「わたしは、今日は会社の同僚と一緒に立川《たちかわ》の映画館へ。ですから、一緒に映画を観た大塚《おおつか》君がアリバイの証人です。ええ、わたしはずっと大塚君と一緒でしたから、わたしが犯人であるはずがありません」

「なるほど。――ところで、その大塚君というのは、あなたの交際相手？」

「いいえ違いますす友達ですす交際相手じゃないですす勝手に決め付けないで迷惑ですから」

信じがたいほどの早口で、智美は猛然と否定する。だが、その不自然な態度こそが、なによりも雄弁に事実を物語っていた。おそらく大塚君は智美の交際相手と見て間違いない。だとすれば、大塚君の証言は智美の潔白を証明してはくれない。恋人の証言は、アリバイを立証する客観性に欠けるからだ。

続いて警部は、智美の隣に立つ妹へと向き直った。「聡美さんは、いかがですか？」

「え⁉ わたしですか。わたし、父が死んでいるのを発見しましたけど」

「ええ。しかし第一発見者が真犯人というケースは珍しくありませんから、念のため」

聡美は両肩をがっくりと落とし、小さく溜め息を吐いた。

「さっきもいったように、わたしはその時間、吉祥寺の街で買い物をしていました。ひとりで街をぶらついていたから、証人と呼べる人はいません。母と同じですね」

「判りました。――では、最後に新島喜和子さん、お待たせしました。あなたの番ですよ」

警部は壁際に佇《たたず》む、色白でふくよかな中年女性に目を向けた。

「いかがですか。自転車で出掛けられていたようでしたが、どちらへ？」

「ええと、そう、あたしはお隣の国分寺まで、ちょっと暇潰《ひまつぶ》しに……」

「ほう、暇潰しというと？」

警部の問いに、なぜか口ごもる喜和子。そんな彼女に成り代わるように、

「パチンコですわ」と君江が横から意地悪く口を挟む。

「違うわ、スロットよ」と喜和子が訂正する。

「………」どっちも似たようなものね、と麗子は思わず胸の中で溜め息を吐いた。

険悪な雰囲気を漂わせながら視線をぶつけ合う君江と喜和子。だが、やがてどちらからともなく視線を外すと、今度は互いに顔を背《そむ》けるように横を向いてしまった。

どうやら、君江と喜和子はソリが合わないらしい。まあ、喜和子という居候の存在を、君江が疎《うと》ましく思うのは無理もないことだ。しかも夫の隆文が死んだいまとなっては、もはや君江が赤の他人である喜和子に気を使う必要もない。二人の不仲が顕在《けんざい》化《か》するのは必然ともいえた。

風祭警部は「ゴホン」とひとつ咳払いして、話を続けた。

「要するに、喜和子さんは遊技場にいたのですね」

「ええ、そうよ。でも、すぐに負けて店を出て、あとはお金もないので、街をぶらぶらと」

「では、午後一時から二時までのアリバイはない？」

「そ、そりゃあ、ないわよ。だけど、それは他の人たちだって同じことでしょ。あたしだけが疑われる理由はないはずだわ。だいいち、あたしには動機がないじゃない。あたし夫と離婚して困っているあたしを、この家に住まわせてくれたのは隆文さんだった。

その隆文さんを、あたしが殺すわけがないわ。そんなことしたら、あたしはここに住めなくなるもの」

そんなふうに自分で自分を弁護した新島喜和子は、続けて攻撃に回った。矛先《ほこさき》を向けられたのは君江である。喜和子は君江の顔を真っ直《す》ぐ指差しながら、

「あたしを疑うくらいなら、まずこの女を疑ったらどうなの、刑事さん？」

「なんですって！」たちまち君江の目が吊《つ》り上がる。「なにがいいたいの、あなた！」

「あたし、知ってるのよ。あなたが隆文さんの目を盗んで若い男と火遊びしていたことぐらい。いいえ、あたしだけじゃない。隆文さんだって気づいていたはずよ。だから、あなたたち夫婦の仲はとっくに冷え切って険悪な関係だった。隆文さんが離婚を切り出すのは時間の問題だったんじゃないの？　でも、そんなことになったら、あなたは大損よね。だって、この屋敷も財産も全部、隆文さんのものなんだから。そこで、あなたはそうなる前に隆文さんを殺した。そうすれば遺産の半分は、妻であるあなたのものになる……」

「お、お黙りなさい、このアバズレ女！」

「ふん、その台詞《せりふ》、そっくりお返しするわ！」

緊張感高まるリビング。新島喜和子と清川君江はリング中央で睨み合うレスラーの

ように、互いの距離を詰め、視線を激しくぶつけ合う。

すると、こんなときに限って職業意識に目覚めたのだろうか、よせばいいのに風祭警部が二人の諍《いさか》いに割って入った。

「まあまあ、おやめください、オバサンがた。いい歳して大人げない」

警部、それじゃ仲裁どころか、導火線に火を点《つ》けにいったようなものですよ……

思わず頭を抱える麗子。

すると案の定、警部は二人から「うるさいわね！」「誰がオバサンですって！」と罵声《ばせい》を浴びせられ、さらに二人分の張り手を喰《く》らい、もの凄い勢いで壁際まで吹っ飛ばされた。ドスン、と壁に背中を打ち付ける風祭警部。

その音をゴングとするかのように——

二人の熟女は、ついに取っ組み合いのバトルを開始したのだった。

4

そんなこんなでリビングでの事情聴取は、大乱闘に発展。勝者も敗者もない不毛な争いの果てに、殺人事件の真相はうやむやのまま放置された。

麗子と風祭警部はいったん屋敷を出て庭先に向かうと、今回の事件の印象を語り合った。

「一見、物盗りの犯行に見えるが、おそらく事実は違うな」

風祭警部は確信を秘めた口調で断言した。「君も先ほどの一件を見て感じたはずだ。この清川邸に渦巻く不穏な気配、ギスギスした嫌な雰囲気。隆文氏はそんな中で殺害された。これは偶然ではない。そう、隆文氏は居直った泥棒によって、運悪く殺害されたわけではない。彼は清川邸に暮らす誰かの手で殺害されたのだ」

「その口ぶりですと、警部の頭の中には、もうすでに思い当たる人物がいるのでは?」

麗子が水を向けると、我が意を得たりとばかりに警部は、「まあね」と笑みを浮かべた。

「まず、もっとも疑わしい人物は、いうまでもなく君江夫人だ。僕が想像したとおり、彼女と隆文氏との夫婦仲は険悪だった。新島喜和子がいみじくも指摘したとおり、夫殺しは妻である君江夫人に多大な利益をもたらす。だが、その一方で――」

警部はあたりを憚《はばか》るように声を潜めていった。「僕には新島喜和子もかなり怪しく見える。確かに彼女には動機がない。隆文氏が死ねば、困るのは彼女だろう。だが、彼女の挙動は不審な点が多い。いきなり自分の無実を主張したかと思うと、清川夫妻の不仲を暴露し、君江夫人と大喧嘩を始める。とんだトラブルメーカーだ。なんとも怪しい」

「警部のおっしゃるとおり、君江夫人と新島喜和子、どちらも大いに怪しいですね」

ということは、この二人の熟女は真犯人じゃないってことかしら——と麗子は密《ひそ》かにそう思う。

なぜなら過去の経験則によれば、《風祭警部がコイツだと狙いをつけた容疑者は、大抵の場合、真犯人ではない》という歴然とした傾向が見られるからだ。すなわち真相にたどり着く最短の近道は、風祭警部の推理の裏道にこそある。これこそが麗子が無能な上司とコンビを組む中で生み出した必勝法なのだが、もちろんそんなこと本人の前で口にはできない。

そこで麗子は警部のプライドを傷つけないように、やんわりと指摘した。

「智美と聡美の姉妹も、隆文氏が死ねば遺産を相続する立場にあります。実の娘だからといって、容疑の対象から外すわけにはいきませんね」

「もちろんだとも。僕もいま君と同じことを考えていたところさ。奇遇だね」

奇遇じゃねえ、この嘘つき！　麗子は心の中でベェと舌を出す。

すると、そのとき——

「ちょっと、あんたたち刑事さんかね？」

突然、麗子たちに話しかける、しわがれた声。驚いて振り向く刑事たちの視線の先には、清川邸と隣の家とを区切るブロック塀があった。声の主はその塀の向こう側から、こちらを興味深げに覗き込んでいた。どうやら、お隣に暮らす老人らしい。白い開襟《かいきん》シャツを着た、日焼けした老人だ。無くなりかけた貴重な髪の毛を一箇所に寄せ集めることで、なんとか頭頂部の寂しさを和らげている。そんな老人の質問に、警部が答えた。

「ええ、いかにも我々は国立署の刑事ですよ。そうとしか見えないでしょう？」

「そうかな？　むしろ、辛《かろ》うじて刑事に見えなくもない、といった感じだが……まあ、それはいい。それより君たち、このわしになにか聞きたいことはないかね？」

「聞きたいこと？　その神秘的な髪形についてですか？」

馬鹿！　失礼な上司を突き飛ばすように押しのけると、麗子は老人に向き直った。

「おじいさん、なにか知ってらっしゃるのですか。清川家の殺人について、なにか？」

「うむ、わしはこの家に住む野田《のだ》亮吉《りょうきち》という者じゃが、実は今日の午後に、気になる光景を目撃したんじゃ。そのときは、なんとも思わなかったが、清川さんちの旦那さんが殺されたと聞いてな、いちおう話しておこうと思ったんじゃ。――聞きたいかね？」

「ぜひ、お願いします。いったい、なにを目撃されたのですか」

「うむ、あれは今日の昼のことじゃ。わしは自宅にいて、二階の廊下を歩いておった。二階の廊下の窓から覗くと、この塀越しに清川さんの家が見える。君江さんの部屋なんかは、ほぼ正面じゃ」

麗子は野田亮吉のいわんとすることを察して、緊張を覚えた。「ひょっとして……」

質問しかけた麗子を、今度は風祭警部が押しのけ、塀の向こうに顔を突き出す。

「お、おい！　じいさん、ひょっとして見たのか、君江夫人の部屋に誰かがいるのを！」

「コラ、誰が『じいさん』じゃ、この若造が！」

「も、申し訳ありません」警部は重要な目撃者の機嫌を損ねてはマズイと、いきなり低姿勢になって再び尋ねた。「ひょっとして、君江夫人の部屋に誰かがいるのを、ご覧になられたのですか。もしそうでしたら、その様子をお話しくださいませ、ご長老様」

慇懃無礼《いんぎんぶれい》とはこのことか、と麗子は呆れる。だが、老人はとりあえず機嫌を直して、「うむ、確かに見た」と重々しく頷いた。「だが、見たといっても、ガラス窓越しにじゃ。部屋の中は暗かったから顔は判らん。だが、あれは君江さんの姿ではなかった。

そもそも女性の姿ではなかった。ガラス窓越しに見た人影は、黒っぽい服を着た男性のようじゃった」

「君江夫人の部屋に怪しい男の影！　それは何時ごろですか、じいさん……いや、ご長老様」

「そうじゃな、正確な時刻は判らんが、午後一時を少し過ぎたころじゃったと思う」

午後一時過ぎ。それは隆文氏の死亡推定時刻と一致する。重要な証言に色めき立つ警部は、続けて目の前の老人に質問した。

「その男は、君江夫人の部屋でなにをしていたのか、判りませんか。例えば、君江夫人のクローゼットや引き出しなどを片っ端から物色していた、なんてことは……」

誘導尋問ですよ、警部！　小声で呟く麗子の前で、野田亮吉は大きく頷いた。

「確かに、そんなふうに見えたな。机の傍で背中を丸めて、なにかを覗き込んでいるような恰好《かっこう》をしておった。もっとも、わしも廊下の窓からずっとお隣の様子を覗いているわけにもいかんのでな。すぐにその場を離れたんじゃ。しかしまあ、わしの見た人影が、最近、この付近を荒らし回っているコソ泥だった可能性は、あるじゃろうな」

「その人物の他に、なにかご覧になったものなどは？」

「そういえばわしが一階に降りて、しばらくしたころのことじゃ。わしは居間にいて、窓を開けたまま、ぼんやりと本を読んでいたんじゃが、そのとき突然、お隣さんのほうから『ぎゃ』という短い悲鳴が聞こえた。それから重たいものが床に落ちるようなドスンというような音も聞いた気がする。そのときは気にも留めなかったが、いまにして思うと……」

「隆文氏です！　それは隆文氏が木刀で殴られた際の悲鳴と、廊下に倒れる音だ！」

新たな証言に興奮を隠せない警部は、顎を撫でながらしばし考え込む素振り。そして彼は「よし、判った」ともっともらしく頷くと、麗子たちの前で新たな推理を披露した。

「やはり、この事件、例の泥棒の仕業に違いない。泥棒は誰もいない清川邸に忍び込み、君江夫人の部屋などを物色した。だが、そこに隆文氏が帰宅したため、泥棒と隆文氏の間で争いになった。木刀を持ち出したのは隆文氏のほうだろう。だが泥棒はその木刀を奪い取ると、隆文氏に一撃を喰らわせた。隆文氏は悲鳴をあげて廊下に倒れ死亡。殺人犯となった泥棒は慌てて現場から逃走した。要するに、これはそれだけの事件というわけだ。――よし、ならば話は簡単だ」

言うが早いか、風祭警部は傍らに立つ麗子に対して、さっそく指示を出した。

「宝生君、泥棒を捜すんだ。捜査員を動員して、不審者の目撃情報を集めよう。もちろん過去にこの近所で起こった窃盗事件を、もう一度洗い直すことも重要だ。――はあ!?　君江夫人や新島喜和子!?　そんなのはどーでもいいだろ。彼女たちが犯人という可能性は、もはや限りなくゼロだよ。犯人は泥棒だ。男なんだよ。――最初から僕の睨んだとおりだ！」

――では、警部の見解を放り捨て、警部は《泥棒犯人説》にアッサリ鞍替《くらが》えしたらしい。

先ほどまでの推理の裏道はどこに？

ついつい、そんなふうに考えてしまう麗子だった。

5

「――なるほど。お話はよく判りました」

清川邸で殺人のあった日の夜。宝生邸のリビングに置かれたスイス時計は、すでに真夜中過ぎを示している。鶏レバーのサラダ、きのこのポタージュ、舌平目のムニエル、といった通常のディナーを胃袋に詰め込んだ麗子は、ワイングラス片手にソファに座り寛《くつろ》ぎのひととき。

そんな中、いつものように麗子は、傍らに控える執事の影山《かげやま》に対して、今日の事件に関する詳細を包み隠さず、捜査上の極秘事項に至るまで、べらべらべらべらと語り終えたところである。守秘義務もなにも、あったものではない。

話を聞き終えた執事は、麗子のグラスに新しいワインを注《そそ》ぎながら、「要するにお嬢様は、風祭警部の推理には賛同できないとおっしゃるのでございますね」

「賛同するもなにも、警部の考えはコロコロ変わるんだもの。あの人と話していると、なにが真実でなにが間違いなのか、だんだん判らなくなってくるのよねえ」

「なるほど、確かに」タキシード姿の影山は銀縁眼鏡の奥で目を細めた。「では結局、お嬢様はどうお考えになるのでございますか。真犯人は泥棒か。あるいは清川家の人物か？」

「それが判らないから、あなたの意見を聞こうとしているんじゃない」

と麗子は考えることを放棄したかのような口ぶり。影山は、やれやれというように肩をすくめ、「それもそうでございますね」と静かに頷いたかと思うと、「聞いたわたくしが馬鹿でございました」とさりげなく失礼な言葉を口にした。まあ、影山とはそういう男である。

そんな影山はソファに座る麗子に向かって、安定感のある低い声でいった。

「わたくしの考えを述べる前に、ひとつ質問をさせていただきたいのですが」

「いいわよ。なにが聞きたいの？」

「凶器の木刀のことで、お尋ねしたいことがございます。鑑識に回された木刀は、指紋の採取がおこなわれたはずですが、その結果はどうだったのでございましょうか」

「ああ、そのことね。残念ながら、木刀から不審な指紋は検出されなかったわ。もちろん隆文氏の指紋は、たくさん検出されたんだけど」

「たくさん――とは、つまり木刀の端から端までまんべんなく隆文氏の指紋が付着していた、という意味でございますか」

「そうよ。だけど、それは隆文氏が毎日その木刀で素振りをしていたんだから当然のことでしょ。逆に、隆文氏以外の指紋は、鮮明なものはひとつも見つからなかったんだって」

「なるほど、よく判りました」影山はかしこまった態度で頷くと、「――それで？」

と、麗子に聞き返す。麗子は手にしたワイングラスを口許の手前でピタリと止め、傍らに立つ執事を横目でジロリと見やった。「それで――って、なによ？」

聞かれた影山は、ひと言ひと言、区切るようにしながら麗子に質問した。

「それで、お嬢様は、いったい、なにを、お悩みに、なられているので、ございますか？」

「な、なにって、だから、隆文氏は誰に殺されたのか……」

「あぁ、お嬢様」

影山が心底落胆したとばかりに深い溜め息を吐く。そして彼は軽く腰を折り曲げるようにしながら麗子の耳元に顔を寄せると、かしこまった口調でこういった。

「失礼ながら、お嬢様は無駄にディナーをお召し上がりになっていらっしゃいます」


一瞬の沈黙が二人のリビングに舞い降りた。過去の経験からいって、麗子にはピンとくるものがあった。確かに、影山はいま自分に対して酷《ひど》い暴言を吐いたのだ。だが正直いって、今回のは意味が判らない。意味が判らないから、腹の立てようがない。

「無駄にディナーを？」麗子はキョトンとして聞き返す。「ごめん、それ、どーいう意味？」

「おや、お判りになりませんか。言葉どおりの意味でございますよ」

影山は軽く肩をすくめると、麗子に対して自らの言葉を翻訳して伝えた。

「要するに、お嬢様は無駄飯食いであると、わたくし、そう申し上げて――」

執事の言葉をみなまで聞かず、麗子はずるりとソファから滑り落ち、あやうくグラスのワインを床に零《こぼ》しそうになった。だが、すんでのところで難を逃れた麗子は、内心の動揺を見透かされまいとするように悠然と立ち上がると、まずは手にしたグラスを慎重にテーブルに置いた。

それから麗子は「――すぅ」と大きく深呼吸。そして、目の前に立つ暴言執事の顔面にいきなり人差し指を向けると、烈火《れっか》のごとき勢いで自らの感情をぶちまけた。

「じょ、じょ、冗談じゃないっつーの！　あ、あ、あたしの食べてきたディナーに無駄なものなんか、これっぽっちもないわよ！　すべてはあたしの血肉となって、世のため人のため国立市民のために役立ってるっつーの！」

すると指を差された影山は、「だとよろしいのですが……」と執事らしからぬ薄笑い。

「なにが、『だとよろしいのですが』だぁ――ッ！　笑ってんじゃないなぁ――い！」

麗子は怒りに任せてテーブルの脚を蹴《け》っ飛ばす。テーブルの上のグラスが倒れ、結局ワインは床に零れた。あわわ、なにやってんだろ、あたし!?　麗子は軽いパニック状態だ。

だがそんな中でも、影山は慌てず騒がず布巾《ふきん》を手にすると、床に零れたワインをひと拭き。その様子を眺めながら、麗子は少し冷静さを取り戻した。そんな麗子に対して、影山がすっくと立ち上がり、おもむろに口を開く。

「お嬢様は不思議には思われませんでしたか？　例のパソコンデスクの傍に置かれた三段のチェスト。そのいちばん上の引き出しが、開けられていなかったことを」

「そりゃ、気にはなったわよ。でも、あの引き出しは鍵の掛かる引き出しだったから」

「では、泥棒はその引き出しの鍵が開けられなかったから、そのまま手をつけなかったのだと、そうおっしゃるのですか。しかし、お嬢様、清川邸の付近に出没する泥棒は、確かピッキングの名手でいらっしゃったはずでは？」

「そ、そうね、あなたのいうとおりだわ。——ただし、泥棒に敬語を使っちゃ駄目でしょ！」

「申し訳ございません。つい癖で……」影山は小さく頭を下げて、話を戻す。「その泥棒は清川邸の玄関の鍵を巧みな技術で開けることができながら、引き出しに付いた玩具《おもちゃ》みたいな小さな鍵が開けられなかったのでございましょうか？」

「うーん、そんなことは、まず考えられないわね。でも、どうせその引き出しには泥棒が喜ぶような金目のものは入っていなかったから、べつに開ける必要がなかった——とか」

「お嬢様、金目のものがあるかないかは、引き出しを開けてみて初めて判ること。むしろ鍵の掛かっている引き出しにこそ、お宝が眠っているのでは——と泥棒ならばそう考えるのが、普通でございましょう」

「それもそうね。じゃあ、なぜその泥棒はその引き出しを開けなかったのかしら」

「答えは簡単。その泥棒は引き出しの鍵を開けることが出来なかったのでございます。つまり、ピッキングの技術も道具も持っていなかったのですよ、その泥棒は」

「それは、つまり清川邸に入った泥棒は、近所を荒らしていた泥棒とは別人ってこと？」

「というより、その人物はそもそも泥棒でもピッキングの名手でもなんでもありません」

「でも、それは変よ。ピッキングが出来ないなら、そいつはどうやって清川邸に入れたの？」

「もちろん、鍵を持っていたのでございましょう。清川邸の玄関の鍵を」

「え！　それって、ひょっとして――そいつの正体は、実は清川家の人間ってこと？」

麗子の視線の先で、影山は静かに頷く。そして麗子は重大な事実に気づいた。

「ちょっと待って。もし、あなたのいうとおりだとすれば、該当する人物はひとりしかいないわよ。だって、お隣のおじいさんの目撃証言によれば、泥棒は男性だったんだから」

「はい。まさしくお嬢様が思い描いていらっしゃる人物でございますよ」

「嘘！」麗子の声が裏返った。「泥棒の正体は清川隆文氏だったっていうの!?」

6

さようでございます、と確信を持って頷く影山に、麗子は即座に反論した。

「信じられないわ。なんで、隆文氏が自分の屋敷で、コソコソと泥棒みたいな真似をするのよ。そんな必要どこにもないじゃない」

「いえ、必要は大いにございますよ、お嬢様。お話によれば、隆文氏と君江夫人の仲は冷え切っており、二人は離婚寸前の状態だったとのこと。ならば、隆文氏が離婚の際に自分の立場を有利にするような情報、例えば君江夫人の浮気の証拠などを、密かに手に入れようと考え、それを実行したとしても、なんの不思議もございません」

「そっか。それで隆文氏はゴルフの練習を切り上げ、予定よりも早く帰宅したのね」

「はい。他の家族が戻るまでの間、隆文氏は君江夫人の部屋を自由に物色することができます。そんな隆文氏の姿を、お隣に住むご老人が偶然目撃したのだとすれば筋は通ります」

「じゃあ、その隆文氏を木刀で打ち据えた人物は誰か……あ、判った！　君江夫人ね」

麗子はあたかもその場面を目撃したかのように、得意げに語った。「実は君江夫人は早く買い物を切り上げ、予定よりも早く自宅に戻った。そこで自分の部屋を物色する夫と鉢合《はちあ》わせした。カッとなった君江夫人は、玄関にあった木刀を手にして、夫の頭をぶん殴った。打ち所が悪く隆文氏は死んでしまった。——どうかしら、影山？」

「さすがお嬢様。いかにも正解っぽく聞こえる、実にもっともらしい推理でございます」

いかにも褒《ほ》めてるっぽく馬鹿にする、そんな執事の言葉に、麗子はムッとなった。

「なによ、影山。犯人は君江夫人じゃないっていいたいわけ？　じゃあ、誰よ。新島喜和子？　彼女には動機がないわよ。それとも智美と聡美の姉妹？　確かに彼女たちには遺産目当てという立派な動機があるけれど、あの二人がそこまでするかしら」

「いえ、隆文氏はそのような殺伐《さつばつ》とした動機で殺害されたのではありません。彼の死は、むしろ不幸な事故だったのではないかと、わたくしは思うのでございます」

「不幸な事故？　隆文氏は殺害されたのよ。犯人は凶器として木刀を用いてるじゃない」

「よくお考えくださいませ、お嬢様。犯人は凶器として木刀を用いております。風祭警部の推理によれば、この木刀は隆文氏が泥棒撃退のために自ら持ち出したもの。隆文氏はその木刀を泥棒に奪われ返り討ちにあった、警部はそう推理したのでございます。しかし実際には、泥棒みたいな真似をしていたのは隆文氏のほうでございました。とすると、この犯人が木刀を手にした目的はなんでありましょうか。まず真っ先に考えられる可能性は、やはり、泥棒撃退のため——そうは思われませんか、お嬢様?」

影山の意外な見解を耳にして、麗子は思わず「あッ」と声をあげた。

「じゃ、じゃあなに、泥棒みたいな真似をしていた隆文氏は本物の泥棒と間違われて、木刀で打たれたってこと⁉ 不幸な事故って、そういう意味なのね」

「断定はできません。ただ、その可能性は充分にあると申し上げているのでございます。もちろん、君江夫人がカッとなって木刀を振るったという可能性も、否定はできませんが」

「もう！ どっちなのよ、いったい」曖昧《あいまい》な執事の言葉に、麗子のイライラは募る。

だが、影山は悠然と銀縁眼鏡を指先で押し上げると、涼しい顔でいった。

「なに、どちらにしても、同じことでございますよ、お嬢様」

「同じって、どういうことよ?」

「問題は指紋のことでございます」影山は自分の指紋を示すように、右の掌《てのひら》を麗子の前に広げて見せた。「お嬢様がいわれたように、君江夫人がカッとなって木刀を手にしたのなら、木刀には夫人の指紋がべったりと付着していなくてはなりません。一方、清川家の誰かが隆文氏のことを泥棒と間違えて、木刀を握ったとした場合でも、やはり同じこと。そこにはその人物の指紋が残ることでしょう。しかし、実際には木刀には隆文氏の指紋だけが残されていた。これは、なぜだと思われますか？」

「なぜって、そりゃあ、指紋は犯人が後から綺麗に拭き取って……いや、違うか」

「はい。後から布やハンカチで指紋を拭ったのであれば、その拭き取った範囲には犯人の指紋はもちろん、隆文氏の指紋もいっさい残りません。しかし、お嬢様のお話によれば、木刀にはまんべんなく隆文氏の指紋が残されていたとのこと。すなわち、この犯人は木刀を拭ってはいないのでございます。にもかかわらず、木刀に犯人の指紋は残されていなかった。このことから導かれる結論は、ひとつ。——もう、お判りでございますね、お嬢様？」

「えーっと、つまり犯人は手袋をしていたってこと⁉」

　自分で答えながら、麗子は半信半疑である。「確かに手袋をすれば、自分の指紋を残さずに済むし、隆文氏の指紋も大半はそのまま残るわ。でも、それって、ちょっと変じゃないかしら。だって、泥棒撃退のために木刀を握る人は、わざわざ手袋なんかしないわよね。もちろん、カッとなった君江夫人が犯人だったとしても同じこと。手袋なんかしないわ」

　ここに至って麗子は頭を抱えた。風祭警部が推理したように、これが泥棒の居直り殺人ならば、筋は通るのだ。泥棒というものは、最初から手袋をしているのが当たり前なのだから。

　だが影山の推理したように、泥棒＝隆文氏だとするならば、その彼を木刀で打ち据えようとする人物がわざわざ手袋をするとは思えない。にもかかわらず、木刀に残された指紋は、犯人が犯行時に手袋をしていたことを示している。これは矛盾ではないだろうか。

「なにを、お悩みになっているのでございますか、お嬢様？　もはや答えは歴然としておりますよ。お嬢様がおっしゃったとおり、この犯人はわざわざ手袋を装着して隆文氏を打ち据えたのではありません。ならば、こう考えるより他はないでしょう。すなわち、この犯人は木刀を手にした際に、たまたま手袋を嵌《は》めていたのだ——と」

「はあ、たまたま手袋を嵌めていた!?」

　麗子は思わず首を捻《ひね》る。《わざわざ》ではなく《たまたま》。その差は意外に大きい。

「それ、どういうこと!?　冬場ならともかく、この真夏の暑い盛りに、誰がたまたま手袋なんかしてるっていうのよ。そんなの誰もしてないわ。ただでさえ暑いんだから」

「おや、本当にそうでございましょうか。いやいや、暑い盛りであるがゆえに、敢えて手袋をして過ごす女性の姿を、最近わたくしは度々お見かけするのでございますが……」

影山の意味深な言葉に、麗子は思わずハッとなった。手袋とひと口にいっても、その種類や用途は様々だ。作業用の軍手もあれば、防寒用の手袋もある。見た目重視のファッションとしての手袋なら、麗子も売るほど持っている。そして日差しの強い夏場だからこそ活躍する手袋も、いまやこの季節の定番アイテムだ。麗子は思わず指を弾《はじ》いた。

「判った、UV手袋！　犯人はUV手袋を嵌めた手で木刀を握ったのね」

UV手袋。それは紫外線を避けるために装着する、肘《ひじ》もしくは二の腕まで覆い隠す、超ロングな手袋のことだ。地球温暖化が叫ばれ、猛暑が常態化したここ最近になって、利用者が激増している。その多くはお肌の衰えを少しでも遅らせたいと願い、日焼けを最大の敵と見なす、ある程度の年齢に達した女性たちである。

「さすが、お嬢様、慧眼《けいがん》でございます」影山は歯の浮くような台詞を口にし、麗子の推理を促した。「そこまで判れば、犯人が誰であるかは、もう察しがついておいでては？」

「え、察し!?」麗子は一瞬考え、そしてキッパリと首を振る。「ううん、サッパリ！」

「ああ、お嬢様。やはり無駄にディナーをお召し上がりに……」

「何度もいわなくていいっつーの！」麗子は影山の暴言を遮《さえぎ》って叫ぶ。「そこまでいうからには、あんたには犯人の察しがついているんでしょうね。だったら、いってご覧なさい」

「承知いたしました」影山は恭《うやうや》しく一礼して、自らの推理を語った。「まず君江夫人は犯人ではないと思われます。和服でUV手袋をする人は滅多におりません。だいいち、そのような手袋を使わなくとも、和服を着れば腕全体は袖で隠れるものでございます」

「確かにそうね。じゃあ、他の容疑者たちはどうなの？」

「長女の智美は犯人ではございません。恋人との映画デートにUV手袋をしていく女性は、まずおりません。それに彼女はタンクトップ姿だったとのこと。肩まで丸出しの恰好をしながら、腕だけUV手袋を嵌めて日差しを防ぐなど、見るからに滑稽《こっけい》でございましょう」

「じゃあ、次女の聡美はどうかしら？」

「聡美は腕も脚も日焼けした姿。紫外線を全然気にしない彼女が、今日に限ってUV手袋を使用していた、などということはちょっと考えられません。それにUV手袋というものは、あまり女子大生が愛用するものではございません。聡美は犯人ではないと思われます」

「となると、残るは清川家のトラブルメーカーね」

「はい、新島喜和子でございます。彼女は餅のような白い肌の持ち主とのこと。おそらくは、その白い肌を保つことに神経を使っていたことでしょう。年齢的にもUV手袋を愛用しそうな年代でございます。それに彼女は自転車で外出していたとのこと。わたくしの観察するところによれば、UV手袋をもっとも積極的に利用するのは、自転車に乗る女性であると思われます。——以上のような理由から、清川隆文殺しの真犯人は新島喜和子ではないかと、そうわたくしは考えるのでございます」

あくまでも推測に過ぎませんが——と念を押しながら、影山はさらに説明した。

「新島喜和子は国分寺のスロット店で負けた後、自転車を漕《こ》いで早々に清川邸に戻ったのでございましょう。そしてUV手袋を嵌めたまま、玄関を開けて室内へ。すると、そこには君江夫人の部屋を物色する隆文氏の姿がありました。開いた部屋の扉からその怪しげな後ろ姿を窺《うかが》った彼女は、そのとき咄嗟《とっさ》に思い出したのでしょう。最近、この近所を荒らし回っているという、例の泥棒の噂を」

「新島喜和子は夫人の部屋を物色する隆文氏を、その泥棒だと勘違いしたのね」

「はい。そこで彼女は玄関にあった木刀を手に取り、身構えました。攻撃するため、というよりは護身用のつもりだったのでしょう。そこへ、何も知らない隆文氏が部屋から出てまいりました。彼女はさぞや驚いたことでしょう。そして緊張と恐怖のあまり、彼女は相手の顔を確かめることなく、やみくもに木刀を振り下ろしたのでございます」

「木刀の切っ先は不幸にも隆文氏の後頭部に命中し、彼の命を奪ってしまった」

「はい。新島喜和子がその男性の正体に気づいたのは、その直後のことかと思われます。彼女は愕然《がくぜん》とし、そしてなんとか事実を誤魔化《ごまか》そうと考えます。では、どのように誤魔化すことが可能でしょうか。考えるほどに、やはりこれは例の泥棒の仕業に見せかけるのが、最も手っ取り早く確実であると、彼女にはそう思えたのでしょう」

「まあ、状況からいって、その考えが彼女の頭に浮かぶのは当然かもね」

「そこで新島喜和子は、あらためて君江夫人の部屋を荒らし回り、それから隆文氏の書斎も同様に荒らしました。いかにも泥棒が物色したかのように装うためでございます。それが済むと、彼女は再び自転車に乗って、いったん屋敷を離れたものと思われます」

「それからしばらくして、聡美から『隆文死す』の報《しら》せを受けた新島喜和子は、あらためて自転車を漕いで清川邸に舞い戻った。このとき、彼女はＵＶ手袋を外した姿だった。そして、誰も彼女の手袋のことなど気にも留めないまま、捜査は進められた」

「殺人事件の喧騒の中では、無理もございません。些細なことでございますから」

確かに些細なことに違いない。だが、その些細なことが決定的に重要だったのだ。麗子はあらためて、影山の推理力に舌を巻いた。

遠くで起こった出来事の、その見えない部分までも見通す力。この男の優れた能力に、自分は何度救われただろうか(——これで十八回目だ!)。

麗子は影山の力量を見込み、最後にひとつ残った小さな疑問を口にした。

「新島喜和子が最初に清川邸に戻ったとき、隆文氏は君江夫人の部屋を物色している真っ最中だった。だからこそ、彼は泥棒と間違われた。ということは、隆文氏は喜和子が帰宅したことに全然気づかなかったってことよね。それは、なぜなのかしら? 君江夫人の部屋は、玄関を入ってすぐのところだというのに……」

この問いに、影山は意外そうな表情を浮かべると、「おや、お嬢様、お判りになりませんか?」と首を傾げ、自信ありげにこう続けた。「隆文氏が新島喜和子の帰宅に気づかなかった理由、それは中央線の電車にあると思われます。彼女が玄関扉を開けたとき、たまたま中央線の電車が通り過ぎ、その騒音が扉の音を掻き消してしまったのでございましょう」

ああ、そうだ。きっと、そうに違いない。さすが影山、わたしの執事だ。

麗子はすべてが腑《ふ》に落ちたような、そんな気分だった――

7

翌日の清川邸。その応接室には刑事たちと新島喜和子の姿があった。

麗子は昨日の影山の推理を、あたかもすべて自分の頭で考えたかのような素振りで、滔々《とうとう》と語った。神妙な顔でそれを聞いていた新島喜和子は、ぶるぶると震えだし、やがて無言のまま顔を伏せた。その態度こそが、なによりも影山の推理が真実であることを雄弁に物語っていた。すると傍らで聞いていた風祭警部が、最後にひとつ質問を口にした。

「隆文氏は喜和子が帰宅したことに、なぜ気づかなかったんだろう――？」

「ですから、それはたまたま中央線の電車が通り過ぎたためにですね――」

ああ、面倒くさい。昨日の自分を棚に上げて、心の中で麗子はそう呟く。一方、警部は麗子の答えに何度も頷きながら、ご満悦の表情で、「さすが宝生君、僕の部下だ」

「…………」いや、そういわれても、全然嬉しくありませんけどね。

麗子は小さく溜め息を吐くと、「ありがとうございます、警部」と上司に対して形だけ感謝の意を示す。すると風祭警部は、「なに、君の手柄だよ、宝生君」と余裕のポーズで、麗子に対して得意のスマイル。麗子はいつもの苦笑いを浮かべるしかなかった。

こうして清川邸の殺人事件は新島喜和子の逮捕という形で、いちおうの決着を見た。

だが麗子は知らなかった。

真の大事件が、事件解決の直後に待ち構えていることを——

それは夏の日も傾き、国立の街に夜の明かりが灯りはじめたころのこと。

一日の仕事を終えて、帰宅の途につこうとする麗子は、べつに望んだわけでもないのに風祭警部と一緒に国立署の正面玄関を出た。うっとうしい上司に別れを告げ、さっさとお迎えのリムジンを呼びたい。そう願う麗子だったが、しかし、この日の風祭警部はやけに饒舌《じょうぜつ》だった。

「新島喜和子はどうやら観念したらしい。抵抗の素振りも見せずに、おとなしく罪を認める供述を始めているそうだ。事件の全貌も間もなく明らかになることだろう。難しい事件かと思われたが、意外なスピード解決になったようだ。いや、もちろん結構なことだ――」

　そして、警部はポツリと呟くようにいった。

「これで、僕も心置きなく国立署を離れることができる――」

「へえ、警部、どちらかにご出張ですか？　あ、まさか、海外とか？　いいですねー」

　お気楽な調子で応じる麗子に、風祭警部がいつになく真剣な表情で訴えた。

「そうじゃないんだ、宝生君。よく、聞いてくれ。実は急な辞令が出た。僕は異動になる。国立署とも、さよならだ。君の上司でいられるのも、これが最後だ。判るね、この意味」

「え⁉」一瞬、麗子の頭の中を複雑な感情が支配する。

　喜ぶべきか、悲しむべきか……

「ああ！　そんなに悲しそうな顔をしないでくれたまえ、宝生君！」

「………」

　自分はそんなに悲しそうな顔をしていただろうか。そんなはずはないのだが。

　戸惑う麗子の前で、風祭警部のひとり舞台はなおも続く。

「僕も、つらいのだ。僕だって本当は国立署を離れたくはない。ここには僕が世話になった上司や先輩がいる。僕の信じる仲間もいる。そしてなにより、僕のかわいい部下が……」

「警部……」麗子は、この苦手な上司の言葉に初めてぐっときた。

「だが仕方がないんだ、宝生君。これは上からの命令でね。それというのも警視庁の上層部に若いながらに警視正の肩書きを持つ人がいて、この人は将来的には警視総監も夢じゃないという超エリートなんだが、この人が僕の活躍をいたく気に入ってくれてね」

「——は!?」まさか、これって、自慢話!? え、この期《ご》に及んで!?

「ほら、なにしろ僕はこの国立で毎月のように起こる難事件を、ことごとく解決してきただろ。まあ、なんていうか、ごく自然に目立っちゃったんだろうな。それでぜひとも本庁でその辣腕《らつわん》を振るって欲しいと、そのエリート警視正のたっての願いでね。まあ、上の人が頭を下げてそういうんなら、僕としてもやぶさかじゃないし、それに、ほら、僕のような器の大きな人間が活躍するには、国立の街は小さすぎるんだよなあ、ははは!」

「………」警部、あなた、いまこの瞬間、国立市民全員を敵に回しましたよ。

麗子は思わず深い溜め息。そして、ほんの一瞬でも彼の言葉に《ぐっときた》我が身を恥じた。それから、彼の活躍に目を留めた警視庁上層部の誰かに向かって、麗子は心の中で密かに叫ぶ。

——こんな男に期待するなんて、あんたらの目は節穴か！

だが、まあいい。風祭警部が警視庁を混乱の極みに叩き込もうとも、わたしの知ったことじゃない。そう割り切った麗子は、最後まで理想の部下として振る舞うことを選んだ。

「ご栄転、おめでとうございます、警部。今後のご活躍をお祈りいたします」

「ありがとう、嬉しいよ」そういって警部は麗子の目を真っ直ぐ見詰めると、「だが実はね、僕はこの街でひとつだけ心残りなことがあるんだ。僕の最後の願いを聞いてくれるかい？」

「はあ、なんでしょうか。わたしにできることでしたら……」

「もちろんできる。君にしかできない！」そういって風祭警部は秘めた願いを麗子に伝えた。「宝生君、今宵《こよい》、夜景の見える超一流レストランで、僕と一緒に最高のディナーを——」

「！」最後の願いって、それのことか。「お断りします！」

麗子は警部の言葉をみなまで聞かず、問答無用とばかりに、ピシャリと言い放つ。

その言葉の強さに射抜《いぬ》かれたように、警部は胸を押さえてその場に立ち尽くした。

「だ、駄目か、やはりどーしても駄目なのか……」

もちろん駄目だ。なぜならこの人とのディナーは、食事だけでは終わりそうにないから。だが、そうはいっても、仮にも相手は世話になった上司だ。断るばかりでは申し訳ない。

「あのー、超一流レストランは駄目ですが、警部――」

麗子は俯《うつむ》く上司に向かい、かわいい部下の顔で微笑《ほほえ》んだ。「焼き鳥ぐらいなら付き合いますよ。どうです、警部？　事件も解決したことですし、デカならここは焼き鳥でしょ！」

「おぉ、宝生君」風祭警部は顔を上げると、親指を立てるポーズでようやく笑顔を覗かせた。「確かに君のいうとおりだ。ここはイタリアンでもなくフレンチでもなく、焼き鳥で一杯が正解だ。我々はデカだからな。よし、焼き鳥なら美味《うま》い店を知っている。さっそく、いこうじゃないか！」

言うが早いか、風祭警部は麗子の背中をぐいぐい押すようにしながら、

「よーし、今夜は飲むぞ、吐くまで飲むからな。いいな、君も飲むんだぞ、宝生君！」

「はいはい、飲みますよ、警部。なんせ、わたしは警部の部下ですから！」

すっかり暗くなった国立の街。通りが夜の賑わいを見せはじめる中――

麗子と風祭警部は最初で最後の焼き鳥ディナーを求め、肩を並べて歩き出すのだった。

それから数時間後。日付も替わった国立の夜の片隅にて。

宣言どおりに吐くまで飲んだ風祭警部を、麗子はタクシーに乗せてやり、「自宅まで送ってあげてね」と運転手にウインク。それでも露骨に迷惑そうな顔をする運転手に、麗子は少し多めの現金を手渡して、「見て判ると思うけど、この人、とある組織の若頭《わかがしら》だから変な真似しないほうがいいわよ」と、いきなり太い釘を刺す。

運転手はびっくりした顔でお金を受け取り、運転席で帽子を被《かぶ》り直した。これで酔い潰れた警部が路上に放置される危険はなくなったはずだ。

麗子は走り出したタクシーのテールランプを見送りながら、黒縁眼鏡を外し、束ねた髪を解《ほど》く。その髪を撫でるように、夏の夜風が心地よく吹き渡った。

「やれやれ、これで一件落着ね。――さてと、わたしも帰らなくちゃ」

携帯を取り出す麗子。だが、彼女がコールするより先に、一台のリムジンカーが通りの向こうにぬっと姿を現し、滑るように彼女の目の前に停車した。運転席から彼女の執事が静かに降り立ち、「お迎えに上がりました、お嬢様」と洗練された仕草で後部ドアを開ける。

「さすが、影山、仕事に抜かりがないわね。ずっと待っていてくれたの？」

「はい。お嬢様が国立署を出られたところから、ずっと待機を」

まるでストーカーである。だが神出鬼没《しんしゅつきぼつ》な影山のことだから、麗子もいまさら驚きはしない。

麗子は黙って後部座席に腰を下ろすと、車を出すよう影山に命じる。影山は手慣れたハンドル捌《さば》きで全長七メートルのリムジンをスタートさせながら、

「風祭警部は、たいそうご機嫌のようでございましたね」

「栄転なんだってさ。きっと嬉しかったんでしょうね、本庁へいけるのが」

「そうでございますか」影山が運転席で頷く。「しかし、あの方が上機嫌だった理由は、栄転などではなく、むしろお嬢様の優しさが身に沁《し》みたからではないかと……」

「ば、馬鹿いわないで！　優しくなんかしてないでしょ。わたしは部下の務めを果たしただけよ」

麗子はバックミラー越しに運転席の執事を睨む。鏡に映る影山の口許に笑みが零《こぼ》れた。

「それにしても好漢、風祭警部の異動は、この街にとって計り知れない損失。まさに

ひとつの時代が終焉《しゅうえん》を迎えたといっても過言ではございません」

「過言よ、過言！　あの人にそこまでの重要性は、ないから！」

影山の言葉に大きく首を振る麗子。だが、意外と彼のいうとおりかもしれない。

麗子はいままで過ごしてきた日常について思う。まず、そこにあるのは刑事としての麗子の日常だ。パンツスーツで現場に駆けつけ、風祭警部に振り回され、彼の間違った推理を聞き、ヘトヘトになりながら帰宅する毎日。そこから一転して、麗子の富豪令嬢としての日常が始まる。綺麗なドレスに着替え、豪華なディナーを満喫し、傍らには賢いけど意地悪な執事がいて、麗子が事件の話をして、謎解きはディナーのあとでワインなどを傾けながら――

そんな毎度のように繰り返されるありふれた光景も、けっして永久不変のものではない。風祭警部の異動により、麗子の毎日は、確実にいままでとは違ったものになるだろう。刑事としての麗子の日常を支配してきた風祭警部の存在は、やはり大きかったのかもしれない。

そして麗子はふと心配を覚えて、運転席の執事にそっと尋ねた。

「ねえ、影山は急にどこかにいっちゃったりしないわよね……」

「――は⁉」珍しく動揺したのか、影山のハンドル捌きが乱れ、車は一瞬蛇行した。

「いや、だから、その、異動とかはないのよね。公務員じゃないんだし……」

するとと影山は淡々とした口調で、「それはなんとも申し上げられません」と不安な言葉を口にした。「なにせ、わたくしは宝生家に雇われた一介の執事に過ぎません。旦那様の一存で、いつクビになってもおかしくはない立場でございますから」

「そ、そんなことないわ！」麗子は思わず運転席へと身を乗り出して叫ぶ。「お父様といえども、あなたをクビにはできないわ。だって、あなたはわたしの執事だもの。よく憶えておきなさい。あなたをクビにできるのは、世界中でわたしひとりだけなんだからね！」

「…………」

影山は無言のまま車を走らせ続ける。麗子は自分の胸の鼓動の激しさに気づく。いま、自分は何かおかしなことを叫ばなかっただろうか？　麗子は恥ずかしさと不安でいっぱいになりながら、黙って窓の外に目をやる。深夜を過ぎた大学通りには対向車の姿さえも見当たらない。二人を乗せたリムジンはただ一台で夜の滑走路を走っているかのようだ。

車内は静寂に満ちている。影山は黙ったままだ。

やがて車は宝生邸にたどり着くだろう。

麗子は沈黙を振り払うように、お嬢様らしく強気な口を開いた。

「いいわね。あなたはずっとわたしの執事でいなさい。――約束よ、影山」

運転席から麗子の執事が静かに答えた。

「はい。いつまでもお傍にお仕えいたしますよ、お嬢様」

『謎解きはディナーのあとで』×『名探偵コナン』

探偵たちの饗宴

「くそ、おっちゃんの奴、どこいっちまったんだ？」

ホテル『ダ・ヴィンチ』のとあるパーティ会場にて、オレは毛利小五郎《もうりこごろう》の姿を捜していた。

タダ飯タダ酒大好物、という毛利のおっちゃんはパーティ開始の一時間後には、いい感じで酔っ払ってしまい、付き添いできてやったオレをほったらかしにして、どこかに姿をくらましてしまったのだ。おそらくは、会場で見かけた綺麗《きれい》なドレスを着たお姉ちゃんの背中を自発的に尾行しているに違いない。

「まったく、世話の焼ける大人だぜ……」

そう呟《つぶや》くオレは高校生探偵の工藤新一《くどうしんいち》。ただし、ここではいえない複雑な事情があって、現在は小学生の身体で日々を送る身だ。そんなオレが視線をキョロキョロさせながら、パーティ会場をさまよっていると、ひとりの女性がオレを呼び止めた。二十五歳前後と思《おぼ》しき美人のお姉さんだ。映画女優を髣髴《ほうふつ》とさせる紫のドレスに、ピンヒールの赤い靴。確かによく似合ってはいるけれど、小学館主催のパーティでする恰好じゃないんじゃないの？　と正直なオレはそう思う。彼女はそんなオレの前で腰をかがめると、優しい笑顔で聞いてきた。

「あら、坊や、ひとり？　ひょっとして迷子なのかしら？」

ううん、迷子はおっちゃんのほう――と事実を伝えても理解されないと思うので、オレは小学生らしく素直に頷《うなず》くことにした。「うん。ボク、迷子なんだ。そうだ、お姉さん、見なかったかな？　鼻の下にみっともない髭《ひげ》を生やした背広姿の中年」

「髭を生やした背広姿の中年？　そういえば、さっきまでわたしの背中を追い回していた、いやらしい目の酔っ払いが、そんな感じだったけど、その人じゃないわよねえ」

「………」ゴメンなさい、その人です。間違いなく毛利のおっちゃんです。

小さな身体をさらに小さくするオレ。

すると、美人のお姉さんはオレの頭を撫でながら、「とにかく、小さな子供をひとりで放ってはおけないわね。いいわ、お姉さんが一緒に捜してあげる」そういって背筋を伸ばすと、くるりと後ろを振り向き、そこに控えるタキシード姿の男にいった。「じゃあ、そういうことだから、後のことは頼んだわよ、影山《かげやま》」

「さすが、お嬢様。子供に対する優しい心遣い。それでいて、ご自分では一ミリも動こうとなさらない、その矛盾した姿勢。逆に感服いたします」影山と呼ばれた男は胸に手を当て恭《うやうや》しく一礼。そして銀縁眼鏡を指先で押し上げながら、しかし、と続けた。

「迷子をケアするお仕事は、どちらかといえば、お嬢様の本業ではないかと……」

「あら、パーティの席なら話は別よ。ここでのわたしの本業は、宝生家《ほうしょう》の娘として来賓客からチヤホヤされることだもの」

「これは失礼いたしました。完璧にお嬢様のおっしゃるとおりでございます、はい」

恐縮するように頭《こうべ》を垂れる黒服の男。その姿を見ながら、オレは密《ひそ》かに目を見張った。

宝生家の娘⁉ ということは、この女性が大財閥『宝生グループ』の総帥《そうすい》、宝生清《せい》太郎《たろう》の娘、宝生麗子《れいこ》⁉ では彼女の傍らに控える黒服の男は、その執事といったところか。

と、そこまで考えたとき、会場の外から聞こえる女性の悲鳴。「きゃあぁ――ッ」

会場を埋めた大勢の来賓客たちが、その動きを止める。奇妙なざわめきの中――

「なにかしら⁉」にこやかだった麗子さんの表情も、一瞬で険《けわ》しいものに変わった。

「きっと事件だわ。――影山！ この子のことは、任せたわよ」

そういって麗子さんはドレスの裾を翻しながら、会場の出入口へと駆けていった。

残されたオレは傍らの執事に聞いた。「ねえ、宝生麗子さんって警察官なの？」

「おや、宝生家の令嬢の名前が麗子だとご存じなのですね。小学生にしては世情に詳しくていらっしゃる」執事は疑惑の視線をオレに向けた。「本当に小学生でございますか?」

「ほ、本当だよ」畜生、妙に鋭いな、この執事。「ほら、どこから見ても小学生でしょ」

「はい。どこから見ても小学生でございます」真っ直《す》ぐ頷くと、彼はあらためてオレの問いに答えた。「ご推察のとおり、確かにお嬢様は国立《くにたち》署の現職刑事でございますよ」まあ、どこから見ても刑事には見えませんがね——と彼はなぜか毒のあるひと言を付け加えて、ニヤリとした笑みを覗《のぞ》かせた。なんなんだ、この人、意外に腹黒いな!

オレは気を取り直して、彼に自己紹介した。「ボクの名前は江戸川《えどがわ》コナン。オジサンは影山さんっていうんだね。宝生家の執事なんでしょ」そしてオレは会場の出入口を指差した。「ねえ、オジサン、ボクらもいってみない? 廊下が大変なことになってるみたいだよ」

いうが早いか駆け出すオレ。その背中を執事が呼び止めた。

「お待ちください、江戸川様!」

「江ぇ——ッ」オレはたった三歩で転倒し、鼻面を思いっきり床に擦りつけた。イテテと顔面を押さえながら、オレは抗議の視線を執事に向ける。「あのさ、ボクのこと『江戸川様』って呼ばないでもらえるかな? ボクの周りにそういう呼び方する人、ひとりもいないから」

「承知しました。では『コナン様』と呼ばせていただくことにして、わたくしからもコナン様に、ひと言……」そういって執事はぐっとオレに顔を寄せると、眼鏡の奥から世にも真剣な眸《ひとみ》で訴えた。「わたくしのことを『オジサン』と呼ばないでいただけますか。わたくしの周りにそういう呼び方をする人は、ひとりもいらっしゃいませんので」

「ゴ、ゴメンなさい」緊張のあまりオレは背筋をピンと伸ばして、「じ、じゃあ『影山さん』でいい……？」

恐る恐るお伺《うかが》いを立てると、影山さんは「結構でございます」と恭しく一礼。そして廊下の喧騒を手で示しながら、あらためてオレにいった。「ではコナン様、ご一緒に参りましょう。どうせ、あのお嬢様には手に負えない事件でございましょうから」

会場から廊下に出ると、その突き当たりに人垣ができていた。オレと影山さんは群衆を掻《か》き分けながら前に進む。そこは非常階段へと続く非常口。その半開きになった扉の前で、麗子さんは両手を広げて、「下がってください！」と野次馬たちを相手に悪戦苦闘中。コメカミの辺りをピクピクさせながら、マジギレ寸前の表情だ。そんな

彼女に影山さんが救いの手を差し伸べようとした、ちょうどそのとき、

「——お嬢さん、お困りのようですね」

聞き覚えのある声。そして嫌な予感。やがて背広姿の男が群衆を割って進み出る。

「なんなら、わたしがお手伝いいたしましょうか。この私立探偵、毛利小五——」

「あーもう、探偵とか邪魔だってーの！　こう見えても、こっちは警察だっつーの！」

ついにマジギレの麗子さんは、精一杯格好つけて現れたおっちゃんの前に、いきなり警察手帳を突き出して彼を群衆へと追い返す。そんな彼女に影山さんが慌てて耳打ちした。

「お嬢様、あのお方は毛利小五郎氏。別名『眠りの小五郎』とも呼ばれる名探偵でございますよ。この際、ご協力を仰いだほうが賢明ではございませんか」

「え⁉　あの人が名探偵。嘘でしょ⁉」麗子さんが眉を顰《ひそ》める。「だってあの人、さっきまでわたしの背中を追い回していた男と、よく似てるわ。むしろ変質者じゃないの⁉」

ほら見ろ、おっちゃん。普段の素行の悪さが、自分の足を引っ張ってるぞ……

「まあ、いいわ。本当に名探偵なら何かの役に立つでしょうしね」結局、麗子さんは執事の進言を受け入れて、おっちゃんを呼び止めた。「すみません、毛利さん、せっ

かくなのでご協力いただけますか。とにかく現場の保存を最優先にお願いします」

「そ、そうこなくっちゃ！　この毛利小五郎、お役に立ちますよ」美人刑事に頼りにされるのがよっぽど嬉《うれ》しいのだろう。おっちゃんは俄然張り切った顔になって、現場の整理に当たった。「ほらほら、下がって下がって。我々の捜査の邪魔ですからね」

「それから、影山は一一〇番通報を。それと無駄だと思うけど、救急車の手配も」

「承知しました」影山さんは携帯を取り出して、ふと首を傾けた。「ですが、お嬢様、この非常口で何が起こったというのでございますか。見たところ何も異状は……」

「異状はあるわ。ほら、ここよ」麗子さんは非常口の半開きの扉を押し開けた。

そこは鉄製の非常階段。扉の前には畳一枚程度のスペースがある。そこにひとりの男が倒れていた。地味な背広を着た中年だ。薄《うっす》らとパーマの掛かったボサボサの髪の毛に日焼けした肌。狭い空間に窮屈な姿勢で横たわりながら、その身体はピクリとも動かない。

その胸元には一本のナイフ。男は胸を刺されて、すでに息絶えているらしかった。

「了解いたしました」影山さんは頷くと、手許の携帯に指を走らせた。

オレはといえば、先ほどから非常口の傍の壁際にうずくまる青いドレスの女性が気になっていた。オレは現場の雰囲気が読めない小学生のフリをして、彼女に話しかけてみた。

「ねえ、お姉さん、顔がドレスと同じ色になってるよ。気分でも悪いの?」

彼女は「ううん、大丈夫よ、坊や」と真っ青な顔を振った。全然大丈夫じゃなさそうだ。

「ひょっとして、お姉さんが死体を見つけたの？　お姉さん、誰？」

「わたし、君原美咲《きみはらみさき》。地元の飲食店に勤めてるの」と震える声でいった。「わたし、外の空気が吸いたくて、この非常口の扉を開けたの。そしたら扉の向こうに何かがあって――」

「それが、男の人の死体だったんだね」

「ううん、ちょっと違うわ」君原美咲は慌てて首を左右に振った。「正確にいうと、そのときは死体ではなかったの。あの男の人には、まだ息があったから」

「え、そうなの⁉」オレは思わず緊張する。「じゃあ、そのとき男の人は何か言い残したりしなかった？　ダイイング・メッセージみたいなやつを……」

「ええ、ダイイング・メッセージかどうか、よく判らないんだけど、確かにあの人は奇妙な言葉を言い残したわ。――『カムサハムニダ』ってね」

それから、しばらくの後。オレは大人たちと一緒にホテルの一室にいた。そこには毛利のおっちゃん以下、宝生麗子刑事と執事の影山さん（下の名前はなんていうんだろ？）、そして第一発見者の君原美咲、それから新たに加わった二名の姿があった。ひとりは鮮やかな和服を着込んだ中年女性。もうひとりは立派な背広を着た白髪の紳士だ。六名の大人たちは思い思いにL字形のソファに座ったり、壁に寄りかかったりしている。そんな部屋の中には、重苦しい雰囲気が充満していた。

影山さんの通報にもかかわらず、警察はいまだホテルに到着していない。

それというのもホテル『ダ・ヴィンチ』は都心にある高級ホテルではなくて、高尾山の麓《ふもと》にあるリゾートホテル。しかも悪いことにホテルに通じる一本道が、偶然の崖崩れで寸断されてしまったのだという。つまり警察による捜査が当分期待できない危機的状況（でも、ミステリではありがちな状況）というわけだ。そして、このような状況の中で俄然存在感を発揮するのは、昔から私立探偵と相場が決まっている。

案の定、毛利のおっちゃんは現職刑事の麗子さんを差し置いて、偉そうにその場を仕切りはじめた。

「仕方がない。ここにいる我々だけで、やれるだけのことをやるしかありませんな」

確かにそうだけど、余計な真似はしないほうがいいんじゃねーか、とオレは冷ややかな視線を彼に送る。だが調子に乗ったおっちゃんは、すっかり名探偵気取りで顎に手を当てた。

「まず、なんといっても興味深いのは、被害者が死に際に残した言葉ですな。『カムサハムニダ』――うーむ、韓国語で『こんにちは』か」

居合わせた一同の間に、ビミョーな空気が流れる中――

「えーっと、違いますよね？　『ありがとう』ですよね」麗子さんが勇気を持って訂正する。

「ええ、たぶん」と君原美咲も苦笑いしながら相槌《あいづち》を打つ。「わたし、K‐POPとか好きなほうですけど、確かわたしの記憶では『ありがとう』だった気が……」

「え!?　ああ、はい、そうでしたそうでした！」おっちゃんは慌てて思い出したフリをしてみせる。「確かに、『カムサハムニダ』は韓国語で『ありがとう』。常識ですな」

おっちゃん、常識ないなら黙ってればいいのに……とオレは残念な気分。これは早めに釘を刺しておいたほうがいいかも。

そう思いはじめたオレの隣で影山さんが「ゴホン」と咳払《せきばら》いして口を開いた。「『こんにちは』にせよ『ありがとう』にせよ、死に際の伝言としては意味不明に思われます。そもそも被害者の残した言葉が、韓国語であると決め付けるのは、早計では？

被害者は日本人だったはずでございますよ」

「確かに、影山のいうとおりだわ」麗子さんはテーブルの上に視線を送る。

そこには被害者の死体から抜き取った遺留品の数々が並べられていた。財布や鍵やクロークの番号札。そんな中から麗子さんは黒い手帳を手に取り、中身を開いた。

「亡くなった男性は浦本健一《うらもとけんいち》氏、四十五歳。職業はわたしと同じ警察官。勤務地は高尾南署。――間違いありませんね、奥さん?」

麗子さんはソファに座る和服姿の中年女性に視線を向けた。彼女の名前は浦本康子《やすこ》。殺された浦本健一の奥さんだ。先ほどの混乱した現場の中、開いた非常口から夫の死体を垣間見た康子夫人は、自ら被害者の妻であると名乗り出て、この場に加わっているのだ。

「ええ、間違いありません。主人は正義感の強い立派な刑事でした」

「そうです。そんな浦本君がなぜ、こんな酷《ひど》い目に!」

夫人の隣に座る白髪の紳士が、義憤に満ちた表情で拳を震わせる。彼の名は山崎栄《やまさきえい》治《じ》。殺された浦本健一のかつての上司。つまり元警察官だ。現在は退職して悠々自適の生活を送っているらしい。そんな彼はパーティの席上で偶然康子夫人に出会い、その直後に元部下の死を知ったのだという。山崎栄治は麗子さんではなくおっちゃんの方を向いて、真顔で問い掛けた。

「探偵さん、いったい誰が何のために浦本君を殺したんですか？」

残念ながら、聞く相手を間違えてるぜ、山崎さん。そのおっちゃんに聞いても、なんにも出てきゃしないんだから。そう呟くオレをよそに、おっちゃんは山崎栄治に聞いた。「浦本健一氏を殺害する動機を持つ者に、心当たりはありませんかな？」

「それは大勢いるはずです。なにしろ浦本君は『高尾山のコロンボ』の異名を取るほどの男。捕まえた犯罪者は数知れません。中には逆恨みをする者もいたことでしょう」

元警察官の言葉に、現職刑事の麗子さんは「あり得ることです」と深く頷いた。「『高尾山のコロンボ』ですか。きっと優秀な警察官だったのですね……」

と、そのとき突然、オレの隣に立つ影山さんが、「コナン様」とオレに耳打ちした。

「殺された浦本氏は背広姿でございました。ですが、この季節の高尾山ですとコートが欠かせないかと思われます。では浦本氏のコートは、いまどちらにあると思われますか」

「浦本さんのコート!?　たぶんクロークに預けてあるんだと思うよ」

「同感でございます。ではコナン様、そのコートがどのようなものか、一度ご覧になりたいとは思われませんか？」

「え⁉ べつに思わないけど——ん⁉」影山さんはオレにコートを確認してみろ、といっているのか。被害者のコートに事件解決の鍵があるとでも? よく判らないが、オレはこの鋭い執事の言葉を聞くうちに、猛烈に被害者のコートを見てみたくなった。クロークからコートを取り出すには番号札が必要。その番号札は被害者の遺留品のひとつとして、テーブルの上に置いてある。オレは大人たちの目を盗んで、「——サッ」と素早く手を動かすと、その番号札をポケットに入れた。「あ、あのさ、ボク、ちょっとトイレにいってくるね」

すぐ戻るんだぞ、というおっちゃんの言葉を背中で聞きながら、オレは廊下に出た。すぐさま猛ダッシュでパーティ会場のクロークへ。カウンターのお姉さんに番号札を差し出すと、お姉さんは「少々お待ちください」といって、いったん奥へ。やがて怪訝《けげん》な表情で戻ってきたお姉さんは、「本当にこれ、坊やのお荷物⁉」といって、ベージュのコートと黒いビジネスバッグを示した。いかにも中年臭さが漂う代物《しろもの》だ。うわ、さすがに小学生がこれを受け取るのは不自然すぎるな、とオレが焦っていると、

「ああ、その荷物なら、わたくしのものでございます」

オレの頭上からタキシードの両腕が差し出され、その荷物を受け取った。

影山さんだった。

彼は受け取ったコートをその場で広げて、よくよく眺めた。それは薄汚れてヨレヨレになったベージュのコート。そう、あのドラマの中で名刑事が着ていたような――そのことに気付いた瞬間、オレの頭の中ですべての謎は解けた。


オレと影山さんはホテルの一室に戻った。オレは影山さんが事件について何か語りだすのではないかと思って見ていたが、彼は麗子さんの傍らに控えるばかりで自分から何も動こうとはしない。考えてみれば、彼は宝生家の執事。お嬢様である麗子さんを差し置いて、自分が出しゃばるような真似《まね》をするはずがない。――ならば、オレがやるしかないか。

決意を固めたオレはL字形のソファの陰に身を潜め、腕に嵌《は》めた時計型麻酔銃を開く。照準を毛利のおっちゃんに合わせ、首筋に狙《ねら》いを定めて――発射！　勢いよく放たれた麻酔針はおっちゃん目掛けて一直線。だが針の先端がその首に刺さろうとした、次の瞬間――

「おや、靴紐がほどけてるな」おっちゃんはヒョイとしゃがんで、靴紐を結び直す。

――馬鹿か、おっちゃん！　靴紐ぐらい事件が解決した後で百回でも千回でも結び直せるじゃねーか、なんでこのタイミングなんだ——ッ！

と思ったときには、もう遅い。

標的を外した麻酔針は、偶然おっちゃんの背後にいたタキシード姿の執事、影山さんの首筋に「——ブスッ」と見事命中！ 影山さんは「うッ」と小さく呻《うめ》き声をあげると、ダンスでも踊るかのように軽やかにその場で一回転。そのまま二、三歩よろけると、オレが隠れるL字形ソファの端にストンと腰を落ち着けた。すべては一瞬の出来事だった。

——やべえ！ 影山さんを撃っちまったぞ。しかも、あの麻酔針、頸動脈《けいどうみゃく》のあたりに結構深く突き刺さったけど、大丈夫か？

オレはソファの陰から恐る恐る顔を覗かせる。そんなオレの視線の先、影山さんは穏やかな表情のまま、いい感じで眠りに落ちていた。

一方、事情が飲み込めない麗子さんは、いきなり座り込んだ執事を眺めてキョトンとした表情。「どーしたのよ、影山!? ちょっとリラックスしすぎじゃないの!?」

こうなったら仕方ない。このまま蝶ネクタイ型変声機で影山さんの声を装えば、べつに問題はないはず。オレは変声機のダイヤルをおおよそ影山さんの声のレベルに合わせて、ソファの陰から喋りはじめた。「——実は今回の事件の真相が判ったんですよ」

勝利宣言するような影山さんの声（本当はオレの声）に一同は立ち上がって彼の前へと集まる。そんな中——

「判ったんですよ⁉」麗子さんだけが、なぜか不満顔だ。「へえ、あんた、いつからこのわたしに対してそんな口が利けるようになったの？　随分と偉くなったのねえ、影山」

「あッ、いやッ、判ったのです。判ったのでございます、お嬢様」

畜生、考えてみればオレ、普段、敬語とか使ったことねえじゃん。そもそも小学生って敬語使わなくても許されるし。思わぬ事態に冷や汗を掻きながら、オレは変声機に口を寄せる。「と、とにかく、わたくしの推理に間違いはございません。今回の事件の真相、その最大のポイントは——」

「ちょ、ちょっと待って！」またしても、麗子さんがオレの話を遮った。そして彼女は影山さんの耳元に口を寄せると、囁《ささや》くようにいった。「影山、いつものアレはどうしたのよ。アレなしで、いきなり真相を語りだすなんて、あなたのやり方じゃないわ」

「……………」な、なんだ、アレって⁉　事件の真相を語るのに、なにが必要だって⁉

「ほら、いつもあなたがいうじゃない。謎が解けたときに、『お嬢様の目は節穴でございますか』とか『お嬢様、どこに目ン玉、お付けになっていらっしゃるのですか』

とか、いろいろわたしにいってきたでしょ、暴言の数々を。今回、それはナシなの？」

はあ、暴言⁉ なんだそれ⁉ オレがいわなきゃいけないのか。無茶いうなよ、オレはそういう毒舌キャラじゃないんだっての。――ええい、仕方ない、こうなったら自棄《やけ》だ！

オレは手許の変声機に向かって、精一杯悪意のこもった暴言を口にした。

「お嬢様、この程度の真相が見抜けないとは、お嬢様の推理力はまさに小学生レベルでございますね！」

「小学生レベル……」麗子さんは怒るでも泣くでもなく、キョトンとした表情を浮かべた。「あれ⁉ わたし、褒められてる⁉ だって、前にあなた、わたしの推理力を幼稚園レベルって酷評したわよね。小学生レベルってことは、わたしも少しは進歩したってことかしら」

畜生、判らない……オレには、このお嬢様と執事の関係性が全然理解できない……

オレはL字形ソファの陰で、人知れず敗北を噛み締める。そんなオレの気持ちをよそに、

「まあ、いいわ。なんだか調子が狂っちゃったけど、話を先に進めましょう」麗子さんはアッサリと話題を元に戻した。「で、影山、今回の事件のポイントは何だというの？」

オレは気を取り直して、蝶ネクタイ型変声機に口を寄せる。

「はい、ポイントは被害者、浦本健一氏が『高尾山のコロンボ』の異名を取る刑事であったという点でございます。お嬢様はその話を聞いて、浦本氏が優秀な警察官であったと考えた様子。それも確かに事実ではありましょうが、おそらく浦本氏が『高尾山のコロンボ』と呼ばれたのは、その風貌がドラマのコロンボ刑事によく似ており、なおかつ、浦本氏自身もドラマの名刑事に憧れる無類のコロンボ好きであったからだろうと思われます。——そうではございませんか、山崎栄治さん？」

「え、ええ。執事さんのおっしゃるとおり、浦本君はコロンボに憧れて刑事になったほどのコロンボ・マニア。髪の毛をボサボサにしているのも、ヨレヨレのベージュのコートを着ているのも、コロンボを真似たファッションなのです。けれど、それがなにか……？」

「わたくしは、こう考えたのでございます。そこまでコロンボに心酔する浦本氏ならば、きっと例の名台詞《めいせりふ》も、間違いなく真似したのではないかと。——ほら、コロンボといえば、特に有名な台詞がございますよね。そう、『うちのカミさんがね』という、あの台詞でございます。いかがでございますか、奥様？」

「…………」浦本康子は怯《おび》えたような目で執事の姿を見詰めるばかりだ。

その様子を見て、オレは自らの推理に確信を持った。オレは変声機に口を寄せて続けた。

「胸を刺されて致命傷を負った浦本健一氏は、残る力を振り絞って、最後の言葉を伝えました――『カムサハムニダ』。韓国語で『ありがとう』の意味です。が、これはK‐POP好きの君原美咲さんの耳にそう聞こえただけの話。実際には、コロンボ好きの浦本氏は震える唇で、こう言い残したのでございましょう。――『カミさんが犯人だ』と」

その瞬間、一同の間に衝撃が走った。「カミさんが犯人だ」「カミさんがハンニンだ」「カミサンガハンニンダ」「カムサンガハンニダ」「カムサンハムニダ」「カムサハムニダ」……そして一同の思いを代弁するように、毛利のおっちゃんが叫んだ。

「駄洒落《だじゃれ》じゃないか！」

駄洒落とはなんだ！　人がせっかく推理した、たった一つの真実を、駄洒落とは！

「仕方ねーだろ、おっちゃ――」おっと、間違えた。「仕方ないことでございますよ、毛利様。ダイイング・メッセージというものは、往々にして駄洒落に似るもの。そう、浦本健一氏を殺害した真犯人は彼のカミさん――すなわち、康子夫人だったのでございます」

一同の視線が康子夫人に集まる。夫人は立っているのがやっとの様子で唇を震わせた。

「お、おっしゃるとおりですわ。主人を殺したのはわたくしです。主人は妻であるわたくしを差し置いて、別の女と一緒にこのパーティに参加したのです。前もってそのことを知ったわたくしは、その女と刺し違える気で、ナイフを持って同じパーティに参加いたしました。しかし、いざとなると裏切った主人を恨む気持ちのほうが強くなってしまい……。それでわたくしは、主人が非常階段に煙草を吸いに出た、その隙を狙って彼の前に姿を現し、その胸をナイフで刺しました。そしてすぐにその場を離れ、パーティの人ごみに紛れ、偶然出会った山崎栄治さんと談笑していたのです。しかし、まさか瀕死の主人が、あのような言葉を残していたなんて！　悪いことはできないものですね……」

浦本康子は自らの罪を認めると、そのまま床の上に泣き崩れた。

それと同時に、ソファの上で影山さんが眠りから目覚めた。寝ぼけ眼《まなこ》の執事は事情が飲み込めずキョトンとした顔。しかし立っている麗子さんと座っている自分を見返すうちに、異常な状況に気付いたのだろう。「――うわ！」とひと声叫んで、すっくと立ち上がると「も、申し訳ございませんでした」とお嬢様の前で平謝り。すると今度は麗子さんのほうがキョトンとした顔になって、執事にいった。

「なに謝ってるの、影山⁉ あなたが事件を解決したんでしょ。お手柄だったわよ」

「おや、そうでございましたか。それは、なによりでございました」

とぼけた口調でいうと、影山さんは部屋の中を見回した。そしてソファの後ろに立つオレの姿を見つけると、眼鏡の奥から何かいいたげな視線をオレに向ける。

オレは何もいわないまま、親指を立てるポーズで得意げな笑顔。

そんなオレに対し、タキシード姿の執事は胸に手を当て、恭しく一礼するのだった。


（おしまい）

初出『ダ・ヴィンチ』二〇一四年五月号

解説

杉江松恋

「なぜ、お嬢様は数多くの事件を経験しながら、一ミリも進歩なさらないのでございますか？　ひょっとして、わざとでございますか？」

今回の悪罵《あくば》大賞は右の発言に決定。いやー、相変わらず人の痛いところをつくよね。『謎解きはディナーのあとで3』をお届けします。本書の親本は、二〇一二年十二月十七日に小学館から刊行された。今回が初の文庫化である。

前二冊が大ベストセラーになっているので改めて説明の必要はないかもしれないが、一応。なお、刊行時のヒットの模様やメディアミックス作品については、前巻までの解説を参照していただきたい。

本書の主人公は警視庁国立署（は実際には存在せず、国立市は立川署の管轄になる）に奉職する刑事、宝生麗子だ。署のほとんどの者には正体を隠しているが、実は彼女は国内有数の巨大複合企業〈宝生グループ〉の総帥・清太郎の一人娘なのである。つまりまったく働かなくても食える身分なのだが、親がかりになるのを嫌って一人立ちし、警察官となった。彼女の上司・風祭警部は自身が自動車メーカー〈風祭モータース〉経営一族の御曹司であることを鼻にかけている男だ。彼は知らないが両家には、宝生一族がその気になれば〈風祭モータース〉ごときはあっという間に買収できてしまうほどの資産の格差があるのである。

麗子に推理の才が備わっていれば事態は簡単。筒井康隆『富豪刑事』（一九七八年。現・新潮文庫）の神戸《かんべ》大助や本宮ひろ志『俺の空　刑事編』（一九八〇年〜　現・集英社ヤングジャンプコミックス）の安田一平よろしく、知力と財力で正義の使者となることができたのだが、残念ながらそこまでの能力は彼女にはなかったのである。輪をかけて単純な上司の思考に悩まされ、とはいえ自分ではいい知恵も出せず、事件解決を後回しにして帰宅すると、そこに一人の男がいる。影山である。

影山は麗子専属の運転手兼執事だ（日本では区別が曖昧《あいまい》だが、実際には執事 butler ではなくて従僕 footman か従者 valet に近い存在）。ということは絶対服従のはずなのだが、この男は物腰こそ丁寧だが、時折慇懃無礼《いんぎんぶれい》な態度で暴言を吐く。それがいちいち麗子の痛いところを突くのである。つまり、本当のことだからだ。

そういった使用人を許しておいては主《あるじ》の沽券《こけん》に係わる。しかし麗子には彼に強く出られない訳があった。本当はプロの野球選手かプロの探偵になりたかったという影山は、たぐいまれなる推理能力の持ち主だったのである。かくして彼女は、使用人の罵言に耐えながらその知恵を借りることになる。

これがシリーズ第一作「殺人現場では靴をお脱ぎください」で確立されたシリーズのパターンである。麗子の私生活が描かれたり、自分自身が事件の関係者になってしまったり、といった脱線はあるものの、ほぼ原型が踏襲される形でシリーズは続けられてきた。

第三巻にあたる本書では、第一話「犯人に毒を与えないでください」(《きらら》二〇一二年一・二月号)で風邪に悩まされ、第五話「彼女は何を奪われたのでございますか」(《きらら》二〇一二年九・十月号)では不覚にも事件関係者の一人に心を動かされてしまい、と意外な顔を見せつつも一応麗子は真面目に職務をまっとうしている。収録作の異色は第三話「怪盗からの挑戦状でございます」(《きらら》二〇一二年五・六月号)で、これは宝生邸の財宝を狙う怪盗が現れるという話だ。本シリーズではしばしば魅力的な謎が披露されるが、第二話「この川で溺れないでください」(《きらら》二〇一二年三・四月号)と第四話「殺人には自転車をご利用ください」(《きらら》二〇一二年七・八月号)ではそれぞれ有名なトリックのバリエーションが用いられており、その筋のマニアならニヤリとさせられるはずだ。

気になるのは書き下ろしの第六話が「さよならはディナーのあとで」と題されていること。気になる人はどのような「さよなら」が待っているのか、とりあえず本書を最後まで読んで確かめてもらいたい。「小学館ならでは」の豪華な番外篇が収録されているのは、文庫版ならではのご褒美である。なお、これ以外の番外篇としては櫻井翔・北川景子主演の映画をノヴェライズした『映画 謎解きはディナーのあとで』（東川篤哉／原作、黒岩勉／脚本、涌井学／著。二〇一三年。小学館文庫）と、椎名桔平演じる風祭警部を主役にしたスピンオフドラマをノヴェライズした『謎解きはディナーのあとで 風祭警部の事件簿』（東川篤哉／原案、黒岩勉／著。二〇一四年。小学館文庫）が存在する。

さて、ここからは本書が属するユーモア・ミステリーの系譜について簡単に概観してみたい。ざっと海外の状況をおさらいしておくと、一九二〇年代〜三〇年代のいわゆる〈黄金期〉に活躍した英国作家の中にもアントニイ・バークリー（一九三〇年刊、現・創元推理文庫『第二の銃声』他）やリチャード・ハル（一九三四年刊、現・創元推理文庫『伯母殺人事件』他）など、笑いの要素を重視する者は多数いた。アメリカ人だがイギリスが好きで長年かの地で暮らしていたジョン・ディクスン・カーはスラップスティック・コメディのファンで『盲目の理髪師』（一九三四年。現・創元推理文庫）という全編笑いに覆われた作品を書いている。アメリカに渡るとさらにコメディを意識する作家は多く、西部小説出身のフランク・グルーバー（一九四一年刊、現・創元推理文庫『コルト拳銃の謎』他）や、ニューヨークの街を魅力的に描いた都会派クレイグ・ライス（一九四四年刊、現・ハヤカワ・ミステリ文庫『スイート・ホーム殺人事件』他）、巨漢探偵と洒落男《しゃれおとこ》のコンビを活躍させたレックス・スタウト（一九三五年刊、現・ハヤカワ・ミステリ文庫『腰ぬけ連盟』他）といったあたりが代表的である。

この流れは戦後も変わらず、とんでもなく無能な警官を主人公とする『ドーヴァー1』（一九六四年。ハヤカワ・ミステリ）のジョイス・ポーターや、ハードボイルドをパロディ化してアクション・コミックに仕立てたカーター・ブラウン（一九五九年刊、現・ハヤカワ・ミステリ文庫『死体置場は花ざかり』他）など多くの作家が登場している。興味がある方は現代作家の手に入る作品から読んでみるといいだろう。とりあえず三冊挙げるなら、ドナルド・E・ウェストレイクの犯罪小説『ホット・ロック』（一九七〇年。角川文庫）、ジャネット・イヴァノヴィッチの女性探偵小説『私が愛したリボルバー』（一九九四年。扶桑社文庫）、ジル・チャーチルの主婦探偵もの『ゴミと罰』（一九八九年。創元推理文庫）あたりを試してもらいたい。

日本のユーモア・ミステリーの出発点をどこに設定するかは議論の分かれるところだ。少なくとも一九六〇年代までは笑いの要素がある作品がそれほど重視されていなかったのは確かで、シリアスなものに対して一段低い評価であった。それでも『ひげのある男たち』（一九五九年。現・創元推理文庫）、『死者におくる花束はない』（一九六二年。現・講談社文庫）などの結城昌治の初期作品、『飢えた遺産』（改題後『なめくじに聞いてみろ』。一九六二年。現・扶桑社文庫）、『三重露出』（一九六四年。現・光文社文庫）などの都筑道夫の諸作によって、ようやくその重い扉が開かれたのである。都筑は江戸戯作《げさく》文学のよき理解者であり、現代ミステリーには名探偵の存在が不可欠であるという持論の主であった。そのため〈キリオン・スレイ〉シリーズ、〈なめくじ長屋〉シリーズなどの連作を多く手がけ、ミステリーをキャラクター小説としても再建した功績がある。

一九六九年に朝日ソノラマから刊行されたサン・ヤング・シリーズは、ジュヴナイル向けの単行本叢書《そうしょ》だった。このシリーズは現在のライトノベルのはしりといってもいいものでありSFでは平井和正や加納一朗、光瀬龍などを世に出しているが、ミステリーにも小林信彦『オヨヨ島の冒険』（一九七〇年。現・角川文庫、ちくま文庫）と辻真先『仮題・中学殺人事件』（一九七二年。現・創元推理文庫）という重要な作品を刊行している。

小林の『オヨヨ島の冒険』は、世界征服を企《たくら》む怪人・オヨヨ大統領が登場するシリーズの第一作である。以降ジュヴナイルとして『怪人オヨヨ大統領』(一九七〇年)、『オヨヨ城の秘密』(一九七四年)、成人向けに『大統領の密使』(一九七一年)、『大統領の晩餐《ばんさん》』(一九七二年。以上、現・ちくま文庫)などが書かれ、後者はミステリー・ファンジンのSRの会でも高く評価されるなど、一九七〇年代を代表するユーモア・ミステリーのシリーズになっていく。小林はこの連作をパロディとしてとらえており、喜劇俳優のマルクス兄弟をモデルにしたキャラクターが登場する『怪人オヨヨ大統領』、怪人二十面相シリーズと東映ヤクザ映画の合体に挑戦した『大統領の晩餐』などは必読の傑作である。

小林はこの連作以外にもパロディの形式を使ったユーモア・ミステリーの創作を試みており、シャーロック・ホームズ譚《たん》を意識した『神野推理氏の華麗な冒険』(一九七七年。現・新潮文庫)、日活アクション映画とグルメ小説を合体させた『ドジリーヌ姫の優雅な冒険』(一九七八年。現・文春文庫)などの作例がある。前者はグラフ誌の「太陽」、後者は女性誌の「クロワッサン」が連載媒体であり、小林はミステリーをサブカルチャーの枠組みの中で提供し続けた作家でもある。

辻真先は、NHKのディレクター出身であり、アニメ番組の脚本家としては草分けの一人でもある。活字だけではなくコミック・映像文化にも造詣《ぞうけい》が深く、初期においては主にソノラマ文庫（サン・ヤング・シリーズから派生）を主戦場にしてSF色の強い作品やコミカルなジュヴナイルを書き続けた。『仮題・中学殺人事件』は可能キリコこと〈スーパー〉、牧薩次（辻真先のアナグラムである）こと〈ポテト〉のコンビが登場する連作の第一作であり、辻はこのシリーズを『戯作・誕生殺人事件』（二〇一三年。東京創元社）で完結するまで、四十年にわたって書き続けた。それ以外にも辻には、後述する〈三毛猫ホームズ〉シリーズのパロディである〈迷犬ルパン〉シリーズなど、重要な作品が多数ある。

一九七〇年代に起きた変化としては他に、江戸川乱歩賞がユーモア青春ミステリーの書き手である小峰元と栗本薫に授与されるという出来事があった。乱歩賞は新人登龍門の主流であり、それが与えられたという事実はユーモア・ミステリーが市民権を得たということの証左でもあった。その乱歩賞以外からも、重要な新人が二人デビューを果たしている。一九七五年に「DL2号機事件」（創元推理文庫刊『亜愛一郎の狼狽《ろうばい》』に所収）で第一回幻影城新人賞佳作入選を果たした泡坂妻夫と、一九七六年に「幽霊列車」で第十五回オール讀物推理小説新人賞を受賞した赤川次郎である。

泡坂は石田天海賞の受賞歴もあるアマチュア・マジシャンで、以降もトリッキーな作品を量産し続けた。「DL2号機事件」に続く〈亜愛一郎〉シリーズや『しあわせの書』（一九八七年。新潮文庫）などの作品はユーモア・ミステリーとしても必読作である。

「幽霊列車」は女子大生・永井夕子と宇野喬一警部のコンビ探偵を登場させた記念すべき作品であり、それまでの日本ミステリーにはあまり例がない、若者の風俗を自然な筆致で書ける作家として赤川は注目された。その人気が爆発したのは一九七八年の『三毛猫ホームズの推理』（現・光文社文庫他）であり、不思議な猫ホームズを狂言廻しにした連作は多くの読者から支持を集めた。一九七〇年代末は各社が競って新書系の文芸書を創刊した、〈ノベルズ戦争〉の時期であったが、このシリーズの成功により、軽妙なユーモア・ミステリーの連作がいくつも書かれる下地も形成された。一九八〇年代はノベルズの時代だが、それを準備したのは赤川のユーモア・ミステリーと、西村京太郎が主導したトラベル・ミステリーの諸作である。赤川には他に〈三姉妹探偵団〉〈吸血鬼・神代エリカ〉〈大貫警部〉など多数のシリーズがあり、いずれも人気作品になっている。

一九八〇年代末からの大きな変化は新しい人材が現れて世代交代が始まったことで、

京都大学推理小説研究会出身者を中心とした作家たちによる〈新本格〉ブームがミステリー界を席巻《せっけん》した。その先輩作家で運動の精神的支柱になった島田荘司は幅広い作風を持つ書き手であり、ユーモア・ミステリーのジャンルでも『嘘《うそ》でもいいから殺人事件』（一九八四年。現・集英社文庫）などの作品を書いている。〈新本格〉の第一波として現れた作家である我孫子武丸は早い時期からスラップスティック・コメディを書くことに意欲的で、デビュー作『8の殺人』（一九八九年。現・講談社文庫）などの〈速水三兄妹〉シリーズは完全にそれを意識したものである。近年でも警察官を主人公にしたドタバタ群像劇〈警視庁特捜班ドットジェイピー〉シリーズなどを手がけている。

〈新本格〉ブーム以降にデビューした作家を一括《ひとくく》りにすることはできないが、中には一定数の〈笑い〉の要素を重視する者がいた。それは上の世代の泥臭い作風に対抗して軽妙さを追求しようとしたためかもしれないし、都筑道夫の提唱した名探偵必要論に回帰してキャラクター小説の魅力を前面に押し出した結果かもしれない。正体不明のフリーターという摑《つか》みどころのないキャラクターを主人公に据えた〈猫丸先輩〉シリーズ（一九九四年刊、現・創元推理文庫『日曜の夜は出たくない』他）で知られる倉知淳、謎解きという行為に潜む狂気性をパラレル・ワールドの探偵物語という形式で作品化した〈キッド・ピストルズ〉シリーズ（一九九一年刊、現・創元推理文庫『キッド・ピストルズの冒瀆《ぼうとく》』他）の山口雅也、コージー・ミステリーやロマンス小説、喜劇小説の要素を自作にも積極的に反映する若竹七海（一九九九年刊、現・光文社文庫『ヴィラ・マグノリアの殺人』他）などに前者の性格を感じる。

また、動物モチーフと不可能犯罪を要としてスラップスティック・コメディと謎解き興味とが融合した作品を中心に活動している霞流一（二〇一四年刊、原書房『フライプレイ！　監棺館殺人事件』他）や、名探偵という存在の怪しさ、おかしさに着目した皮肉な作品を書き続けている麻耶雄嵩（二〇一一年刊、講談社ノベルス『メルカトルかく語りき』他）、同じく名探偵が存在する世界と現実との齟齬《そご》を描く北山猛邦（二〇〇八年刊、現・創元推理文庫『踊るジョーカー』他）などの探偵キャラクターの扱い方には、都筑道夫理論の実践篇としての魅力を感じる。

それら作家による爛熟《らんじゅく》期《き》を経て現在に至るユーモア・ミステリーには二つの特徴がある。

一つは米澤穂信の登場以降、青春ミステリーの要素が強い作品が多く書かれるようになったことだ。米澤のデビュー作は二〇〇一年の『氷菓』（現・角川文庫）だが、発表当時はライトノベル・レーベルからの刊行ということもあり、知る人ぞ知るという存在だった。二〇〇四年の『さよなら妖精』(現・創元推理文庫)のころから一般のミステリー・ファンにも知られるようになり、変わり者の高校生男女を主人公とした〈小市民〉シリーズ(二〇〇四年刊、創元推理文庫『春期限定いちごタルト事件』他)や『氷菓』を第一作とする〈古典部〉シリーズなどが人気を博した。若い読者の中には米澤の作品をライトノベルとしてとらえ、ミステリーとして意識しないで楽しむ層もいる。ミステリーというジャンルの「外」に対する遠心力を米澤の作品は持っているのだ。

この他にも県立高校の吹奏楽部を中心にした〈ハルチカ〉シリーズ(二〇〇八年刊、現・角川文庫『退出ゲーム』他)の初野晴、〈にわか高校生探偵団の事件簿〉シリーズの似鳥鶏(二〇〇七年刊、創元推理文庫『理由あって冬に出る』他)、古書ミステリーとしても人気が高い〈ビブリア古書堂の事件手帖〉シリーズ(二〇一一年〜、メディアワークス文庫)の作者である三上延などの有力な書き手がいる。ユーモア・ミステリーの源流の一つが辻真先のソノラマ文庫作品にあることを考えると、これは先祖返りといってもいい現象だ。

もう一つの流れを作り出したのが本書の作者である東川篤哉であることは言うまでもない。東川は『密室の鍵貸します』(二〇〇二年)でデビューして以来烏賊川《いかがわ》市という架空の地方都市を舞台にして作品を書き続けてきた。その連作の長篇における代表作は『交換殺人には向かない夜』（二〇〇五年）だろうが、二〇一一年九月に刊行されたシリーズ初の短篇集『はやく名探偵になりたい』（以上、現・光文社文庫）でユーモア・ミステリーとしてはさらにステップアップした観がある。なぜか高いところから転落する癖のある探偵・鵜飼杜夫、その探偵に悩まされるビルの大家・二宮朱美というレギュラー・キャラクターによる繰り返しのギャグが短篇集ならではの効果を上げているからだ。

東川の功績は、その〈烏賊川市〉ものだけではなく、数々のシリーズを同時に成立させて書き続けていることである。単発ではなくて連続ものにすることによって初めて効いてくるギャグというものがある。おなじみのパターンを繰り返すことで、読者を中毒にしてしまうのだ。『謎解きはディナーのあとで』第一巻が刊行されたのは二〇一〇年のことだが、それ以前にも東川には前述の〈烏賊川市〉と〈鯉ヶ窪《こいくぼ》学園探偵部〉（二〇〇四年刊、現・光文社文庫『学ばない探偵たちの学園』他）というシリーズがあった。二〇一〇年以降には東川は、『魔法使いは完全犯罪の夢を見るか？』（二〇一二年。文藝春秋）に始まる〈魔法使いマリィ〉、『ライオンの棲む街』（二〇一三年。祥伝社）に始まる〈平塚おんな探偵〉などのシリーズを起動させており、二〇一四年には『純喫茶「一服堂」の四季』（講談社）、『探偵少女アリサの事件簿　溝ノ口より愛をこめて』（幻冬舎）という二つの連作短篇集を上梓《じょうし》している。私にはこうした活発な動きが、一九八〇年代初頭の赤川次郎のそれに重なって見えるのだが諸兄諸姉はいかがだろうか。赤川が数々のシリーズで読者を虜《とりこ》にし、軽い読み味のミステリーの魅力を知らしめていったようなブームの旗手の働きを、ぜひ東川にも求めたいと思う。

　東川の成功以降、最近ではユーモラスなキャラクターの味を前面に押し出した連作が多く書かれるようになった。後のミステリー史の本に「東川前／東川後」という時代区分がされても、私は驚かないのである。たとえば、鳥飼否宇は東川の先輩格にあたる作家であり（〈綾鹿《あやか》市〉シリーズという架空都市を舞台にした作品を、〈烏賊川市〉シリーズに先んじて発表している）、別名義で人気キャラクターの連作も著している作家だが、二〇一二年に妄想の激しい女性刑事を主人公にした『妄想女刑事《デカ》』（現・角川文庫）を発表し、シリーズ化している。また、地方警察の刑事の悲哀を描いた滝田務雄『田舎の刑事の趣味とお仕事』（二〇〇七年。現・創元推理文庫）も『謎解きはディナーのあとで』のヒット前に書かれた作品だが、ドラマ化もされ息の長いシリーズに成長した。

　二〇一〇年以降に刊行されたものでは、前出の似鳥鶏による『戦力外捜査官』（二〇一二年。現・河出文庫)、七尾与史『ドS刑事《デカ》 風が吹けば桶屋《おけや》が儲《もう》かる殺人事件』(二〇一一年。現・幻冬舎文庫)、天祢涼『セシューズ・ハイ 議員探偵・漆原翔太郎』(二〇一三年。講談社)などがあり、これらはいずれもシリーズ化された。ここに『なぜなら雨が降ったから』(二〇一四年。講談社)の森川智喜や、『上石神井さよならレボリューション』(二〇一三年。集英社)の長沢樹といった新鋭が加わってくるのである。いやいや、楽しみな限り。

この先も魅力的なキャラクターを配したシリーズ作品は多く書かれることだろう。殺人だ、犯罪だ、と深刻な顔をするのもいいがみなさん、ぱっと明るく笑えるミステリーもいいではないですか。「ディナーのあと」だけではなくて「ディナーの前」、それこそ「朝飯前」や「昼飯中」の時間までフル活用して読んでも読みきれないほどにこれからユーモア・ミステリーは続々と刊行されるはずだ。健康でいいよね。

(すぎえ・まつこい/書評家)

――本書のプロフィール――

本書は、二〇一二年十二月に単行本として小学館より刊行された作品を加筆改稿して文庫化したものです。

小学館文庫

謎《なぞ》解《と》きはディナーのあとで3

著者　東川篤哉《ひがしがわとくや》

二〇一五年二月十日　初版第一刷発行
二〇二五年四月二十七日　第十刷発行

発行人　庄野　樹
発行所　株式会社　小学館
〒一〇一-八〇〇一
東京都千代田区一ツ橋二-三-一
電話　編集〇三-三二三〇-五六一六
　　　販売〇三-五二八一-三五五五
印刷所――TOPPANクロレ株式会社

ISBN978-4-09-406115-4